007(第二辑)典藏系列

Thunderball
霹雳弹

伊恩·弗莱明 ◎ 著
谭怡琦 ◎ 译

时代出版传媒股份有限公司
安徽文艺出版社

图书在版编目（CIP）数据

霹雳弹/（英）伊恩·弗莱明（Ian Fleming）著；谭怡琦译.—合肥：安徽文艺出版社，2018.1
（007典藏系列）
ISBN 978-7-5396-6075-2

Ⅰ．①霹… Ⅱ．①伊…②谭… Ⅲ．①长篇小说－英国－现代 Ⅳ．①I561.45

中国版本图书馆CIP数据核字(2017)第098241号

出 版 人：朱寒冬	合作策划：原典纪文化
责任编辑：姜婧婧　刘　畅	装帧设计：张诚鑫

出版发行：时代出版传媒股份有限公司　www.press-mart.com
　　　　　安徽文艺出版社　www.awpub.com
地　　址：合肥市翡翠路1118号　邮政编码：230071
营 销 部：(0551)63533889
印　　制：安徽联众印刷有限公司　(0551)65661327

开本：880×1230　1/32　印张：7.5　字数：200千字
版次：2018年1月第1版　2018年1月第1次印刷
定价：28.00元

（如发现印装质量问题，影响阅读，请与出版社联系调换）

版权所有，侵权必究

007

Ian Fleming
伊恩·弗莱明

　　1953年，正在牙买加太阳酒店度蜜月的伊恩·弗莱明百无聊赖地坐在打字机边，他的脑子里在酝酿"一部终结所有间谍小说的间谍小说"——这部小说的主角就是通俗文学世界里最为人知晓、商业电影范围内生命最长的詹姆斯·邦德。

　　和其笔下的007一样，弗莱明的现实生活中也充满了炮弹味和香水味，和詹姆斯·邦德有的一拼。弗莱明1908年出生在英国。他的性情却和英国的传统教育格格不入，1921年，在著名的伊顿公学念书的弗莱明因为行为不端而被开除。1926年，他在家庭的安排下进入了桑德赫斯特军校，弗莱明再次因为酗酒和斗殴，提前结束了自己在军校的生活。1931年，他进入了著名的路透社，成为了一名专门报道间谍案件的记者。1933年，他回到了英国，做了一个银行职员，百无聊赖的生活让弗莱明忍无可忍，好在二战的到来为弗莱明赢得了"换种活法"的机会——战争让弗莱明变成了邦德。

　　1939年5月，弗莱明成为英国皇家海军情报局中尉，因工作出色，弗莱明深得局长约翰·戈弗雷海军上将的赏识，后者以作风强硬著名，是007的老板——M的原型。弗莱明曾多次陪同戈弗雷上将去美国与联邦调查局局长胡佛会晤，交流情报，并作为戈弗雷上将的助理直接领导代号为30AU的间谍部队。这是一个由间谍精英组成的小分队，队员个个身怀绝技，从神枪手、化装师、武器专家到解密高手、间谍美女，一应俱全。他们的主要任务是帮助纳粹占领国的高级官员逃亡以及窃取德军重要档案。

第一次行动,弗莱明率领 30AU 来到葡萄牙的卡斯卡伊斯,策划阿尔巴尼亚国王索古从德国、意大利占领区潜逃。他设想的营救计划是这样的:清晨,在国王寓所门前,两名清洁工(由英国特工扮演)出现了,严密监视国王寓所的德国卫兵问了两句,就让他们进了门。待了一会儿,两个清洁工(已是国王夫妇扮演)再次出现,拖着垃圾袋正向大门走来。这时,事先安排好的一场车祸准时在街对面发生,德国卫兵赶紧召集人手灭火救人。一个蒙太奇镜头:两个"高贵的清洁工"登上垃圾车渐渐远去。待德国人发现国王夫妇失踪时,国王夫妇已化装成葡萄牙人搭乘一艘意大利游轮安全抵达卡斯卡伊斯。结果,整个行动与伊恩·弗莱明的策划一样顺利,犹如他在执导拍摄一部 007 电影。

二战期间,弗莱明与"疯狂比尔"——美国战略情报局局长威廉姆·多诺万将军关系密切。1941 年,多诺万计划成立新的情报机关,要弗莱明策划一个蓝图。弗莱明为他撰写的计划共 72 页,描述了一个完美特工应具备的特质,"年龄在 40 岁到 50 岁,经过特工训练,拥有出色的观察、分析、评价能力,完美的判断力,能随时保持头脑清醒,对情报事业有献身精神,并有广博的生活经历"。这和詹姆斯·邦德的形象几乎一致。1947 年中情局正式成立,很大程度上借鉴了"邦德标准"。弗莱明毫不掩饰得意之情,向多个朋友吹嘘"我创造了中央情报局"。

1945 年 11 月 4 日,弗莱明离开了海军情报局,戈弗雷上将对他做出了闪光的评语:"他的热情、才能和见识都是无与伦比的,他对海军情报局的战时发展和组织活动做出了巨大贡献。"

自《皇家赌场》大卖之后,弗莱明就成了一架被烟草和酒精驱动的写作机器,在他人生最后的 12 年里,一共写了 14 本 007 小说。在弗莱明生前,他的 007 系列小说就销出了 4000 万册,迄今为止,该系列小说在世界各地的销售量已超过 1 亿册。

1964 年 8 月 12 日,56 岁的弗莱明由于心脏病发作倒在儿子的生日宴会上。

几十年过去了,那些曾经试图抛弃他的"贵族们"早已烟消云散,他所留下的作品却享誉全球,妇孺皆知。在全世界,无数的人在阅读 007 小说或观看 007 电影,以此向这位传奇人物表达敬意和缅怀之情。

目 录
Contents

第一章　"放松，邦德" / 1

第二章　灌木岛 / 9

第三章　意外袭击 / 20

第四章　以牙还牙 / 27

第五章　魔鬼党 / 38

第六章　紫罗兰的气息 / 47

第七章　欧米茄计划 / 59

第八章　千钧一发 / 69

第九章　多曲挽歌 / 80

第十章　深海探宝 / 90

第十一章　美人 / 104

第十二章　来自中央情报局的男人 / 115

第十三章　"我是埃米利奥·拉尔戈。"／126

第十四章　马提尼鸡尾酒／137

第十五章　纸牌英雄／147

第十六章　水下探险／161

第十七章　海底墓穴／170

第十八章　怎么吃掉一个女孩／184

第十九章　缠绵过后／193

第二十章　决定时刻／203

第二十一章　"轻轻地、慢慢地"／211

第二十二章　影子／220

第二十三章　赤身搏斗／231

第二十四章　"放轻松些,邦德。"／243

Thunderball

第一章 "放松,邦德"

邦德这些日子,正如有人说的那样,可谓七魂不见了六魄。

首先,他为自己失魂落魄的状态感到可耻。他经常喝得酩酊大醉,宿醉的后果就是头疼得厉害,全身的关节也隐隐作痛。他喝得烂醉如泥的时候,不知不觉又抽了大量的烟,所以咳嗽的时候,一个个白色的烟圈就从肺里跑出来,就像池塘里的变形虫一样缠绕着他。喝多了酒的人,一眼就能看出来。在帕克街的豪华公寓里,他已经灌了十多瓶威士忌和苏打水,但他拿起最后一瓶威士忌的时候,还是像喝水一样,豪饮而尽,只不过嘴里多了一番苦涩的味道和纵酒后的胸闷恶心。虽然他知道自己喝醉了,但他还是同意玩一把牌。

5英镑对100英镑,最后一把,玩吗?

邦德同意了。他像个傻瓜一样玩牌。他看见一张黑桃Q,还有牌上肥胖的蒙娜丽莎那愚蠢的笑容,得意扬扬地甩在他的 J 上面,不过上面明明白白的 S 区标记,让局势完全扭转过来。最后,他在赌局上赢了 100 英镑——一笔重要的钱。

他对着镜子,用止血笔轻轻涂了涂自己不知道什么时候弄伤的下巴。洗脸池上的镜子显示出一张闷闷不乐的脸。简直是一个愚蠢、无知的废物!都怪他现在无事可做。要说他的愚蠢事迹,得有一整个月的文件说明。一个星期过去了,潦草的备忘录堆积如山。有其他部门的人打电话试图与他争论的时候,他也会啪地挂掉电话。他的秘书因为感冒病倒了,新来的秘书居然是一个愚蠢、难看的笨女人,称呼邦德"先生",用一本正经的语气和他说话,就像嘴里含着许多石子似的。现在又是星期一,新的一周又开始了。五月的雨淅淅沥沥敲打在窗上。邦德吞了两片安眠药,才睡着没多久,卧室的电话响了。这个电话是总部直接打来的。

心跳加快的詹姆斯·邦德驱车飞快地穿过伦敦的街道,焦躁不安地等待电梯升上 8 楼后,他拉开椅子,坐下来,看着对面熟悉的冷静、睿智的灰眼睛。他要告诉自己什么消息?

"早上好,詹姆斯。很抱歉大清早叫醒你。今天会是很充实的一天。想让你先适应适应。"

听到这话,邦德紧张兴奋的情绪冷静了一点。当 M 直呼邦德"詹姆斯",而不是他的代号"007"时,保准没有好事发生。看来不是工作上的事,更像是私人的事。M 的语气淡定,没有一丝紧张,应该没有刺激的大新闻。M 的话语依然十分友好、幽默,甚至可以说是慈祥的。邦德平静地和他交谈着。

"许久不见你了,詹姆斯。过得怎么样?我的意思是,身体还好吗?"M从桌子上拿起一张纸,一边看,一边问。

邦德暗地揣测纸上的内容,装作不经意地回答:"我很好,先生。"

M平静地说:"不过,恐怕医生不是这样想的,詹姆斯。不想病入膏肓的话,我认为你还是听听医生怎么说。"

邦德一脸愠色地盯着纸的背面。到底是怎么回事!他尽量控制住自己,说:"随你便。"

M抬起头,意味深长地看了邦德一眼。他将那张纸凑近眼前,开始读:"这位先生,身体情况基本合格。不幸的是,他的生活方式将不允许他继续拥有健康的身体。尽管已经告诫他多次,但他仍然继续一天吸六十根香烟。巴尔干混合高浓度的尼古丁,对身体有百害而无一利。没有从事紧张任务的时候,这位先生平均每天喝进去半瓶60度至70度的酒精。在检查过程中,情况还有继续恶化的趋势。舌头发硬,血压升高到160/90。肝脏未触及。另一方面,触压的时候,这位先生会感到枕骨疼痛,肌肉发生痉挛,这就是所谓的'肌肉风湿'。我认为,罪魁祸首是不健康的生活方式。他并没有把医生的建议当回事。放纵的生活对压力缓解没有任何作用,只会导致身体处于有毒状态,最终从职业的角度影响他的身体健康。我建议编号007至少疗养2到3个星期,过一段有节制的生活。如此一来,我相信他将很快恢复到原来高度健康的身体状态。"

M走过邦德身边,将纸揉成团扔进垃圾桶里。他双手撑在桌子上,黑着脸,目不转睛地盯着邦德,说:"由此看来,你的健康状况堪忧啊,詹姆斯。"

邦德尽量让自己的语气保持平静:"我身体没有问题,先生。每个人偶尔都会感到头疼。大多数周末打高尔夫球的人都患有肌肉风湿的病。你要是不让他们累得出汗,他们也会得病。阿司匹林和擦剂能缓解头疼,M,没什么大不了的,真的。"

M严肃地说:"你大错特错了,詹姆斯。药物只会抑制病症,无法从根本上治愈疼痛,结果只会让你更加依赖药物,无形中加强慢性疾病。要知道,药物无一例外都会对身体有害,并且产生副作用。同样的道理也适用于我们日常食用的食物中。白面包中的粗纤维被去除,精制糖的精华被煮干耗尽,牛奶中大量的维生素在高温提炼中已经流失。所有的食物一旦经过烹煮,就会发生本质上的变化。"M从口袋里掏出他的笔记本,翻开其中一页,参考着说,"你知道我们吃的面包里,还含有原始面粉的多少成分吗?"M用责备的目光看着邦德,"它含有大量粉笔中的成分,还有毒粉末、氯气、盐氨草胶和明矾。"M合上笔记本,放进口袋里,"这下,你明白了吧?"

邦德不知道M葫芦里卖的什么药,他防备地说:"一般来说,我不吃白面包,先生。"

"也许吧,"M失去耐心,"但你吃了多少磨碎了的麦子?喝了多少酸奶?没煮过的蔬菜、坚果、新鲜水果也吃吧?"

邦德笑着说:"都不吃,先生。"

"我没有和你开玩笑。"M生气地用手指头重重地敲了敲桌子,强调他的严肃,"记住我的话,除了自然的方法,再没有别的办法能

Thunderball

重获健康。你所有的麻烦……"邦德正要反驳,但是 M 抓住他的手臂,没有给他机会,继续说,"毒血症带来的痛苦,都是不健康的生活方式引起。听说过伯奇·布伦纳吗?或者尼叶普?瑞可利?戈斯曼?比尔兹①?"

"没有。"

"好吧,你应该好好从这些人身上学习。他们是伟大的自然疗者,他们告诉我们一些原本被愚蠢地忽略掉的事实,真是幸运,"M 激动地说,"在英国有不少人在接受他们的治疗。自然疗法对我们来说,并不是遥不可及。"

邦德狐疑地看着 M,心想:"眼前的这个老家伙,到底在打什么主意?难道是他年老体衰的特征?"但 M 用更犀利的目光盯着他。一双灰色的无情的眼睛几乎要刺穿邦德自以为健康的脸。甚至他银灰色的头发看起来都有新的生命活力。简直要疯了。

M 回到放着一堆未处理的公文的办公桌前,做了一个请邦德离开的手势。他重新恢复欢快的语气说:"好吧,詹姆斯,我要说的就是这些。莫妮彭尼小姐已经为你预定好了。两个星期足以让你恢复健康。等你回来的时候,我保证你肯定认不出全新的自己。"

邦德惊恐地看着 M,用几乎卡住的声音说:"去哪里?"

"一个叫'灌木岛'的地方,有一位在自然疗法领域首屈一指的医生——维恩·乔舒亚。他是个了不起的家伙,65 岁了,看起来还不到 40 岁。他会照顾好你。那里有最先进的设备,他甚至有自己

---

① 译者注:以上五位均为自然疗法的专家。

的香草园。灌木岛就在靠近华盛顿的苏塞克斯郡附近。你大可放心这里的工作，就心无旁骛地好好过上两个星期吧。我会让009负责这里的工作。"

邦德几乎不敢相信自己的耳朵，他难以置信地说："但是，先生，我觉得我的身体状况很好。你确定吗？我的意思是，这个安排有必要吗？"

"不，"M冷峻地回答，"不仅必要，而是必需的。如果你还想留在这里工作，这就是必要的。我绝不会给一个没有百分之百健康的废物支付薪水。"M低头看着前面的盒子，取出一张核心文件，"我要说的就是这些，007。"他没有抬头，用不容置疑的语气下达了最后命令。

邦德站起来，什么也没有说。他从房间里走出去，用极其温柔的方式关上房门。

门外，莫妮彭尼小姐一脸笑容地看着他。

邦德走到她跟前，重重地在桌子上擂了一拳，力度如此之大，桌上的打印机都快跳起来了。他怒不可遏地说："这他妈的是怎么回事，莫妮彭尼？那老头疯了吗？在说什么该死的屁话！我要是去，天打雷劈！他完全是个疯子！"

莫妮彭尼小姐微笑着说："M恐怕也是为你好呢。他说了，给你安排香桃木房间。那是一间十分可爱的房间，还能看见整个香草园。他们有自己的香草园，你知道的。"

"我知道那些见鬼的花园。不过，听我说，莫妮彭尼，"邦德请求说，"你是个好姑娘，告诉我，到底发生了什么事情？他吃错什么药了?"

莫妮彭尼小姐同情地看着他,身子往前倾,低声地说:"事实上,我认为你的事情已经过去了,不过你被逮到了我只能说你倒霉了。你知道的,他脑海里一心想要提高效率。曾经,我们所有人都必须通过身体训练课程。有个家伙还接受过精神分析师的治疗,还有的接受过心理分析师治疗,你已经是不幸中的万幸了。你当时在国外。部门里所有的头都必须告诉他自己做的梦。不过他并没有持续多久。有人的梦肯定把他吓一跳或者怎么着。好吧,上个月,M的腰疼病犯了,他的一个朋友,我猜就是那个又胖又酗酒的家伙,"钱班霓小姐压低声音说,"告诉 M 灌木岛这个地方。那家伙信誓旦旦地说,我们都像摩托车一样,需要维修和保养。他说他每年都会去那里,每个星期只花二十几尼,比他日常一个星期的花销还要少,还能让身体好起来。你知道的,M 总是喜欢尝试新鲜事物。他在那里待了十天,回来后对那里赞不绝口。昨天,他和我说了很多关于那个地方的事情。今天,在邮局里我就收到了许多罐蜂蜜和小麦胚芽,还有一些天知道是什么的东西。我不知道如何处理这些东西。恐怕就要可怜我的狮子狗解决掉它们了。不管怎么说,我很高兴看见他整个人就像返老还童似的,活力十足。"

"他看起来就像广告里自吹自擂的家伙。不过,为什么他非要选我?"

莫妮彭尼小姐狡黠一笑:"你知道的,他最看重你,噢,也许你不赞同。但是无论如何,他是看见了你的健康报告。"莫妮彭尼小姐皱起眉头,继续说,"但是,詹姆斯,你真的大量喝酒吸烟了吗?你知道的,烟酒伤身。"说完,她十分关切地看着邦德。

邦德控制住自己的情绪,尽量装出若无其事的样子说:"我宁愿喝酒致死,也不愿意渴死。至于吸烟,我只是控制不住自己的手。"他听过一个笑话,警告徘徊在死亡之门的人不要宿醉,其实是白费唇舌。别浪费时间了,你来两份白兰地和苏打水就知道了。

莫妮彭尼小姐温柔地吐出反对的话语:"才不是你说的那样。"

"那你现在可以开始相信我,莫妮彭尼。"邦德生气地走出门。突然,他又回头说,"我不和你浪费时间,当我再回到这个地方的时候,我会好好打你一顿屁股,让你只能躺在邓禄普床垫上打字。"

莫妮彭尼小姐笑着说:"我不认为你吃了两个星期的坚果和柠檬汁后,还能把我打一顿,詹姆斯。"

邦德哼了一声,嘟哝着发出古怪的声音,气冲冲地走出房间。

第二章　灌木岛

邦德打开深棕色的老式奥斯汀出租车的后车厢,将行李箱甩上去,然后钻进车前面的座位坐下。司机是一位满脸疙瘩,身穿黑色皮衣看似滑头的小伙子。他从上衣的口袋里掏出一把梳子,一本正经地梳理自己的"鸭尾巴"发型,然后心满意足地将梳子放回口袋。他把身子靠在座位上,启动自动发动器。从他梳头发的动作,邦德推测身边的这个小伙子是一个非常注重形象和金钱的人。这是典型的战后骄傲的年轻劳动力的形象。邦德估计,这些个小伙子一个星期大约能挣20英镑,并且瞧不起他们的父母,做着成为摇滚歌手汤米·史提尔的春秋大梦。但他们也无可厚非。他们出生在福利国家的买房市场,步入了一个原子弹和宇宙飞船的时代。对他们而言,生活是容易且毫无意义的。邦德说:"去灌木岛,要多久?"

年轻人娴熟地围着灌木岛绕圈子,他若无其事地回答:"大约半个小时。"他随意地踩上加速器,似乎故意让邦德觉得有点危险,然后准备在前面的十字路口超越一辆大卡车。

"别把幸福的蓝鸟的运气花光了。"

小伙子斜瞟了卡车司机一眼,似乎在看他是否在嘲笑自己。不过卡车司机并没有这样做。小伙子继续踩足油门。"我爸爸不会鼓励我做别的更好的工作。他说这辆破旧的老汽车能支撑他开二十年,肯定也能支撑我开二十年。所以我一直靠它谋生。哦,现在已经走了一半路了。"

邦德觉得,也许他对小伙子梳头的事情过于苛刻了,于是他问:"有钱你要做什么呢?"

"买大众的小型巴士,到布雷顿揽活。"

"听起来不错,在布雷顿有大把的钞票。"

"那是。"小伙子来劲了,饶有兴致地说,"有一次我去那里,有两个业余赌徒和几个妓女坐我的车去伦敦,给了10英镑,还有5英镑的小费,这对他们来说,小菜一碟。"

"不错。不过在布雷顿也有不好的地方。你得提防被抢劫或者被绑架。那里有不少凶残的黑帮。最近不是出了许多血案吗?"

"出了那个案子后,罪犯就收敛多了。报纸上到处是他们的消息。"小伙子突然意识到,他好像在和一个地位相同的人说话。他朝旁边瞟了一眼,饶有兴致地打量邦德,"你是路过矮树丛,还是去那参观?"

"矮树丛?"

"矮树丛,灌木岛。"小伙子解释道,"你和我往常载去那里的客人不一样。大多数胖女人和性格古怪的老人都让我不要开太快,不然会引起他们坐骨神经痛之类的病。"

邦德笑了:"我要在那里待上十四天,我别无选择。医生说那是对我最好的安排。我需要放松一下。其他人觉得灌木岛怎么样?"

小伙子驾驶着老式的奥斯汀小汽车,朝西面的布雷顿地区开去。"嘎嘎——"汽车左右摇摆地行驶在不平整的乡村道路上。"大家都认为,那里住的都是一些疯子,并不关心这个地方。有钱人不会把钱花在那里。喝茶的地方显示不了他们的身份,尤其是便宜的茶馆。"小伙子看着邦德说,"你会吓一跳。那里有人是城里的大人物,他们开着宾利汽车,空着肚子,看见茶馆就进去,喝几杯茶。还有,他们看见隔壁桌有人吃黄油面包和甜蛋糕就会无法忍受。"

"看起来,他们为了养病做了很多愚蠢的事情。"

"那是另一回事了,"小伙子的语气开始愤怒起来,"要是一个星期交 20 英镑能保证一天三顿,那我可以理解。可是他们收取 20 英镑,除了热水什么也不给你,这没道理。"

"我猜可能有治疗吧。如果能恢复健康,倒也值得。"

"可能吧,"小伙子怀疑地说,"我接他们出来的时候,确实有人不一样了。"接着,小伙子又笑着说,"有人吃了一个星期坚果后,就变成了真正的老色鬼。也许有一天我也会试试。"

"什么意思?"

小伙子瞥了一眼邦德,想到他对布雷顿的世俗评判,便放心地说:"好吧,假如我们在华盛顿叫来一个女孩。活泼的女孩。有那么一点像当地的妓女,你看见了就会明白我的意思。她在一个叫蜂蜜茶馆的地方,或者其他什么地方工作。她总是从大多数像我们这样的人入手。1英镑一次,她还知道许多法国佬的把戏,常规运动。好吧,这个词今年在这里非常流行。有一些老色鬼开始包养像波利·格蕾丝这样的妓女。把她带上宾利车,带去镇里废弃的采石场,那里就是她要待好几年的地方。给她5英镑或者10英镑,她就对你言听计从。她在市场上都是明码标价的。有涨有跌。一个月以前,她辞掉了茶馆里的工作,你知道为什么吗?"小伙子的声音变得异常愤怒,"她被一个开着奥斯汀车的暴徒用几百英镑买走了。就和报纸上经常提到的伦敦妓女一样。现在,她离开了布雷顿,去任何她能够工作的地方。你能相信吗?"小伙子生气地猛按了一下喇叭,警告旁边骑双人自行车的情侣。

邦德认真地说:"真是太糟糕了。我从来没有想到过,这些热衷吃坚果、喝蒲公英酒的人,竟然是衣冠禽兽。"

小伙子哼了一声,说:"你知道的也就这些了。我的意思是……"他意识到自己有点过分,便改口说,"我们知道的也就这些了。我有一个朋友,他的父亲是当地的医生,他和父亲商量这种事——用非常委婉的方式。他的父亲拒绝了。他说那里的饮食和充足的休息、冷水和热水浴,还有其他乱七八糟的事情,说是能够净化血管增强体质,但根本没有用。让那些老色鬼醒醒吧,改变陈旧的观点才是最重要的。如果你听过罗斯玛丽·克鲁尼唱的歌。"

邦德笑了。他说:"哈哈,也许那个地方正如你所说的。"

路边的一个指示牌写着"灌木岛——通往健康、理想和安静之地"。出租车穿过大丛冷杉和常青树后,眼前出现一道高墙,还有维多利亚式的小舍。这里绿树成荫,缕缕炊烟从中冒出来。出租车行驶在石子路上,经过月桂树丛时"叭叭"两声响起来。路边的一对老夫妇被出租车刺耳的喇叭声吓得倒退一步。出租车右边,一条坎坷不平的道路通向一处鲜花盛开的草地,几个人在草地上或成双、或独自一人地悠闲地散步。出租车在一处有圆柱门廊、锯齿状屋顶的房子下停下来。旁边是一扇光滑的弧形门,门下立着一个高高的光滑的坛子,坛子上立着一块牌子,上面写着"室内禁止吸烟。请将香烟置于此处,谢谢"。邦德从出租车上走下来,从后备厢中拖出行李箱。他给了小伙子10先令的小费。小伙子理所当然地接过它,说:"谢谢,如果你想要用车,随时可以打电话给我。另外,布雷顿大街有一家茶馆的黄油松糕味道不错。再见。"说完,小伙子将挡位推到底,出租车几乎飘离着地面沿原路返回。邦德拎起行李箱,径直走向台阶,穿过大门。

屋里面暖气逼人,静悄悄的。在接待处那里,有一个冷漠的女孩面无表情地迎接了邦德。邦德办理了登记后,女孩带着邦德经过一间间公共房间,沿着白色的门廊绕到建筑后面。那里有一道连通门,也带有高高的香烟坛子,两边是低矮的建筑,其中有几间不起眼的房间,房间是以花朵和灌木的名字命名的。女孩带着邦德走进香桃木房间,并告诉他,长官会在一个小时后拜访他,大概在6点钟。女孩说完就走了。

房间是再普通不过的房间,几件简单的家具,精致的窗帘。床上有电热毯,旁边是一只插了三朵金盏花的花瓶,还有一本艾伦·莫伊尔的著作《自然疗法解释,MBNA》。邦德翻开书,确定那几个大写字母代表"英国自然协会成员"。随后,邦德关掉中央暖气,打开窗户。展现在眼前的,是一片香草园。不知名的花草围着园子中间的日晷一圈圈蓬勃生长,仿佛正在朝他微笑。邦德将行李整理好,然后坐在一张单人手扶椅上,开始阅读书里介绍的将体内废物清除的办法。他看到了许多闻所未闻的食物,例如钾菜汤、坚果肉末和神奇的麦乳精红榆。他一章一章读下去,反复思考着书里提到的轻抚法、抚摩按摩法、摩擦法、揉捏法、扣抚法和抖动法。这时候,电话响了。电话里一位女孩说,有一位韦恩先生会很高兴在5分钟之后与他在咨询室会面。

约书亚·韦恩先生郑重其事地与邦德握握手,他的声音嘹亮而令人振奋。他有着浓密的花白头发、清澈的棕色眼睛、始终洋溢着慈爱的微笑的脸。他看见邦德确实非常高兴,对邦德也很感兴趣。他穿戴整齐,一件短袖罩衫,露出多毛的胳膊,一条不太搭的细条纹棉布裤子,当他慢跑来咨询室的时候,还能看见他保守的灰色长筒袜。

韦恩先生请邦德将衣物脱掉,只剩下短裤。当韦恩先生看见邦德身上的疤痕时,他有礼貌地说:"天哪,上帝庇佑你,你还是一个久经沙场的英雄啊,邦德先生。"

邦德平静地说:"战争期间侥幸脱险罢了。"

"真的吗!战争是多么可怕的事情啊。现在,请深呼吸。"韦恩先生查看了邦德的后背和胸部情况,为他测量了血压,测量并记录下他的身高和体重,然后让他趴在外科床上,用柔软的手指娴熟地检查邦德的关节和脊椎。

检查过后，邦德重新穿回衣服，韦恩先生坐在桌子前面忙着写东西。接着，他对邦德说："好了，邦德先生，没有什么好担心的，我认为。血压有一点高，上脊椎部分有轻微的骨损害，可能会让你感到有些头疼。右边有一点骶髂关节劳损，后面有一点肠骨流失。显然，是一次严重的摔伤造成的。"韦恩先生抬起眼睛，向邦德确认。

邦德说："应该是。"他开始回想可能造成损伤的那次重创。事情要追溯到1956年匈牙利起义时，在后有追兵的情况下，他从阿尔贝格的特快列车上纵身一跳。

"好了，没有什么问题，"韦恩先生递过一张纸，上面写着长长的注意事项，"一个星期内，严格控制饮食，彻底消灭血管中的每一点毒素。另外，冲洗、冷热的坐浴、整骨疗法和适当的牵引疗法，都能帮助你恢复健康。当然，充足的休息也是必要的。放松点，邦德。你是政府官员，我懂的。你需要暂时抛开那些令人烦心的文件。"韦恩先生站起来，将打印的纸质文件递给他，"每天来治疗室半个小时，邦德先生，效果立竿见影。"

"谢谢你。"邦德接过纸张，瞥了一眼，"顺便问一下，什么是牵引疗法？"

"拉伸脊椎，非常有用。"韦恩先生疼爱地说，"别担心其他病人所说的。他们把牵引疗法叫作'拉肢刑具'。你知道的，他们喜欢危言耸听。"

"是的。"

邦德从咨询室走出来，沿着白色的门廊行走。公共房间里，三三两两的人在坐着，或阅读或轻声地交谈。他们大多是年迈的中产阶级,且女士居多,穿着朴素的衣裙。亲密的温馨氛围让邦德感到休闲安静。他穿过大厅,走到大门,新鲜的空气迎面扑来。

邦德行走在修剪整齐的狭窄车道上,呼吸着月桂和金莲花散发的浓郁香味。他能忍受治疗吗?有什么办法能让他摆脱治疗?就在邦德苦苦冥思的时候,他差点就撞上一位穿白色衣服的女士。她匆匆从茂密的灌木丛转角出现,接着露出一个迷人的微笑。就在这时候,一辆紫红色宾利汽车急速地从转角处开过来,眼看就要把女士碾压在地。在女士几乎被卷进车轮的那一刻,邦德快步冲上前,伸手将她揽入怀中,紧接着一个转身,将女士推向旁边的穗花婆婆那儿,而他的身体就和车的引擎盖摩擦而过。邦德用手护住女士,宾利汽车在沙砾路上戛然停下。但邦德的右手恰好放在了女士漂亮的胸部上。女士用惊讶的眼神看着邦德,嘴里惊呼:"噢!"接着,女士回想起刚才惊险的场面,几乎无法呼吸地说,"啊,谢谢你救了我。"她转身走向那辆车。一个男人从驾驶座上不紧不慢地走下来,镇定地说,"啊,我很抱歉。你还好吗?"他认清了女士的脸后,立刻狡猾地说,"啊,这不是我的朋友帕特丽夏吗?你好啊,帕特,准备好了吗?"

这位男士非常英俊。深棕色的眼睛足以将任何一个女人电晕,令女人梦想亲吻的嘴唇上是干净整洁的胡子。得体的衣着表明他具有似乎是西班牙或南美某个地方的血统。他有着运动员般的六尺身高,一身衣服做工精细:白色的丝质衬衫,黑红相间的领带,柔软的暗棕色V字领毛衣。邦德认为,这位男士就是一个外表帅气,走到哪儿都受女人欢迎的小白脸——并且还在女人堆中混得不错。

女士恢复她的优雅举止，严肃地说："你应该更小心的，利普。你知道这里经常有病人和工作人员经过。如果不是这位绅士，"她微笑地看着邦德，"你就把我撞倒了。毕竟，这里有这么大的一块牌子提醒司机小心驾驶。"

"亲爱的，我很抱歉。我太着急了。我担心和韦恩先生的会面要迟到了。我得按时去接受治疗。"男士说着，又转向邦德，用傲慢的语气对邦德说，"谢谢你，尊敬的先生。你真是身手敏捷。现在，请原谅我……"他抬起右手，回到车上，呜呼地开着车子走了。

女士说："恐怕我得走了，我已经迟到太久了。"两人转过身，一起在宾利车后跟着走。

邦德打量着她，问："你是在这里工作吗？"女孩回答是。她已经在灌木岛上工作三年了。她喜欢这个地方。两个人饶有兴致地聊着。

帕特是一个具有运动员气质的女孩，邦德潜意识就联想到了网球或者滑冰。她的手指修长且有力量，曼妙的身材十分吸引人，顺滑的秀发，性感的嘴唇透出令人无法抗拒的诱惑。她穿着白色的裙子，动人的胸部曲线隐约可见。邦德问她会不会感到无聊，怎么打发空闲时间。

女孩微笑着说："我有一辆微型汽车，经常开车到乡村里玩。那里是不错的散步地方，总能看见新鲜的面孔，有的人非常有趣。刚刚开车的那个男人叫利普，每年都会来这里。他告诉我很多关于远东——中国等国家的趣事。他还在一个叫澳门的地方做生意，澳门很靠近香港，对吗？"

"对,你说得没错。"那个男人的眼神里有中国人的气质。邦德了解到他的背景,觉得很有意思。如果他来自澳门,那他很可能有葡萄牙血统。

两人很快就来到入口。女孩走进温暖的大厅,说:"我得走了。再一次谢谢你。"她朝邦德露出职业接待员特有的笑脸,真诚而自然,"希望你在这里过得愉快。"说完,她匆匆走向诊查室。邦德跟在后面,瞥到了女士完美的臀形。他抬头看看手表,沿着楼梯走下去,来到一间一尘不染的地下室,闻到一股橄榄油的味道。

旁边的门上写着"男士治疗"。一位戴着橡胶手套、身穿背心短裤的按摩师将他引进房间。邦德脱下衣服,用毛巾裹住腰部以下,跟着按摩师走进由塑料窗帘分隔开的房间。在第一个小隔间里,有两个年迈的老人肩并肩地躺着,他们在做(为伤病或年老者所做的)卧床浴,涔涔的汗水从热得发红的脸上流下来。另一间隔间里有两个按摩台,其中一个按摩台上有一个年轻的胖子,下流地在按摩师的反复拳打中摇动。邦德厌恶地看了他一眼,取下毛巾,躺下后将其放到脸上,放松下来,尽情享受从来没有体验过的深度按摩。

邦德渐渐地感到血液和神经系统活跃起来,肌肉和肌腱隐隐作痛。他听见胖子起身离开了隔间,接着,又有另一个人躺下来。那人的按摩师说:"恐怕你得将手表取下来。"

邦德听见对方温文尔雅且愚蠢的声音,他立刻知道来者是谁了。那人说:"你这家伙,废话真多。我每年都来这里,从来没有人让我取下过手表。如果你不介意的话,我要继续戴着。"

"很抱歉,先生,"按摩师的语气礼貌且坚定,"别人或许允许你戴着,但我恐怕戴着手表会影响你的血液循环,我需要为你治疗胳膊和手臂,请你理解,将表取下来。"

接着是一阵沉默。邦德几乎能感受到利普先生正在努力控制自己的情绪。他的话在邦德听来,不免好笑。"取下来吧。"他悻悻地说。显然,他控制了自己的怒火,没有把"该死"之类的粗话说出来。

"谢谢你,先生。"

短暂的停顿后,按摩师开始按摩。

这个小意外让邦德觉得很奇怪。按摩时摘下手表是再正常不过的行为,为什么这个男人会一直想戴着呢?这看起来非常幼稚。

"先生,请转身。"

邦德按吩咐转过身来。现在,他的脸可以自由地转动了。他随意地看向右边,对面利普先生的脸刚好朝着另一边。他的胳膊垂向地面,手腕处露出一个环形的白色痕迹,显然是手表的表和表带的痕迹。在表的圆形处的皮肤上,有一块类似刺青的 Z 形痕迹。因为这原来利普先生才不愿意摘下手表!他的行为好像在暗示,大家可能会看到手表处的秘密,真是可笑至极。

霹雳弹

第三章 意外袭击

经过一个小时的治疗后，邦德感到体内的器官仿佛被切割，然后又绞扭着掏出来。他一边穿衣服，心里暗暗地咒骂着M，一边虚弱地走上楼梯，和在按摩室里袒露身子享受舒适和轻松相比，地下室里的治疗算是比较文明的。邦德走到通向大厅入口处的两个电话亭里，通过接线总机联系了总部，这是他在外面唯一允许拨打的电话。他知道所有的电话都会被监听。邦德请求接线员时，电话里头出现的空旷声音使他意识到电话正在被窃听。他报上编号，提出自己的疑问，又补充说，那个男子很可能来自东方，也许就是葡萄牙的移民者。十分钟后，总部的电话回复了。

"那是一个帮会标记，"对方颇感兴趣地说，"红灯帮会。很少人有这样的文身，肯定不是一般的准宗教组织，百分百是犯罪组织。H曾经和他们交手过。他们代表香港，不过总部设在澳门的海湾。

H花了大价钱去抓他们,不过他们精于掩人耳目,反而让H损失了不少骨干。红灯帮会经常干一些贩毒、走私黄金以及拐卖白人妇女的勾当。他们都是恶贯满盈的坏人,不知道你愿不愿意将他们一个个揪出来?"

邦德说:"谢谢你,接线员。不过我现在还不能肯定。我还是第一次听到这些红灯帮会成员。有任何进展的话,我会让你知道。再见。"

挂上电话,邦德仔细回想接线员的话。真有意思!那么,那个叫利普的家伙来到灌木岛有何目的?邦德走出电话亭。旁边的电话亭引起了他的注意。利普先生正背对着他,拿起了话筒。他在这里多久了?他听见自己的询问了吗?或者听见他的回复了吗?邦德顿时警觉起来,他意识到自己犯了一个愚蠢的错误。他看了一眼手表,现在是晚上7点半。他穿过大厅,走进餐厅准备用餐。邦德走到柜台后面一位年迈的妇女面前。这位女士咨询了邦德的名字之后,将一些蔬菜汤倒入一个大的塑料杯中,递给邦德。邦德接过来,难以置信地问:"就这些?"

这位年迈的妇女冷冰冰地回答:"你算幸运了,虽然少了点,但不会饿死你。每天中午你都能拿到一杯汤,4点的时候还能喝到两杯茶。"

邦德勉强挤出一丝笑容。无奈之下,他只能端着这杯可怕的蔬菜汤走到窗户旁边的咖啡桌旁。透过窗户能看见草地上三三两两坐着休息的人,还有同样端着蔬菜汤漫无目的地进出房间的人。邦德开始同情这些不幸的人。他匆匆喝完汤,心情郁闷地走回房间,又思考了一会儿利普先生的事情,渐渐地睡意就笼罩上来,不过最要命的是空荡荡的肚子。

日子就这样过了两天,邦德感觉糟糕透了。他的头隐隐作痛,眼白发黄,舌头僵硬。不过他的按摩师安慰他说,不需要担心,这是治疗的一部分,意味着毒素开始从身体排出。邦德,现在也就是一只待宰的羔羊,他什么也没有反驳。好像目前最重要的就是早餐的一只橙子和一杯热水,中午的蔬菜汤和加了一些红糖的茶饮料。饮食上即使是细微的改变也需要经过韦恩先生的同意。

第三天,邦德做完按摩和坐浴后将接受"骨疗按摩疗法"。他被带到一间新的诊疗室里,那里一尘不染并且非常安静。邦德无精打采地推开精心设计的门,几个浑身肌肉的保健医生正在等着他。邦德停下脚步,他看见第一天遇见的令人神魂颠倒的女士,也许是叫贝特之类的名字,正在床边等候邦德。邦德关上身后的门,说:"我的上帝啊,是你帮我做治疗吗?"

也许是女士见惯了病人的这种反应。她没有笑,而是用冰冷的语气说:"负责做骨疗的百分之二十都是女士。请脱掉衣服,除了你的短裤。"邦德欣然地脱下衣物,站在她前面笑着。女士绕着邦德走了一圈,用十分专业的态度像检查机器一样检查邦德的身体。她没有对邦德身上的伤痕做任何评价,只是让邦德脸朝下躺在床上,然后用精确、娴熟的手法用力地按摩邦德的关节和需要治疗的部位。

邦德瞬间意识到,这个美女的力气可不小。他充满肌肉的身体似乎也无法抵挡女士手上传递的力量。贝特轻松地为邦德做着治疗。邦德感到自己很难忽略自己的性别,尤其自己半裸着身体,身边站着一个迷人的姑娘。治疗快结束时,贝特让他站起来,然后将他的手环扣在自己的脖子后面。女士动人的眼睛只离邦德几英寸远。但女士仍然一脸专业的神情,认真地推拿脊椎部位。女士用力地按摩着他的脊椎骨,大概是用一个什么东西在推擦着。邦德实在受不了。最后,当女士让他松开手的时候,他没有那样做。他反而将手抱得更紧了,并用手将贝特的脸蛋推向自己,然后深深地吻上她性感的嘴唇。贝特立刻用胳膊挣扎起来,将邦德推开。她满脸通红,用愤怒的眼神看着邦德。邦德笑着看着她,他想,一记耳光是逃不过了。邦德狡辩着说:"无可非议,但我就是忍不住。骨科医生不应该有这么迷人的红唇啊。"

贝特眼中的怒火稍稍平息下来,她说:"你要再敢对我无礼,立刻让你坐下一班火车离开。"

邦德坏笑着慢慢逼近她说:"如果我能离开这个该死的地方,我会再吻你一次。"

贝特说:"别胡说。现在,穿上你的衣服出去吧。你已经做了半个小时的治疗了。"她冷笑一声,接着说,"应该够你学会安静点。"

邦德愁眉苦脸地说:"啊,好好。不过你得答应我一个条件,明天让我带你一块出去玩。"

"再说吧。这要看你下一次治疗的表现。"贝特说着打开门。邦德拿起衣服走出去,差点撞到一个人身上。这个人正是利普先生。他穿着宽松的裤子和灰色的防风夹克,对邦德视而不见,却微笑着朝贝特鞠了一个躬,说:"我这羔羊主动送到屠夫手里了。我希望你今天不是太强壮啊。"说完,他挑逗地朝贝特眨眨眼。

贝特说:"请做好准备。我要先将邦德先生送上骨料桌。"说完,她沿着走廊往前走,邦德在后面跟着。

她打开一间小房间的门,让邦德把东西放在椅子上,然后拉上塑料窗帘。帘子里面放了一张外表看起来奇怪的外科手术诊察台。邦德丝毫不喜欢这张由皮革和闪亮的铝做成的诊察台。贝特调整了一下诊察台上的捆绑装置,邦德狐疑地看着这个机械设备,充满疑心。诊察台下是一个看起来很专业的电子动力设备,一块电镀板上注明,这是"大力士电动牵引床"。大大小小的螺丝将各个动力装置紧密联系,再加上牢固的电子动力驱动,这个牵引床似乎很可靠。床头有一处空间,是病人枕头的地方,在床头前面有一个仪表盘,上面写着"压力值最大200,超过150数字便会变红",床头下面还有放手的地方。邦德沮丧地看着用来绑手的设备,心里打起鼓来。

"请脸朝下躺下去。"贝特将捆扎带子松开。

邦德固执地说:"除非你告诉我这个装置是干吗的,不然我不会躺上去。"

贝特不耐烦地说:"它仅仅是拉伸你的脊椎而已。你的脊椎有轻微损伤,它会帮助你放松放松。你的关节也有受损,它也能帮助你恢复。你不会感到不舒服。它只是拉伸你的脊椎而已。它非常安全有效。很多人在治疗的时候都睡着了。"

"我不会。"邦德肯定地说,"你要设置多大的力度?为什么这些数字是红色的?它不会将我拉断成三四截吧?"

贝特无奈地笑笑,说:"别傻了。当然,力度太大会有危险,但是我会为你设置90的力度。十五分钟后,我会来检查情况,可能会将力度调至120。现在可以开始了吧,还有其他病人在等着我呢。"

邦德不情愿地爬上床,脸朝下地趴着,他的脸和鼻子都深深地埋进床里。邦德的声音透过床的皮革传出来:"如果你想谋杀,我会告你的。"

他感受到脖子上的装置在收紧,接着是胸部和臀部的位置。贝特弯下腰调整杠杆的时候,裙子在邦德的侧脸上扫来扫去。一会儿,动力装置开始启动,它一会儿绷得紧紧的,一会儿又放松,就这样一张一弛地作用在邦德身体上。邦德感到身体被一双巨大的手拉伸。这种感觉很奇怪,但没有任何的不舒适感。邦德艰难地抬起头,看见仪表盘的数字显示90。机器正在发出嘈杂的声音,齿轮嘎吱、嘎吱地运作,就像一头机器驴子。

"你还好吗?"

"是的。"邦德听见女孩的声音从塑料窗帘后边传来,然后是关门的声音。邦德全身心地在软绵绵的皮革床上放松下来,任由机器拉伸脊椎。治疗过程真的不难受。他刚才的担忧真是幼稚啊!

一刻钟后,他听见门打开,然后是窗帘拉开的声音。

"现在感觉怎么样?"

"很好。"

邦德看见贝特的手在眼前调整杠杆。他艰难地抬起头,看见现在的指针显示120。随着机器拉力的变强,它发出的噪音也更大了。

贝特低下头,伸出手拍拍邦德的肩膀,对着他的耳朵,用他能听见的声音说:"接下来是另一个一刻钟。"

"好的。"邦德随意地吐出两个字。此刻他的身体正在被机器的巨大力量折腾。邦德听见贝特又走了出去,窗帘拉上了,门也关上了,房间里再次只剩下机器的噪音。邦德又一次在享受机器有"节奏"的治疗。

大概五分钟后,邦德突然听见有人进来了,他的思绪一下子从治疗中跳出来。有人站在他面前!他猛地睁开眼睛,一个男人就在他面前,正在伸手调整机器的杠杆。邦德惊恐地看着他。接着,机器异常有力地拉伸起来,邦德恐慌地叫起来,他不知道发生了什么事,浑身感到了难以想象的疼痛。绝望中,他艰难地抬起头,看到机器的指针指向了可怕的200!邦德筋疲力尽地低下头,大汗淋漓的他模模糊糊中看见那只手又在调整杠杆。那只手上醒目的Z字标志也出现在邦德眼前。接着,一个声音平静地响起来:"不要再多管闲事了,我的朋友。"然后,机器似乎怒号着要把邦德撕成碎片。邦德大声地呼喊着救命,他的汗水浸湿了皮革床,滴到地面上。

邦德眼前一黑,终于昏了过去。

第四章　以牙还牙

身体仿佛忘记了疼痛。是的,身体的疼痛,不管是脓包还是骨折,不管它经历多大程度的疼痛,总会被大脑和神经所遗忘。毕竟那不是令人愉悦的感觉或者味道,不是令人回味的甜蜜接吻。邦德从昏迷中苏醒,仔细地回想刚刚发生的事情。刚刚经历的疼痛足以将自己彻底毁灭。他的整个脊椎都像被敲打过一样,每一个关节都被拉伸。虽然他已经恢复了意识,但撕心裂肺的疼痛还记忆犹新。仿佛一股强大的龙卷风嘶吼着进入了他的身体,然后将他摧毁。为什么会这样?邦德忘不了那毁灭般的疼痛,他感觉自己就像老虎口中的食物。

这时,他听到有人在轻声说话。

"谁告诉你事情不对劲了,贝特小姐?"

"我听见了机器的噪音。我刚刚检查完一个病人,几分钟后,我就听见了异常的声音。我从来没有听过机器发出这么大的声音。我想可能是门没有关上。我放心不下，便过来关门，没想到会看见恐怖的一幕。指针指向了200！我第一时间关掉机器，松开皮带，奔向医务室，找到一支强心剂，给他注射了1毫升。他的脉搏很弱，然后我就马上给你打电话。"

"你做得很好，贝特小姐。看来这件事不能全怪你。"韦恩医生接着狐疑地说，"真是太不幸了。我猜是病人拉动了操纵杆，也许他想检查一番。他不知道这能将自己置于死地。我们必须告诉公司，对这个机器增加安全措施。"

韦恩先生小心谨慎地握住邦德的手腕，感受他的脉搏。终于恢复意识的邦德感到自己又重新回到了这个世界。他得帮自己找个真正的医生，而不是这个刨萝卜丝似的机器。他感到一阵恼火。一切全都是M的错。M疯了。他回到总部一定要和M好好谈谈这件事情。有必要的话，即使告到参谋长、内阁和首相那里，他也要去。M是一个危险的疯子，他会危害国家的安全。拯救英国就要看邦德了。疯狂的想法在邦德的脑子中萦绕，甚至与利普先生的手、贝特小姐的嘴唇，还有蔬菜汤的气味混合起来，使他的大脑一片混乱。他听见韦恩先生说："身体结构没有受到损伤。只是肌腱两端的表面受了伤。当然，主要是受到了惊吓。贝特，你现在就是邦德先生的私人治疗师。你要保证他有充足的休息，注意保暖和按摩，还有……"

休息、保暖、按摩。当邦德再次恢复意识的时候，他发现自己脸朝下地趴在床上了。他的整个身体就像刚沐浴过后一样放松。他

Thunderball

的身子下是软绵绵、热乎乎的电热毯,后背还有温暖的太阳灯照射。贝特两只柔软的手就像丝质的皮毛一样,有节奏地从脖子到膝盖在他的身上敲打。邦德全身心放松地躺在床上,尽情地享受着这极其温柔、奢侈的待遇。

现在,他睡意蒙眬地问:"这就是他们所说的按抚法?"

贝特温柔地回答:"我想你现在应该彻底清醒了。你的整个皮肤状态也彻底改变了。现在感觉怎么样?"

"非常好,如果再有两瓶威士忌就完美了。"

贝特笑着说:"韦恩先生确实说过,蒲公英茶对你来说才是最好的。但是我想来一点刺激的或许也不错。我的意思是就此一次。所以我带了白兰地,里面还放了许多冰块。你真的想喝一点吗?啊,等一下,我先给你披一件外套,然后你试试自己能不能翻转身。"

邦德听见头顶太阳灯被挪开了。他小心翼翼地转向另一边。隐隐作痛的感觉又回来了,但已经消退多了。他小心地将腿滑到床边,然后坐起来。

贝特小姐正站在他面前,纯洁无瑕、肌肤白净、美丽动人。贝特一手拿着一对貂皮手套,另一只手拿着玻璃杯,递给了邦德。邦德一饮而尽,感到极其冰爽。他想,这真是世界上最贴心的女孩。我愿意与她生活。她会整天为我做按抚,偶尔来一杯这样的白兰地,那么一生都圆满了。邦德微笑着,举起空玻璃杯说:"再来一些。"

贝特笑了,她这下放心了,邦德已经恢复了往日的活力。她接过玻璃杯说:"好吧,再给你一些。不过别忘了你的肚子还是空的。过一会儿你该难受了。"贝特手里拿着空杯子,突然,她的眼神变得冷静起来,"现在,你可以告诉我发生什么事情了吧。你真的是意外碰到了控制杆,还是发生了其他事情?你真的把我们吓坏了。以前从来没有发生过这样的事情。牵引台一直都是非常安全的,不会有问题。"

邦德从贝特的眼里看到了真诚,他慰藉地说:"当然,我当时只是想要更舒适一些,于是便抬起手来。我记得我的手碰到了一个硬邦邦的东西。我猜就是你们说的控制杆吧。我真是非常幸运,你及时赶到救了我。"

贝特递过来一杯新的白兰地。"好了,现在一切都过去了。感谢上帝,没有发生恐怖的事情。再为你治疗两天,你的身体就会恢复健康。"说完,贝特停顿了一下,看起来有点尴尬,她说,"噢,发生这么大的事情,韦恩先生问你能不能不要把事情张扬出去,他不想让其他病人担心。"

我不会的,邦德心想。他几乎能看到头条会这样写:牵引机失控,病人在自然疗法中被大卸八块,健康部门插手此事。于是,他说:"当然,我不会透露一个字。不管怎么说,这都是我的错。"邦德喝光了白兰地,谨慎地将被子放在床上。他说,"真是不可思议。有这么好的治疗。不过,你愿意嫁给我吗?你是我遇到的最漂亮,也是最知道如何恰当对待男士的女孩。"

贝特笑着说:"别说傻话了。把脸转过去吧,你的后背现在需要治疗了。"

"你怎么知道?"

Thunderball

两天后,邦德再次回到了接受自然疗法的日程。早餐是热水、橙子、被某些机器巧妙地切成片状的猪肉,然后接受机器无聊的治疗,接下来又是热水、午休、漫无目的的散步,或者骑车到最近的茶铺,喝一杯稍微加点糖的茶饮料。邦德已经非常厌恶那种茶饮料了,简直是在浪费自己的生命和时间,不过他的肚子空空如也,这种茶饮料简直像毒品一样令人满足。加上检查结果显示,他体内的毒素确实清除了不少,茶的确有不错的效果。邦德以往的生活中,想吃就吃,想喝就喝,从不节制。他开始领悟这些玫瑰度假屋的可爱。在这里这么长时间,邦德发现自己的味觉和嗅觉都变得十分灵敏。邦德现在想到外面的花天酒地的生活就感到不舒服。优雅的生活未必就能像现在这么舒适。现在整个生活空虚无聊,一切都是按部就班的,没有事情能让人打起精神。不知怎么,邦德想起了童年的天真无邪。在他的心里,喝杯咖啡、吃块手工蛋糕的单纯和平淡都是完全可以接受的。

最神奇的事情是,邦德忘记了身体不好的状态,他现在不是很强壮,但是已经没有了丝毫的疼痛。他的眼睛和皮肤的状态是那么好,一天能睡十个小时。最重要的是,早晨醒来的时候没有以前那种疲惫不堪的感觉。那种感觉会令人一天都想到一些烦恼的事情,并且让人无精打采。他的性格变了吗?难道他丧失了自己的立场、观点和原则了吗?难道他的粗鲁和冷酷的一面正在逐渐消失吗?他要变成怎么样的一个人?一个温柔、充满梦想、友善的理想主义者吗?还是一个会离开总部,反之走向监狱,只对青年人的俱乐部有兴趣,整天想着吃坚果炸肉排,甚至是抗议原子弹队伍,试图让世界变得更好的一员？

随着治疗一天天进行,詹姆斯·邦德愈加担心,因为他开始对以前的生活十分着迷——渴望吃拌了大蒜的美味的意大利肉酱面,再配上一杯上好的基安蒂干红葡萄酒,心里想着贝特小姐美丽的身躯,再好不过了。不过利普先生手上鲜红的闪电标志依旧使他十分焦虑。

吃喝的东西暂且可以先放在一边,调查清楚利普先生来灌木岛背后的阴谋才是最重要的。利普先生认为,自从邦德开始接受例行的治疗时,他就开始对红灯帮展开了调查。

他开始和迷人的贝特小姐就灌木岛的生活闲聊起来:"这里的职员一般几点吃饭？""那个利普先生,看起来有点胖。啊,他应该开始担心自己的腰围了吧？电热毯和洗浴对他没有作用吗？不过,真遗憾,我没有见过土耳其浴的房间。有机会我应该去瞧瞧。"邦德还对他的按摩师说:"你看过那个家伙吗？叫作什么利本？里布？啊！对,是利普。哦,他每天中午都这样吗？我想我也得试试了。能够整天休息真是太好了。你做完按摩后,我想和你谈谈土耳其浴。我需要好好出一身汗。"这些看似无知愚蠢的对话,其实是邦德精心的计划。他需要一个能让他和利普先生单独在土耳其浴室相处的机会。

因为可能没有其他机会了。利普先生除了在中午治疗的时候,一直都待在房间里。下午的时候,他开着宾利小车到伯恩默思,他"做生意"的地方。晚上,守卫总是在11点之前看见利普先生回来。一天下午,就在其他人午睡的时候,邦德用一根从孩子的模型飞机上弄下来的塑料棍,偷偷地溜进了利普先生的房间。他仔细地查找了一番,却一无所获。不过,从利普先生的衣物中得知,他是一个热爱旅行的人,衬衫来自巴黎的夏尔凡,领带来自法国迪奥,腰带来自赫迪雅曼,鞋子来自皮尔,蚕丝来自香港。其中,邦德发现了一只红色的摩洛哥山羊皮皮箱,他想其中可能藏着不为人知的秘密。于是,他盯着皮箱里的暗层,拿起随身的折叠刀……啊!不行!这很可能是一个圈套,不能上当。

这天下午,邦德照例喝了茶,将遇到利普先生的前后事情串联起来。利普先生30岁,非常受女士欢迎。邦德见过他赤裸的身体,十分强壮。他可能是葡萄牙和中国的混血。从外表看来非常富裕。他从事什么职业?从第一眼印象来看,邦德能将他和巴黎酒吧中的人联系起来。而且这个家伙浑身都是名牌,油嘴滑舌,很吸引女孩。但是利普先生那天偷听到了邦德和总部的对话,有充分的理由对付他。他肯定做好了准备,趁邦德一个人做治疗的时候,偷偷潜进去,或者只是想给他一个警告。但他将机器力量调到200的时候,似乎真的想置邦德于死地。这是为什么?这个人到底是谁?有什么目的?他的秘密是什么?邦德往茶里加了点红糖,边喝边思考着。他现在只确定一件事——利普背后肯定有惊天动地的秘密。

邦德从来没有认真考虑过要将利普先生的事情报告总部。发生在灌木岛的整件事情,不知道为何,邦德这位历来在行动和情报上掌握主动权的人物,现在好像变成了一个无能为力的傻瓜。他每天只吃蔬菜汤、喝热水,身体都虚弱了。如果冒险的话,说不定会断送自己的性命!不!现在只有一个解决办法——私下解决。男人和男人之间的较量。只有这样,才能满足邦德的好奇心。也许追踪利普是一件有趣的事情。但邦德这时候需要冷静下来,时刻保持警惕。

终于,第十四天到了,也就是邦德住院的最后一天。邦德计划好了一切:时间、地点和办法。

上午10点,韦恩医生为邦德做最后的身体检查。邦德走进诊疗室,韦恩医生正站在窗边做深呼吸运动。"呼!"他长长地叹一口气,然后转过身来,说,"啊!舒服极了!"他脸颊泛红,神清气爽地对邦德笑着说,"邦德先生,治疗过程怎么样?那次意外后没有不良反应吧?应该不会的,你身体的恢复能力惊人。现在请脱下衬衫吧,看看你在灌木岛的治疗效果。"

十分钟后,体检结束,邦德的血压为132/84,体重减轻了10磅,骨疗损伤消失了,眼睛明净,舌头状态良好。现在,邦德需要到诊查室做最后的全身检查。

白色的门廊一如既然地安静,弥漫着自然的香气。诊查室里偶尔传来病人和医生的细语交谈,但是由于机器的噪音,邦德听不清他们的对话。房间的通风装置发出有节奏的声音,为安静的走廊添了一丝嘈杂。差不多12点半的时候,一切渐渐恢复了安静。邦德脸朝下躺在治疗桌上,完全听从医生的吩咐,医生快速地拍打着他赤裸的双腿。在这期间,门廊的门一会儿打开,一会儿又关上。"早上好,贝雷斯福德。一切准备好了吗?今天的治疗会非常舒服。最后一次治疗了,还要再多减重一点,对吗?"

"好的,先生。"接着,邦德听见护理者运动鞋走动的声音,一直穿过诊查室的窗帘,然后消失在门廊最后的房间,那是土耳其浴室房。门关上了,几分钟后,门再次打开了,利普先生应该已经在土耳其浴室里了。二十分钟过去了,邦德从桌子边起身,他说:"啊,谢谢你,山姆。你帮了我大忙。希望有机会再次见到你。我要去做最后的盐摩擦,还有坐浴。别担心我。完成后我就会出来。"邦德在腰间围上毛巾,缓缓向走廊走去。医生已经照顾好他们的病人,现在正说着话走向餐厅。一个戒掉酒瘾的病人站在门廊前,大声呼喊着说:"再见啦!该死的冲洗器!"人们笑起来。接着,邦德听见护理员贝雷斯福德从土耳其浴室房走出来,他正在确定一切都在井井有条地进行着:"窗户呢,比尔?好的,接下来是邓巴先生,两剂药。伦恩,告诉洗衣房,午饭后我们还需要更多的毛巾。泰德……泰德,你在这里吗,泰德?好吧,那么,山姆,你照顾利普先生,可以吗?他在土耳其浴室。"

邦德整整一个星期都听见这样的对话,没有人会玩忽职守。他们只有干完手上的活才去吃午饭。这时,从洗浴房间传来山姆的声音:"好的,贝雷斯福德先生。"接着,是运动鞋在油布地面快速走动的声音。时候到了!贝雷斯福德先生出去了!接着,门打开又关上,山姆先生走出房间,不知道去找什么东西。这里只剩下邦德和利普先生!

邦德等了一会儿,然后小心翼翼地走出洗浴房,偷偷地打开土耳其浴室的门。他早就摸清楚了这个地方,脑海里已经有了清晰的地图,整个场景他记得一点也没有错。

土耳其浴室与其他房间一样,是同样的白色的小隔间,不过这个房间里面有一个大的淡黄色金属塑料盒子,大约五尺长,四尺宽。所有的门都是关闭的,只有顶部开着。前面有个地方能让病人爬着进去。护理员通过这个洞往里面提供洗浴用品。做土耳其浴的人身体完全浸入这个大装置中,会感到非常舒服。里面的温度由背后装置上的仪表盘恒温控制。这是一个简单的汗屋。

汗屋背对着门,水压装置发出嘶嘶的声音。利普先生怒气冲冲地喊道:"该死的!贝雷斯福德,让我出去!我已经大汗淋漓了!"

"先生,你是说你还想再热一点?"邦德巧妙地模仿护理员的声音。

"别废话,该死的。我要出来!"

"我认为你还没有体会到高温的好处。它能帮助你排出血管中大量的毒素,对你的肌肉组织也有好处。这个温度,许多病人都说再合适不过了。"邦德对这些术语了如指掌,张嘴就能忽悠出来。他不担心贝雷斯福德会突然出现,因为他此时正在餐厅吃午饭呢。

"少胡扯!我告诉你,让我出去。"

邦德检查了设备后面的数字,指针现在指向120。应该给这个家伙多大温度呢?设备显示最高是200。不过这个温度应该会把他烤熟吧?邦德不想杀他,只想给他一个教训。也许180足以让他好受了。于是,邦德将指针调到了180。"再加热半个小时再好不过了,先生。"邦德继续装作护理员的声音说。接着,他厉声说道:"要是你着火了,大可以告我们。"

汗涔涔的利普先生试图从汗屋里出来,但失败了。邦德朝门走去。身后传来利普先生的声音,虽然他在抑制自己,但还是透露出绝望。他将内心的怒气和憎恨隐藏起来,大声喊道:"给你1000英镑,放我出来。"没有人回应他,只听见门嘶的一声打开了,"1万英镑! 5万! 5万英镑总可以了吧!"

邦德毫不犹疑地关上身后的门,快速地穿上衣服,离开了浴室。他的身后传来了利普先生歇斯底里的求救声。邦德捂住耳朵。在医院度过痛苦的两个星期后,邦德知道没有什么是紫药水和单宁酸果冻不能治疗的。不过,一个能提供5万英镑的人肯定是一个有钱人,或者有迫切的理由需要获得行动的自由。很明显,为了避免伤痛,开出5万英镑的价钱,实在是太高了。

詹姆斯·邦德是正确的。两个极其冷静和无情的人之间,却上演这样的戏码,确实有点幼稚。相比起顷刻之间就能颠覆整个西方世界的阴谋和精密的仪器而言,这真是微不足道。

霹雳弹

第五章　魔鬼党

奥斯曼大街位于第八和第九街区，从法布街区的圣誉街一直延伸到歌剧院。这是一条漫长而无趣的街道，但它却拥有整个巴黎最牢固的建筑。这里不是最富裕的大街，最富裕的大街要数耶纳大道，但有钱人不一定是一个声名显赫的人，耶纳大道中许多的房东和房客的名字都是以"埃斯库""奥维兹""斯基"和"斯坦"结尾，这些显然不是有名望的名字。更重要的是，耶纳大道几乎全是住宅楼房。偶尔的两间商店，由列支敦士登或者巴哈马控股的公司，也只不过是出于税收目的。奥斯曼大街并不像耶纳大街。在世纪之交，用沉重的砖块砌出来的庞大的帝国大厦巍然耸立。这里有里尔、里昂斯、波尔多、克莱蒙费朗等等在棉纺织、艺术丝绸、煤矿、红酒、钢铁和船运等领域赫赫有名的企业进驻。其中，还有唯利是图、逃避债务的奸诈小人。

在这些声名显赫的公司中,坐落着几座教堂,一座小小的博物馆,还有法国莎士比亚社团的所在地。你还能发现一些慈善机构的总部也位于此。例如,在 136 号,一块黄色的铜板上刻着"FIRCO",下面是一行小字:"博爱国际救助所"。如果你对这个机构有兴趣,不管你是理想主义者,或者只是一个销售员,你都可以按下他们干净的瓷做的门铃,门会应声而开,你会看见一个典型的法国看门人。如果你的事情紧急,或者有非凡的意义,看门人会带你穿过大厅,来到一扇双门面前。门内会有你期待要见的人。一间脏乱的大房子,一半的人坐在廉价的椅子上,正在打字、写信,或者忙着一些大生意,不停地进进出出、打电话。屋子里摆放着金属箱子,抽屉敞开着。如果你观察仔细的话,你也许会察觉,所有的人几乎都在同一年龄段,介于 30 到 40 之间。这时候,你或许会想找一个负责秘书工作的人,很遗憾,你会发现自己找不到。

你会发现有人向你投来防御性的目光,在一家忙碌的公司里,这也是司空见惯的。不过,要是你想找一个人询问,那么离你最近的那个人也许会帮上忙。"博爱会的目的?"你问。

"先生,我们的存在,是为了让上一次战争中,所有的地下反抗组织成员中盛行的理念得到延续。"

"啊,不,先生,我们是非政治性的。"

"我们的资金? 它们来自与我们有同样目标的慷慨的会员。"

"你有一个地下反抗组织的亲人或朋友,你正在寻找他们的下落?"

"当然,先生,名字呢?"

"好,乔治·卡拉斯基,最后一次联系是在1943年的夏天。我的天哪!"

"好,乔治·卡拉斯基,1943年。"

"朱尔斯会去柜子那找相关资料。"

接着,你会得到回复。

"死了,在一次爆炸中身亡,时间是1943年10月21日。"

"我很遗憾,先生。还有什么可以帮你吗?"

接着,你或许会听到一些颇有文采的句子。

"请原谅我没有时间将FIRCO的故事仔细讲述,但你可以在这里找到你想要的信息。今天太忙了,今天是国际避难日,我们有太多前来咨询的人。啊,下午好,先生,请进……"

这就是耶纳大街的情况。你会对他们高效杰出的工作印象深刻。

邦德完成了他的自然疗法后,在天黑前前往了伦敦。他开着贝特小姐的微型汽车,在布莱顿小镇卢西恩的餐厅中美美地品尝了意大利肉酱面和基安蒂红葡萄酒。与此同时,FIRCO的董事紧急召开了一场会议,时间在晚上7点。董事们,全是男士,从欧洲四面八方赶来,或坐火车,或搭乘飞机,结伴或独自一人走进了耶纳大街136号。有人倚在前门,有人站在后门。从下午到晚上,不停有人进进出出。每个人都有规定到达的时间。公司内部除了各处门道有专人警戒外,还有其他不引人注目的安全措施,例如随处可见的警铃,专门监视楼下后门处动静的监控,一整套虚假的公司记录……有必要的时候,公司董事马上就会偷偷换掉记录。

7点的时候,二十位男士或大步流星,或迈着八字步,或慢吞吞,陆陆续续都进入了三楼的会议室。会议主持人早已经到位。他们彼此之间没有寒暄问候,只是按照各自的编号依次坐下来。由1到21的编号代替了他们的名字。当然,每个人的编号都不是固定的。为了安全起见,每月1号,他们的号码就会前进两个号。没有人吸烟或者喝酒,因为在这里都是禁忌。也没有人去看自己面前那一份伪造的公司董事会议事记录。每个人都安静地坐着,用专注、尊敬和谄媚的眼神注视着主持会议的主席先生。

大家看见,这位主席先生在本月份的代号是NO.2,任何人看见他都有同样的感觉,即使是第一次见面,因为他也是组织成员之一,他们一生或许也就见两三次面。主席先生犀利的眼睛几乎要将你的脑袋吸掉。要想成为组织的成员,需要具备三个基本素质:过人的身体素质;性格刚毅,内心笃定;可以完全摆脱动物般的暴力倾向。这群人总是能够识别一般人无法获知的信息。在原始部落中,你会发现,有人具备与生俱来的领导气质,他们很容易就会成为部落领袖。历史上的伟大人物,例如成吉思汗、亚历山大大帝、拿破仑,以及其他伟大的政治家,都具备这样的特质。也许他们甚至掌握了催眠知识和经验都不足的人,例如阿道夫·希特勒,他能号召欧洲八千万人为之效力。当然,NO.2也具备这些特质,大街上随便一个人都能认出他,更别说眼前这些精挑细选的二十人了。对于他们来说,虽然他们在各自的职业生涯中,都沾染上了冷嘲热讽的习气,虽然他们对人都有些麻木,但是,他们的主席,至高无上的统帅,几乎是他们的上帝。

这位主席就是恩斯特·布罗菲尔德,生于1908年5月28日,父亲是波兰人,母亲是希腊人。他在华沙大学攻读经济和政治历史后,继续在华沙工学院研读工程学和放射电子学。他在25岁的时候,获得了邮电部门的中心行政职位。对于一个大学高材生来说,他的选择令人困惑,但是布罗菲尔德逐渐对世界信息开始产生了兴趣。为了在这个世界获得一席之地,掌握权力,他决定要更快、更精确地获取信息。他认为,历史上每一次正确的决定,背后都是对真相的先知,不管是和平还是战争年代,那才是荣誉之源。他在这方面做得不错。在中央邮电部门,他能够勘察所有的电缆和电报内容,同时能在华沙证券交易所进行信息交易——偶尔的,一般都是在有绝对把握,或者邮政业务发生改变的时候。现在,波兰正在筹备战争,他的部门捕获了进口大量军需品和外交电报的信息。布罗菲尔德改变了策略。这些信息极具价值,对他来说可能一文不值,但对敌人来说,可是价值连城。起初的技术很拙劣,但后来渐渐变得更专业,布罗菲尔德谋划着要掌握所有的光缆信息,然后有选择地将标注"高度机密"或者"高度紧急"的信息秘密记录在笔记本上。接着,通过小心翼翼的操作,他建立起以他为首的虚假信息传递网络。这些人大多都是各大使馆和军备公司中的小人物,能够记录有关部门活动的秘密——英国大使馆中职位低下的小密码管理员、法语翻译人员、私人秘书,他们才是真正可以在大型组织中活动的人。他们的名字很容易就能从外交官衔名录中得知,打个电话给公司,或者直接问主席的私人秘书,都能找到他们。布罗菲尔德代表红十字会说话。他们希望讨论相关的捐助。当布罗菲尔德获得所有人的名字后，开始逐渐形成自己的网络关系网。他小心翼翼地接触德国军事部门，复制他们的重要文件。他很快就对接上了德国反间谍机构阿勃韦尔，事情就变得简单多了。当据点膨胀的时候，他需要更多的金钱来维护庞大的信息市场（布罗菲尔德仅接受美元作为支付方式）。他考虑过重用苏联人，但后来又解散了他们，接着，他又重用捷克人。他很快意识到，自己几乎是一个掌握世界安全事态的关键人物，但安全总是时常受到各种威胁，例如：瑞典和德国人之间，可能存在大量的情报部门；同盟国之间的反间谍行动、密码破译行动；长时间使用同样的名字；国家的某些特工死亡或者由于缺乏某些必要知识而离职。无论如何，现在他手上有20万美元，即使战争来临，他也能舒舒服服地生活。是时候离开去寻找更广阔的世界——一个更安全的领域了。

布罗菲尔德谨慎地谋划着他的撤退。首先，他慢慢地解散部门。他解释说，英国人和法国人已经将安全提上日程。可能还有一个遗漏——他总是温和地斥责他的同伴——他的秘书已经改变了立场，他总想要更多的钱。接着，布罗菲尔德拜访了证券交易所里的朋友，用一千美元让朋友们守口如瓶，并将所有的资金投入了阿姆斯特丹的无记名债券中，然后转移到苏黎世一家安全的银行中。布罗菲尔德总能在最终告诉他的联系人之前，嗅到对方的动态，通过暗自调查各个合伙人的动向和日常活动，掌握他们的第一手资料，然后更改个人的档案内容，包括姓名和出生日期，一点蛛丝马迹也不会放过，以免给人口实。他找到护照加工工厂，想办法操纵每一个海港，并以2千美元的价格购买了意大利海员的通行证。接着,他搭下一班船前往瑞典。在斯德哥尔摩做短暂停留时,他认真观察世界上正在发生的事情,探知战争的进程。布罗菲尔德用最初的波兰护照飞到土耳其,将钱从瑞士转移到伊斯坦布尔的奥斯曼银行,然后等待波兰战败。接着,波兰果然战败。他声称要去土耳其避难,为了能够得到批准,便花了一笔小钱贿赂了当地的政府官员。如此一来,他顺利地在土耳其定居下来。安卡拉电台很高兴得到他的专业服务,他在那里建立了秘密组织去窃取信息,这个组织比当初的还要专业和可靠。他在出售信息的时候,心里总是揣摩着哪一方会取得最终胜利。他就像一根墙头草,永远靠向对自己有利的一方。他从来不会放弃任何机会,在战争中,他获得了英国、美国和法国的巨额财富和至上荣誉。他在瑞士银行用假名存了50万美元,然后用新名字获得了瑞典的护照,最后飞到南非,过着极其奢靡的生活。

现在,布罗菲尔德认为,他安全回归的时候到了。他坐在耶纳大街安静的会议室里,缓慢地扫视在场的二十个男人,看看有谁敢不注视着他的眼睛。布罗菲尔德的眼睛就像一池深不见底的水,仿佛要把人吞噬进去。这是他必备的能力。二十个情报人员都在揣测主席的态度,对事情进行分析。简单地说,他们都表现出一副信心满满的样子,这样才能在主席的信任和庇护中生存下去。但是他们暂时放下了罪过或者虚假,让布罗菲尔德感到,他们是可信的,就像玻璃鱼缸一样透明。他们希望能够经受住布罗菲尔德的考验。但布罗菲尔德有着最严格的好奇心,他的目光就像显微镜一般,甚至连透明玻璃上的稍许瑕疵也能洞察到。他三十年来一直做这样的事情。他能够坐上今天的位置,肯定有过人之处。高度的自我肯定不断铸造了生命中的成功,他总是尝试着获得更多的进步。

他的眼睛缓缓地、平静地打量着在座的所有人,眼下的脸颊丝毫没有一点放纵、病态,或者老态。刚毅的脸庞,加上他的小平头,更彰显他的干练和威严。虽然下巴的形态暴露出他的发福,但却是中年人具有权威的表现。在大而方的鼻子下,他的嘴唇非常完美地匹配着他的哲学家或科学家般的脸庞。他骄傲的神情令人感到神采飞扬。扁长形的黑色嘴唇,透露出有些虚假和丑陋的笑容。他就是一个不折不扣的充满愤恨、专制和残酷的家伙。但就像许多人崇拜莎士比亚一样,在座所有人都非常崇拜他。

布罗菲尔德的身体就像二十块大石头一样重,浑身都是肌肉。他年轻的时候是一个业余的举重选手,但在后来的十年里,他放松了锻炼,肌肉都变成了大肚子,只能隐藏在肥大的裤子里。剪裁精致的双排上衣包裹住肥胖的身体。他的很多衣服都需要找专人定制。布罗菲尔德手长脚长,却总能听从大脑的摆布,敏捷活动。休息的时候,他从来不吸烟,也不喝酒,更不随便找女孩子过夜。现在,考虑到身体的健康,他不吃太多东西,过着有节制的生活,让许多人都猜不透他的心思。

二十个男人围坐在长桌边,接受他目光的审视。他们也算得上是国际上的大人物,年龄都在 30 到 40 岁之间,所有人都身强体健,有着不凡的锐利气势。其中有两个人与众不同,有着鹰般锐利的眼睛。两个人都是科学家:第一位是科特兹,民主德国的物理学家,五年前,他携带着秘密的资料来到联邦德国,换取了自由、金钱和瑞典国籍的庇护;另一位是马斯罗,是一名电子专家,曾经担任荷兰菲利普公司无线电研究部门主任。在一次莫名的失踪后,他将名字改成了现在的马斯罗。其他的十八个成员来自六个民族。每个民族都由三个人组成一个小组,一共分成六组。他们都是国际上臭名远昭的罪犯,或者破坏集团里的余孽。这六个小组的成员分别来自意大利西西里的黑手党、法国科西加联盟、苏联锄奸团、德国纳粹党、南斯拉夫的秘密警察局,还有土耳其的毒品走私团。每一个人都是黑社会里的高层人物或者秘密工作者,当然,他们也是完全的阴谋家。当他们行动的时候,个个都是能瞒天过海的英雄;当他们安静下来的时候,又是衣冠楚楚的绅士。表面上看,他们都有正当的职业,所持的护照有合法的签证,能畅游世界。他们在原籍国家的警方记录里,以及国际犯罪或者间谍侦破的记录里,都是清清白白的人。但他们在加入这个组织之前,必须有最凶恶的犯罪行为——犯过恶行,但却能保持清白,就是参加这个组织最重要的条件。

这个组织就是:恐怖勒索报复反情报特别行动党(Special Executive for Counter-intelligence,Terrorism,Reverge and Extortion)。它的每一个词开头的字母构成了:SPECTRE,恰好是"魔鬼党"的含义。这个组织的创始人兼首领,就是恩斯特·布罗菲尔德。

Thunderball

第六章　紫罗兰的气息

布罗菲尔德在彻底打量了在座的二十张脸后,果然,他发现了一双鬼鬼祟祟、试图逃避他的眼睛。布罗菲尔德看见这人的目光紧张地飘来飘去,便知道自己的推断没有错。复查报告并不完全可靠,但他的眼睛和直觉才是一项重要的确认标准。于是,布罗菲尔德缓慢地将手放在桌子下。一只手平放在大腿上,另一只手伸进裤兜里,掏出一个金色的瓶子,放在桌子上。然后,他用大拇指指甲撬开盖子,从里面倒出一个紫罗兰味道的口香糖,扔进嘴,慢慢地嚼着。这是他的习惯,当要说一些不愉快的事情时,他就吃一颗口香糖,似乎能使他的话听起来甜蜜一些。

他嚼了几下,将口香糖压到舌头下面,开始用温柔而又有节奏的声音讲话:"我要向在座的各位做一个关于欧米茄的大计划报告。(布罗菲尔德讲话的时候,从来不会加诸如绅士们、朋友们或者同事们的词语）在我开始进入主题之前，为了安全起见，我先岔开话题，说点别的。"布罗菲尔德说着，故作温柔地环顾了一下台下的二十个人。还是那双眼睛不敢正视他。他继续用温柔的口吻说："过去三年的行动情况表明，我们已经获得了成功。这里特别感谢德国情报部门，在土耳其部门的协助下，他们在蒙特西发现了希姆莱的珠宝，并成功转移到贝鲁特。总收入是75万英镑。驻守东柏林的安全部门就不如人意了，不能与苏联部门相提并论。苏联部门通过向美国中央情报部门提供消息，为我们赚了5万美元。意大利小组在那不勒斯截获了巴斯托利总计1000盎司的海洛因，转手卖到洛杉矶，获利80万美元。另外，我们在一家化学工厂里成功拿到了用于细菌战的原瓶细菌，赚了10万英镑。勒索藏在古巴哈瓦那、以假名苟且偷生的前意大利黑衫党特格，又使我们收获10万美元……可怜的家伙，那是他所有的财产了。接着，是勒索一个面临暗杀威胁但深受柏林共产党员欢迎的法国前重水专家。顺便说一句，非常感谢这位专家，因为我们通过他，从政府的第二联络处获得了10亿法郎的收入。如果不计算持续获得的一般收入，目前总计收入达到了150万英镑。为了安全起见，这些钱都用银法郎存起来。这笔收入会按照惯例分红，百分之十用于组织的日常开支和运营，百分之十归我，剩下的平均分给在座各位，也就是每人百分之四。每个人大概有6万英镑。我认为这笔钱对得起你们的服务——每年2万英镑不符合预期——但如果我们的欧米茄计划能够实现的话，每个人都能赚更多的钱。如果想要实现这个目标，那么现在团结整个组织，为欧米茄计划服务就是首要任务。"布罗菲尔德低头看着桌子，接着和蔼地说,"有什么问题吗?"

此时,二十双眼睛毫无表情地注视着他,每个人心里都暗自盘算着,有自己的想法。大家沉默着,但要说他们对这样完美的计划没有任何疑问也是不现实的。因为他们知道,现在是主席说话的时候,最好还是不要插嘴。

布罗菲尔德又扔了一块口香糖到嘴里,嚼了几下,压到舌头下,然后继续说:"那就这样了。一个月前,最后一个环节已经开始了,结束后我们会有100万美元的收入。"布罗菲尔德的眼睛落在左边那排最后一个人的身上,他慢慢地说,"7号,你站起来。"

马里斯·多明戈是科西嘉联盟的人,一个高傲、结实的胖子,眼睛总是缓慢地移动。只见他慢慢地站起来,身上极其考究的衣服很可能来自法国马塞的巴贝斯。他似乎不敢正视布罗菲尔德,那双又大又粗的手不自主地垂在裤子旁边。布罗菲尔德似乎要回应他的目光,然而,7号旁边的12号对此一点反应也没有。12号是皮埃尔·博尔德,他正好坐在布罗菲尔德对面,也就是长桌子的尽头。正是这双眼睛在会议期间一直游离不定。不过,现在这双眼睛不再恍惚,好像已经确认了什么,放松了下来。眼睛中曾经流露出来的恐惧或者其他情绪,突然间荡然无存了。

布罗菲尔德继续说话:"这个环节,你们回忆一下曾经参与的一件事情,包括绑架拉斯维加斯大饭店的老板马格努斯·布罗伯格17岁的女儿,这位老板还是美国底特律紫心勋章的获得者。女孩是在他父亲的巴黎蒙特卡罗饭店被绑架的,然后转移到科西嘉岛。这部分是由科西嘉部门完成的。我们提出的赎金是100万美元。

布罗伯格先生愿意支付这笔钱,他完全配合我们的指示。这些钱被放在漂浮的木筏上,黄昏的时候,在靠近圣雷莫的意大利海岸将木筏推出去。晚上,这只木筏被西西里部门的人发现。我们将钱取下来,送往了意大利港口。在日暮来临之前,木筏重新由西西里部门的人收回来。这个部门主要负责探测收音机里晶体管转换器功能,并将探测装备放在木筏上,故意让法国海军找到木筏,让木筏在海上漂流,从而使木筏安全。我们确认了赎金的数目后,把女孩毫发无伤地从科西嘉送到开往马塞的蓝色列车,然后送回她父亲的怀抱。哦,除了她的头发颜色变了——为了掩人耳目,已经将她的头发染成了别的颜色。我说得很明白,从警察在尼斯的情报部门所得的信息看,我现在知道了,她在科西嘉被俘虏的时候,遭到了强奸。"布罗菲尔德突然停顿了一下,给大家时间消化他的话。一会儿,他继续说,"女孩的父母非常不满,当然,不排除女孩在自愿的情况下发生性关系的可能性。但是,无论如何,组织已经承诺了不会让女孩受到伤害,包括绝对不向女孩传授性知识的内容。这关乎我们组织的信誉。我认为,不管女孩是否自愿,她都应该毫发无损地回到父母身边。"布罗菲尔德说话的时候,几乎没有任何带情感色彩的动作。现在,他缓慢地把左手放在桌子上,慢慢展开,用同样的语调说,"我们是一个强有力的庞大组织。我不关心伦理道德,但是,在座的各位应该知道,我非常渴望,也强烈地建议,应该用高标准规范我们的组织。魔鬼党应该在行动中展现高尚品格。魔鬼党没有原则,只有个人原则。我们是有奉献精神的兄弟会,组织的力量依赖于每一位成员的力量。一个人的孱弱会成为整个组织的致命点。

你们已经知道了我的观点,在行动中希望你们表现出你们的理解。这个案例,我已经和女孩的家人通过收音机晶体管把事情说清楚了。为了表示歉意,我已经将50万美元用同样的方式归还给他们。我敢说,他们对整个计划毫不知情。这是典型的警察做法——也是我期待的做法。对所有人来说,这次行动的分红也就落空了。至于整件事的罪魁祸首,我认为他是有罪的,只有这样想,我才能说服自己。我已经决定,不能坐视不理。"

布罗菲尔德低头看着台下,眼睛一直注视着站起来的7号——科西嘉部门的多明戈。多明戈报以坚定的目光。布罗菲尔德知道他是无辜的。他知道谁才是罪魁祸首。虽然他紧绷着身体,但那并不是恐惧。他仍旧保持自信,就像在座其他人一样。7号不明白为什么他会被作为指责的目标,现在,所有的目光都在瞄准他。但是布罗菲尔德已经做出了决定,他总是对的。

布罗菲尔德注意到了7号的勇气,也知道原因。他同时也观察到坐在他对面的12号的脸颊渗出了涔涔汗珠。不错!汗水能证明他和此事脱不了干系。

在桌子下面,布罗菲尔德放在大腿上的右手抬了起来,找到了电路的按钮,打开了它。

只见12号皮埃尔的身体在承受了三千伏的电压之后,剧烈地抽动起来。他的后背感到剧烈的疼痛,就好像有人在背后猛地踢了他一脚。他甚至感受到头发丝竖了起来。巨大的电流通过他的身体,他露出痛苦难当的神情,眼睛瞪大了,然后渐渐失去了光泽。藏在嘴巴里好好的舌头,现在突然伸了出来,并且在发黑。接着,12

号的手下冒出一缕缕可怕的烟雾。他的后背和大腿都接触到了设置好的电路，整个椅子的电路都是相通的。布罗菲尔德关掉了开关。房间里的灯发出橘黄色的光线，营造出令人乏味的气氛。烤熟的肉味和纤维燃烧的气味渐渐在房间里散播开来。12号的身体从椅子上倒下来。尸体撞到桌子边上，发出刺耳的声音。一切都结束了。

　　布罗菲尔德温柔的声音打破了房间里诡异的沉默。他看着站在桌边，毫无表情，丝毫没有颤抖的7号，满意地说："7号，请坐，我对你的表现十分满意。"（满意是布罗菲尔德对一个人的最高赞赏）分散12号的注意力很有必要。他知道12号才是嫌疑人，如果直接说出来，说不定会出什么岔子。

　　围坐在桌子边的人纷纷点头，对布罗菲尔德的行动表示理解。他的推理一如既往有理有据，极具说服力。没有人会对刚刚发生的事情感到惊讶或者困惑。布罗菲尔德总是能以履行正义之名，保持他的至上权威，并表现出一副都是为了全体成员着想的样子。类似的事情已经在会议上发生过两次了，两次都是由于安全和个人自律问题影响了组织的凝聚力、内部力量等。第一次，冒犯者被布罗菲尔德用一把袖珍压缩空气手枪射穿心脏——隔着大概十二步的距离。第二次，犯事者正好坐在布罗菲尔德的左手边，当时，布罗菲尔德迅速地转到那个人的椅子背后，用一根金属绳勒住他的脖子，然后后退两步，只用了片刻工夫，便狠狠地了结了那人的生命。两次惩罚都是当着众人的面进行。这第三次也不例外。现在，所有人都无视12号还在冒烟的尸体。他们端坐在椅子上，是时候讨论正

Thunderball

事了。

布罗菲尔德啪的一声，用指甲关掉瓶子的盖子，重新放回裤兜里。"科西嘉部门，"他温柔的声音响起，"会提出接替12号岗位的人选，但是可以等到欧米茄计划完成后。关于这个计划，还有很多细节需要讨论。德国部门聘请的子控制员G就犯了一个错误，一个严重的错误，影响了我们的计划进程。这个人是澳门红灯会的成员，具有非常专业的密谋能力。他在英国南部有自己的总部。表面上看，他从事令人钦佩的救济工作，但他的实际目的是和不远处博斯库姆镇上轰炸机中队的佩塔基保持联系。他还会汇报中队士兵的身体和道德情况。他的报告总是令人满意，顺便说一句，飞行员一直都愿意让他做检查。但是子控制员G也需要在未来三天内，将消息发送给我们的部门D。不幸的是，这个愚蠢的家伙，居然把自己卷入当地的纠纷中。他火爆的臭脾气，惹火了诊所里的几个飞行员，导致我们不能获得进一步的行动细节。G现在正在布雷顿中心医院接受治疗，他被烧伤了，不得不退出行动计划一周。他可能不能参与最后的计划了。幸好，他对整个欧米茄计划的影响不大。新的指示已经下达了。佩塔基已经提供了一个流感病毒药瓶，足以让所有的飞行员生病一周，无法接受飞行任务。不过，他们恢复后，会马上执行飞行测试，所以我们需要提高警惕。飞行日期会告知子控制员G，那时候，他就已经没有大碍了，当然也会向我们提供计划的相关信息。特殊执行计划，"说到这，布罗菲尔德环视了在座的每个人，"会根据他们在ZETA地区的飞行计划调整。至于子控制员G……"布罗菲尔德观察他们一个个的表情，然后盯着三位前盖世太保的成员,"他是一个不可靠的人,德国部门的人会安排他从二十四小时传递信息的任务中撤离出来。你们都清楚了吗?"

三位德国人脸上异常一致地露出同意的神情:"清楚了,先生。"他们异口同声回答。

"至于其他人,"布罗菲尔德继续说,"随时待命。1号已经在ZETA地区建立了强大而牢固的关系网。寻宝神话继续上演,并且赢得了公众的信任。我们精挑细选的快艇驾驶员正在接受严格的训练。训练的严格程度远超我们的想象。我们已经确定了适合的陆地基地。它位于偏僻的地方,一般人很难发现或者靠近。那里是一个英国电子学家的地盘。他生性喜欢生活在隐秘的环境里。你们到达ZETA地区后,还需要做一些周密的行动计划。F和D已经在衣橱里为你们提供了行动服装,配合你们的各种飞行计划。那些服饰是经过最细微的考虑设计制造的,能让你们像真正的寻宝人一样。一般来说,寻宝的人总是要求先侦察海域,并且对各种冒险跃跃欲试。但是,你们要记住,你们不是轻易上当的百万富翁。你们是有钱的中产阶级人士,靠租金度日的人或者商人。不要过于引人注目。你们是时刻保持警惕,管好自己的投资的人,从不轻易浪费一个达布隆(西班牙旧时的金币)。"没有人笑,"你们要清楚自己扮演的角色,我相信你们会认真研究自己各自代表的角色。"

在座的各位小心翼翼地点点头,表示同意。他们很是满意,因为主席没有过分提及他们已经建立的关系网。在座的其中一位是来自马塞的富裕咖啡经营者,他已经成功地扮演了这个角色,能和任何人谈论起咖啡的生意。另一位是南斯拉夫的葡萄园种植主,他在布莱德长大,能和来自法国波尔多的大人物谈论葡萄酒的酿造时间和农药喷洒时间。还一个是烟草走私商,他确实走私了,但他非常谨慎,总能够掩人耳目。他们所有人都被赋予了新的身份,有利于获取重要情报信息。

"至于水下呼吸训练,"布罗菲尔德继续说,"我希望听到每一个部门的报告。"他看着坐在左边的南斯拉夫部门。

"太好了!""太好了!"接下来,这样的话语不停地从桌子上传来。

最后,布罗菲尔德总结说:"安全是至高无上的准则。各部门,在行动开始前,都清楚了吗?"众人点点头,"新式 CO_2 水下手枪已经开始投入使用了吗?"再一次,所有的部门都自豪地进行了报告。"好,那么现在,"布罗菲尔德继续说,"我想听听西西里部门关于飞机下落问题的报告。"

费德里奥·西亚卡是一个骨瘦如柴、面色惨白且严肃的西西里人。他或许曾是共产主义学习的老师。他代表部门发言仅仅因为他的英语。英语是特别执行计划中的强制语言,而他的英语是最好的。他小心翼翼用清楚的语调说:"被选择的地区已经进行严密的侦察了。十分令人满意。我到过那里,"说着,他伸出手,摸放在膝盖上的公事包,"计划的详细内容和时间表我已经带来了,请主席和在座各位过目。简单来说,指定的地区 T 位于伊特那山的西北方,海拔在两千米到三千米之间。这个地方不适合人类居住,因为那里正好是火山口的上方,属于无法种植农作物的黑色熔岩地区。着落点大约两千平方米的空间会由搜救队伍用气炬标志出来。在这个地区的中心位置,会竖起一个迪卡航空导航标志,作为必要的航行标志。我保守估计了一下,飞行任务将由五架四号运输飞机来完成。它们将以每小时三百英里的速度前进。鉴于飞机所载的货物重量,降落伞装置是必要的,而且,岩石地带的特殊地形,有着较高的危险系数,每个包裹都用泡沫橡皮包起来也是十分必要的。所有的降落伞和包裹都应该涂上磷光,这样,遇到事故的时候,就能迅速找到它们的位置。以上都是必要的准备措施。"

"搜救队伍?"布罗菲尔德急躁地问,"指什么?"

"当地黑手党的负责人卡布是我的叔叔,他有八个孙子,全都死心塌地为他效劳。我已经计划清楚了,他们的行踪都掌握在我的助手手中。他已经清楚了任务。同时,如果安全送到卡塔尼亚的补给站,我会给他100万英镑,作为整个搜救队伍的报酬。这几乎是我们组织所有的基金了。他已经同意了这样的条件。他知道抢银行的计划还在讨论中。他希望知道更多的事情。刚才主席说了,计划要延迟,但并不会影响我们这边的准备。同时,52号是一个非常能干的人,他为行动提供了必要的设备,任何风吹草动都逃不过他的法眼。他一直和卡布保持联系,并且,通过联姻,他已经和卡布建立了亲密的关系。"

布罗菲尔德沉默了两分钟。他慢慢地点点头:"我很满意。至于下一步的行动,金条的处置问题,这将由201号负责。他是一个值得信任的人。麻疹疫苗汞制剂会在卡塔尼亚装载,然后通过苏伊士运河送至葡萄牙殖民地印度果阿,然后在阿拉伯海湾做适当的转向。201号会和来自孟买的商人碰面,做金条的交易。这些金条将转送上船,然后以几乎是市面最高价出售。我们会得到相应的收入,然后再换成法郎、美元或者其他比较保险的货币。这些钱会分成几份,存入瑞士的几家大型银行,安全地放置在保险柜中,保险柜的钥匙会在会议后分发。我们没有什么好担心的。从那一刻起,所有人都能自由地使用那些钱。但为了安全起见,也请各位谨慎花费。"布罗菲尔德平静地看着各位,说,"大家对这个计划满意吗?"

所有人都谨慎地点点头。18号康定斯基是一个波兰的电子学专家,他开始发言了。他的发言毫无自信。这些人当中很少有这样胆怯的表现。"我并不很擅长这方面的事情,我有一个疑问,"他认真地说,"运送的船只会不会随时被海军截获?西方的权力机构非常清楚这些黄金的价值,所以,不论是空军、陆军或者海军,都可能随时把黄金收回去。空军和海军巡逻队可不是容易对付的。"

"你忘了,"布罗菲尔德耐心地说,"不管是空军还是海军,都不会截获我们。原子弹会保证我们的钱安全地存进瑞士银行。我已经算过了,没有任何风险,绝对不会出现其他可能性。我们的联络员都在探测来自各方面的信息。截获我们的船只的可能性微乎其微。我们能想象这些行动在西方权势的保护下万无一失,因为任何消息的泄露都会引起恐慌。还有其他问题吗?"

布鲁诺·拜尔,来自德国部门的医院,固执地说:"我们可以相信1号会立即控制 ZETA 地区,但是,他有这么大的权力代表你执行计划,这合适吗?是否,他就是那个领域的最高司令官?"

布罗菲尔德认真地思考这个问题。德国人总是能绝对服从命令,但他们总是希望先弄清楚谁是最高权威。德国军人只听从最高指挥官的命令,如果他们认为希特勒是最高统帅的话。布罗菲尔德坚定地说:"我已经向我们的执行组织非常清楚地下达命令了,我也一早和你们宣布过,现在,我再重申一遍,经过大家投票选举通过,一旦我死了或者不能管事,1号就会接替我的位置。在欧米茄计划中,我要一直在总部观察来自各方的报告和反应,所以他会是魔鬼党的最高领导者。1号的命令就是那个地区的最高命令。他的命令你们应该一丝不苟地执行,就像执行我的命令一样。我希望大家同意这个决定。"布罗菲尔德的眼神变得凝重起来,他环顾各位成员,每个人都点头表示同意。

"好的,"布罗菲尔德说,"那么会议到此结束。大家请放心,我会派人妥善处置12号的尸体。18号,请以最快的速度联系1号。因为8点以后,波段就不会被法国邮政局占用。"

第七章　欧米茄计划

邦德刮掉杯子底部最后的一点酸奶，说："纯羊奶，来自格罗斯坦维的山羊牧场，科茨沃尔德自然保护区中心。"他拿起一个小圆面包条，小心翼翼地切成片（它们很容易切碎），然后涂上黑色的蜜糖。邦德享受地嚼着每一口面包。唾液含有唾液淀粉酶。通过咀嚼，能产生淀粉酶，帮助淀粉转化为糖分，供应全身的能量。唾液淀粉酶是一种酵素，身体里的其他酵素有胃蛋白酶，在胃部活跃，胰蛋白酶和肠蛋白酶在肠道活跃。这些蛋白酶和其他酶属于化学物质，能分解从嘴巴、胃部和消化道的食物，并帮助直接吸收食物的营养，传送到血管中。邦德现在对这些事情了如指掌。他不明白为什么以前没有人告诉他这些。自从十天前离开了灌木岛后，他从来没有觉得生活是如此美好。他的能量迅速倍增。甚至以前难以忍受的枯燥的文案工作，他现在也能开心地接受了。他的身体各部分都在有力量地运转,头脑也变得灵活和清醒多了。邦德现在精神状态非常好,很早就起床,兴致勃勃地来到办公室,早出晚归。这让他的秘书洛丽亚·庞森比——一个非常精致的女人——感到十分奇怪。她发现自己的私人行程被严重地打乱了。她也开始表现出不满和紧张。她甚至和莫妮彭尼小姐进行了一次私人对话。莫妮彭尼小姐是 M 的秘书,也是洛丽亚的朋友。她掩藏掉心里对洛丽亚的妒忌,鼓励洛丽亚说:"丽,一切都会好的。"她从咖啡厅拿来了一些咖啡,"看来邦德先生喜欢他在灌木岛待的两个星期,他接受了愚蠢的自然疗法。他现在就好像在为甘地或者史怀彻①那样的人工作。发生了一些事情,使他整个人紧张起来,然后,一天晚上,他去了布雷顿,我想他是为了散散心,他感到非常糟糕,看起来他的状态也很糟糕。但第二天,他又没事了。我猜他回去接受了香槟治疗或者其他疗法。对男人来说,这样再好不过了。虽然香槟使人感到十分糟糕,但至少对男人来说,是最好的疗法。当邦德变得无比严肃的时候,任何人都会受不了。"

这时,梅,也就是负责邦德日常起居生活的苏格兰阿姨走进来,收拾邦德吃过早餐后的桌子。邦德点燃一支香烟,悠闲地抽起来。这支香烟是有着超长过滤嘴的达勒姆的公爵牌香烟,权威的美国消费者协会是这样评价它的:最低含量的焦油和尼古丁。邦德从 10 岁就开始抽烟了,换了不少香烟牌子,对各种牌子的烟深有见解。

---

① 译者注:史怀彻,法国基督教牧师,哲学家,医生及音乐家,曾获 1952 年诺贝尔和平奖。

公爵牌香烟没有什么特殊味道,但比先锋牌要好得多。先锋牌香烟是美国无烟草类的香烟,虽然它不怎么损害身体健康,但它冒出的烟雾非常大,经常让前来拜访的客人误以为他的办公室有东西着火了。

梅姨正在收拾早餐的餐具,她的动作表明她有话要说。邦德正在看新一期的《时代》杂志,他抬起头,问:"有什么想法吗,梅?"

梅的脸涨得通红,她坚定地说:"是的,我有。"她直视邦德,她的手里握着酸奶的瓶子,用强有力的手指将瓶子捏瘪,然后扔进收拾东西的托盘里,"或许我说这番话不合适,但是,詹姆斯先生,你现在正在毒害自己!"

邦德愉快地说:"我知道,梅。你说得没错。但是至少我现在每天只抽十根烟了。"

"我不是说你在吸烟,我要说的是,"梅姨朝托盘示意,"这个。"她鄙视地指着酸奶说,"大老爷们不应该吃小孩子才吃的食物。詹姆斯先生,你不要介意我说的话,但是我比任何人都了解你的饮食起居。其他人都在讨论你从医院回来后的状态,他们猜测你可能遇到了什么特别的事情或者变故。但是,詹姆斯先生,我不是你想象的思想陈旧的人。摩托车事故根本不能够在你的肩膀或者腿上留下任何痕迹。但是,为什么,你的身体有如此多可怕的伤痕?啊,你不要笑,我都看见了。那些伤只能是子弹留下的。肯定是你执行任务的时候,参加危险的搏斗才导致现在的样子,啊?"梅姨手放到嘴唇上,她的眼神毫不畏惧,"你可以提醒我管好自己的分内事,或者把我遣回格兰峡谷,但在我离开之前,我还是要告诉你,詹姆斯先生,如果你想在搏斗中取胜,你最好先对得起自己的胃,保证自己安全回家,总不要让灵车停到家门口吧。"

在过去的日子里,邦德不止一次告诉梅,滚远点,让他一个人静静。现在,他有无限的耐心和幽默感,他匆匆看了一眼梅口中会让人死掉的食物。"你看,梅姨,"他讲道理地说,"所有的已经改变本质的食物:白面粉、白砂糖、白色的冰、白色的盐,都是死去的食物。它们要么像蛋白一样失去活性,要么已经流失了所有的营养。它们无异于慢性毒药,就像煎过的食物、蛋糕和咖啡,天知道我们到底吃了多少这样的食物。无论如何,我现在的状态非常好。自从我吃对了食物,不喝酒,我就已经感到自己脱胎换骨了。我每天睡两次,身体的能量是以前的两倍。不再头疼,不再肌肉疼,也不宿醉了。一个月前,我还是一个不吃早餐,仅仅服用阿司匹林和止痛药片的人。你自己也清楚,那时候,你就像一只老母鸡一样,不停地对我的行为感到无奈和遗憾,啧啧个没完。"邦德调皮地抬起眉毛,说,"怎么样?"

梅被打败了。她拿起托盘,转身朝门外走去。她走到门边停了下来,又转过身来。她的眼睛明亮,含着愤怒的泪水:"好吧,我能说的就是这些,詹姆斯先生,你也许是对的,也许是错的。我最关心的是,你会不会不再是自己了,"说完,她走出房间,砰的一声摔门而去。

邦德叹了一口气,拿起桌子上的报纸。他说了一句当所有的男人遇到发脾气的中年妇女时都会说的话:"更年期。"然后继续看峰会不举行的原因。

这时，直接联系总部的红色电话铃声大作。邦德的眼睛继续盯着报纸，伸出一只手接电话。随着战争的结束，整个生活也不像从前了。没有什么令人刺激的事情。大概是取消下午在比利兹打靶场新式 FN 来福手枪的训练也不一定。"我是邦德。"他说。

电话那头是总参谋长。邦德像以前一样将报纸扔在地上，把话筒凑近耳边，认真听对方的话。

"詹姆斯，请马上行动。"

"我有什么行动？"

"每个人都得行动起来。紧急行动。如果你接下来的几周安排了约会，最好全都取消。你今晚就出发，再见。"电话挂断了。

邦德拥有英国最拉风的汽车。那是标志二代大陆宾利。某个愚蠢的有钱人在西大街的电线杆上张贴广告出售这辆车。邦德只花了 11500 英镑就买到了。虽然车型旧了点，但发动机都是最新的。邦德找到了维修工，花了 3000 英镑，这几乎是他一半的家产了。他们将这款老旧、狭窄的运动型汽车锯开，对它里里外外进行了一番修整，将前后座改成了只有两座的黑色皮革座位。汽车颜色涂成了蓝灰色，车内装饰是黑色的摩洛哥风格。焕然一新的车子就像一只鸟，又像一枚炸弹。邦德喜欢它胜过生活中遇到的所有漂亮女孩。

但是邦德拒绝成为任何车的奴隶。一辆车，无论多么豪华，只是移动的手段（他称之为路上的交通手段），而且它必须时刻待命——不能对它骄纵，除了每个月一次的机器检查。这辆汽车睡在一楼的门外，需要的时候，能马上启动，不管什么天气，都能为他服务。

两条排气管——邦德要求它们是两寸长的管子——咆哮着发出沉稳的声音。现在是 9 点，交通还不算太坏，邦德在斯洛尼大街一路疾驰，直接闯进停车场。现在还早，交警还没有上班，所以他肆无忌惮地来了一次疯狂驾驶，几分钟的时间，就到了他的目的地——贝克大街上摄政公园后的一栋圆形的建筑。在接到电话十分钟内，邦德就来到了大厦的电梯前。他进了电梯，来到第 8 层，也是最顶层。

邦德步入地毯铺盖的走廊，感受到一阵紧张的氛围。在这一层里，M 办公室旁边就是通讯办公室，里面不停传来成排的发射机紧张运作的声音，以及机枪咔嗒、咔嗒上膛的声音。邦德意识到，全体呼叫发出了。到底发生了什么大事？

总部的最高领导正站在莫妮彭尼小姐前。他从厚厚的一沓纸中取出一张递给她，严肃地布置行动命令。"CIA 华盛顿，针对杜勒斯。密码由 X 号打印机生成。私密。二级办公室。同样的前缀和路径。NATO 情报总部的标准配备。私密。"他边说边递来一批批工作档案，继续说，"双密码 X，由白宫电台和波蒂斯黑德发出，私密。都明白了吗？尽可能理清楚它们。你能做好。工作还很多。我们要做好最坏的打算。"

莫妮彭尼小姐微笑着接受了任务。她喜欢这种紧急且重要的工作。这让她想起了刚开始在密码部门担任高级工作员的时光。她按了一下接待室的按钮，然后对 M 说："007 到了，先生。"接着，她又看着屏幕里的邦德说："你现在可以进去了。"M 咧开嘴笑着说:"请保持警惕。"M办公室的门上的红灯亮了,邦德走了进去。

办公室里一派和谐的气氛。M轻松地侧坐在桌子旁边,眼睛从宽敞的窗户向外望去:伦敦上空建筑物上的装饰闪闪发光。他转过头来,看着邦德说:"007,请坐。过来看看这些。"他从影印机上的文件中拿出一沓影印纸,递给邦德,说:"慢慢看。"然后,他拿起烟管,填满烟丝,若有所思地吸起烟来,手指不停地轻轻敲打桌子上的烟灰缸。

邦德接过这沓影印纸,拿起了最上面的一张,前面是信封,上面布满了指纹。

M朝他看了一眼,说:"如果你想吸烟的话,请便。"

邦德说:"谢谢,不过我正在尝试戒烟。"

M惊讶地说:"啊哈!太好了。"他把烟斗放进嘴里,深深地吸了一口,呼出一股缭绕的烟雾。他坐在椅子上,灰色的如水手般的眼睛若有所思地盯着窗户,但什么都不入眼。

信封的顶端写着:"最私密最紧急。"它是寄给首相的信,地址直接写了伦敦白厅唐宁街10号。信里的内容一字不落地全经过了计算机扫描,并经过了首相和枢密顾问官过目。即使是一个标点,也经过了仔细的研究。邮票透露了寄信的地点是布雷顿地区,6月3日,上午8点半寄出。邦德猜测,寄信人肯定是在前一天晚上深夜的时候投放的,因此信件会在次日早上寄送。信的内容是用最新式的打印机打出来的,整个信件给人十分谨慎和正式的感觉。信封的后面除了一些指纹以外,什么也没有,甚至没有封蜡。

信里的文字排列整齐,内容清楚,如下:

霹雳弹

首相先生：

  如果你已经和空军总领沟通过，相信你会知道，从昨天，即6月2日，早上大概10点开始，携带两枚原子弹的英国飞机没有完成飞行训练。这架飞机是来自博斯库姆基地第五实验室空军支队的复仇者O/NBR。原子弹的军事识别编号分别是MOS/bd/654/MkV 和 MOS/bd/655/MkV。同样，还有美国空军编号，不过，这些编号太多、太冗长，我就不烦扰你了。

  这架飞机在执行飞行训练，机上有五位机组人员和一名观察员。飞机携带的燃料足够以六百英里的速度在海拔四万英尺高空飞行十个小时。

  如今，这架携带两枚原子弹的飞机被我们掌控了。机组人员和观察员已经全部死亡，我们正式通知你，你可以将这个消息带给他们的家人了。为了帮助你解释这件事，飞机也一并坠毁了。当然，你们会想保密这件事，同样，我们也是。

  飞机和两枚原子弹的所在之处，需要你们用价值100万英镑的黄金交换，运送黄金的具体情况在附带的联络便条中。此外，还有一个条件，黄金的转换不允许受到任何阻碍。在组织成员的全体要求下，请你和美国总统签名。

  如果在1959年6月3日下午5点至10日下午5点，这七天内不能答应这些条件，那么，后果如下：从逾期那一刻起，西方国家拥有的价值不低于100万英镑的财产将被毁灭。包括无数生命。如果，在发出警告的四十八小时内，仍旧没有和我们取得联系,那么,接下来就不会给你们警告了。世界上说不定哪一个大城市就要被瞬间摧毁了。那将使更多人丧命。我们的组织,会在四十八小时内和世界交流,这个倒霉的城市会是哪一个。这将引起更大的恐慌,因此,请你们赶紧行动起来。

首相先生,这就是最后的简单的交流。我们将从此时开始,在16兆赫频道等待来自你的回复。

签名:魔鬼党

一个反间谍、恐怖主义、复仇和勒索的组织

詹姆斯·邦德反复阅读后,将信件放到桌子上。他翻到第二页,即有黄金运送说明的联络便条,上面详细地说明了黄金运送的过程:"西西里的伊塔山的西北坡……迪卡导航设备转换在……满月时期……在午夜和凌晨一点之间……三个降落伞……所有的飞机和飞行波段都使用16兆赫……任何反抗的措施都表明交易中止,将导致两枚原子弹如期发射。"每一页的最后一行都写着:"通过特快专递的方式,将副本发给美国总统。"

邦德将影印纸扔在桌上,将手伸进裤兜掏出香烟盒子,现在里面只剩下九支香烟,他抽出其中一支,点燃了它,狠狠地吸了一口,然后吐出长长的烟雾。

M转动椅子,看着邦德的脸,说:"怎么样?"

邦德注意到M的眼睛,此前还是十分清澈锐利的双眼,如今里面却布满血丝,充满疲态。这也难怪!他说:"如果飞机和原子弹真的丢失了的话,我认为他们是认真的。这件事非常危险。"

M 说:"战争内阁也是这样认为的,我也是。"他停顿了一会儿,"没错,飞机和原子弹确实丢失了。信中所说的原子弹编号也正确无误。"

Thunderball

第八章　千钧一发

邦德说:"接下来要怎么办？先生？"

"该死的,什么也没有透露。没有人听说过什么魔鬼党。我们知道欧洲这类组织非常活跃——我们从他们那里购买了一些资料,美国也是。马西斯已经承认了,就在去年,法国的重水科学家戈尔茨曾经被他们绑架过,被勒索了一大笔钱。他们收到钱后就把人安全地放了。没有任何人的名字被提到过。他们全程都由电台完成操控,同样是 16 兆赫,这也是后来才得知的。马西斯原本以为没有什么希望了。他们的手法非常干净利落。法国政府装了一箱子的钱,放在米其林大街的某个指定位置。但是没有任何人和魔鬼党的人碰面。我们和美国人做交易的时候,他们大多西装革履,非常专业,不过,我们更感兴趣的还是最终的结果。我们都支付了一大笔钱,不过这也是值得的。如果有同样的组织在做同样的事情,他们应该会有更严谨的素质,对此,我已经向首相汇报了。但是目前情况未明。正如信上所说,飞机和两枚原子弹失踪了。所有的细节都正确无误。复仇者飞机就是从爱尔兰一直飞到大西洋地区的北大西洋公约组织进行培训的飞机。"M说着,把手伸到桌子上的一大沓纸张上,翻动着其中的一些纸张。他找到自己想要的那张纸,说:"对,它是早上8点从博斯库姆起飞,预计飞行六个小时,在下午2点抵达目的地。飞机上有五名英国皇家飞行员和一名临时调派到北大西洋公约组织的观测员,叫作乔治白·佩塔基,是个意大利人。显然,他是优秀的飞行员,不过他的个人资料现在正在进一步调查。他被派来做常规的任务。来自北大西洋公约组织的飞行员已经来了数个月,十分熟悉'复仇者号'飞机和炸弹投放的流程。不管怎么说,这架飞机显然是用于远程突击训练。"M说着,翻到另一页,"飞机在到达爱尔兰以西,在大约四万海拔地方的时候,我们仍能在屏幕上进行监控。但是紧接着,它一反训练时的规定,下降到了三万英尺海拔的地方,最后从空军的监视中彻底消失。总部尝试和飞机进行联系,但无线电没有收到任何回复。这立刻就引起了大家的恐慌。最大的可能性是飞机撞上了横渡大西洋海域的某架飞机。但是没有一家公司报道有飞机事故,也没有任何目击者。"M望着邦德,说,"这就是所有的细节。飞机突然就这么失踪了。"

邦德说:"美国军方有所行动吗?他们最新的远程报警系统有用吗?"

"这就要打上一个问号了。他们也只拥有我们掌握的资料。显然,波士顿以东大概五百英里的地方,有迹象表明,有飞机降落在艾德威尔德,然后向南飞行。但那是一片宽阔的海域。从北部区域的蒙特利尔到百慕大、巴哈马和南美一带。美国的飞行联络人员说那些区域是英国航空飞机或者横穿加拿大的飞机出没的地方。"

"听起来,他们的整个行动似乎滴水不漏。这架飞机有可能在大西洋中部向北飞行,然后飞往俄罗斯吗?"

"有可能,也有可能往南飞行。如果从南边的海岸线算起,整个区域可能有五百英里,已经超出了我们的雷达范围。如果它转向飞回欧洲的任何一个或者两三个飞行区域,就已经是最好不过的事情了。事实上,这架飞机有可能到世界上任何一个地方着落。事情就是这样子。"

"不过那可是一架巨型飞机。它需要专业的跑道才能降落,它或许已经在某个地方着陆了。他们不可能将这么大的飞机隐藏起来。"

"你说得对,事情再清楚不过了。到昨天半夜为止,英国皇家空军已经检查了世界上每一个可能的飞机场,也没有发现那架飞机的踪影。真是一个坏消息。但是有关部门称,飞机有可能掉落在某个地方,例如撒哈拉大沙漠,或者其他沙漠,或者海域。"

"如果是这样,原子弹不会爆炸吗?"

"不,它们绝对安全,除非被装上导火线。即使是直接的坠落,就像1958年B-47在北卡罗来纳州的坠落一样,也仅仅是引爆了炸弹的启动装置,没有发生爆炸。"

"那么魔鬼党的人要怎么引爆原子弹?"

M摊摊手,说:"他们在国防部的会议上讨论过,不过我不明白。

但是，显然原子弹和其他炸弹一样，引爆方式都大同小异。头锥的地方装满了常规弹药，钚在尾部。中间是一个洞，你能从中装一些引爆装置，一种火门闩。当炸弹撞击到这个地方，弹药就会点燃引爆装置，释放钚。"

"所以他们会扔下原子弹，然后再引爆？"

"显然不会。他们需要一个深谙物理知识的专业人员，但是专业人员能做的只是拧开头锥的地方，然后装上一些点燃后需要一定时间才能引爆的炸药，而不是单纯的投掷。那不是一件非常困难的事情。你可以把整个炸弹放进大型车辆的后备厢，然后把车开到一个小镇，把车停在停车场，留下引燃导火线的时间。这将给你几个小时逃离爆炸范围的时间，至少得逃到一百英里外。"

邦德伸手进口袋里，又取出一根香烟。本来不应该抽烟的，但事已至此。这正是总部以及世界上所有的情报部门都期望发生的事情。不知名的小个子，身穿雨衣、手提沉重的箱子，或者高尔夫球袋，随你喜欢。寄存行李、停车、大城市中公园里的灌木丛。"如果专家们说得没错，在几年后，一切都会有答案。每个弱小的国家都能在自家的后院制造原子弹。显然，这已经不是什么秘密的事情了。可能要找到最初的形态有点困难，就像第一个火药武器，或者第一把机关枪或者坦克。今天，这些就像是每个人可以拥有的弓和箭，而明天，或者后天，原子弹就会像弓箭般习以为常。这是第一次用原子弹进行的勒索。除非魔鬼党悬崖勒马，否则世界将很快陷入混乱：具有犯罪倾向的科学家和化学家都能够制造原子弹做非法谋划。如果这样的人没有被及时制止的话，后果将不堪设想，人类社会将承受灭顶之灾。"邦德说出了自己的想法。

"就是这样,"M 评价说,"不管从哪一个方面,包括政治,都不能起到如此大的作用。但是如果任何事情出错了的话,首相和总统都不会坐以待毙。不管我们给不给钱,后果都是没有休止的——都是恶劣的后果。这就是为什么每一件事情都要做到位,要发现魔鬼党的人,还有飞机,及时阻止事情的发生。首相和总统完全同意这一点。世界上所有的情报人员,凡是站在我们这一边的,都加入到了这次行动中——霹雳弹行动。飞机、船只、潜水艇——当然,钱并不是最终目标——只要我们想,什么东西都能拥有。内阁已经组建了特别行动小组和战时工作室。每一点消息都会得到讨论。美国也做了同样的准备。任何信息的遗漏都可能成为事情的关键。目前,我们正在最大限度地遏制恐慌蔓延,因为原子弹的丢失,不管怎么样,都会引起政治上的混乱。只有信件才能绝对保密。所有一般的探测工作——指纹、布雷顿、书写纸——都是苏格兰地区的联邦调查局正在做的事情,他们和国际刑警组织,北大西洋组织的情报机构合作,尽各自所能努力。信上的任何内容或许都会产生些许线索,即使是毫无用处的单词。这将会与搜查飞机下落的工作同时以最高机密的状态进行。没有人能够同时处理两项调查。MI5 将调查所有飞行员和意大利观察员背景,还有对飞机的常规调查。至于总部,我们将和美国中央情报局协作。艾伦·杜勒斯动用了他掌握的全部资源,我们也是。现在,各部门都在紧急工作,发出全体呼叫。我们现在能做的就是等待进一步的消息。"

邦德又点燃一支香烟,这已经是一个小时内罪恶的第三根香烟了。他尽量让自己的声音平静："我该从哪里入手，先生？"

M迷蒙地看着他，好像是第一次看见邦德的样子。接着，他转动椅子，朝窗外望去，一言不发。终于，他用从容的语气说："007，我宣誓要对首相绝对的忠诚，我发誓不能向人透露任何刚才和你说的事情。我决定这样做是因为我有一个想法，一种直觉，我希望我的想法能够由一个……"他犹豫了片刻，接着说，"一个值得信赖的人去执行。在我看来，整件事情唯一能找到蛛丝马迹的就是雷达方面的秘密。我认为最有可能的状况就是飞机离开轨道，进入了大西洋，然后向南飞行进入百慕大和巴哈马。我绝对相信这个可能的可靠性，虽然这个假设没有引起其他部门的足够重视，但是我会花时间研究一下大西洋的地图，我不害怕和魔鬼党较量。当然，一切都是经过我深思熟虑的。我不会放过任何蛛丝马迹。我们的目标就是原子弹1号和原子弹2号。如果我没有猜错的话，它们现在应该在美国，而不是欧洲。一开始，美国人就比欧洲人更在乎原子弹。因此更加证明我的判断。最后，我猜魔鬼党就是一个欧洲组织，这点从信的格式和纸张能看出。起草的方式更像是荷兰的，从残酷无情的语言来看，我认为他们的目标更有可能在美国附近，而不是欧洲。不管怎么样，原子弹不太可能落在美国本土或者海岸上——海岸的雷达探测太厉害了，他们不敢。我认为，最大的可能性是巴哈马，那儿海岛众多，且大多数无人居住，岛大部分被沙滩上的浅水环绕，只有一个雷达服务站，而且这个雷达服务站只关注公用飞机的航行，由当地的部门掌控。巴哈马向南就是古巴、牙买加和加勒比海，没有值得攻击的目标。不管怎么样，它远离美国海岸线。北部是百慕大,这对他们也有好处。但是最近的巴哈马岛屿只有两百英里,坐快艇从美国海岸线出发只需六七个小时。"

邦德打断 M 的话,说:"如果你的猜测没有错,先生,那么他们为什么把信寄给首相,而不是美国总统呢?"

"为了安全起见,为了让我们的行动在他们的掌控范围内,为了让我们搜遍全世界,而不是定位在某个地方。最大的影响是,魔鬼党可能意识到,书信刚好在原子弹消失的时候送达会扰乱我们的判断。可能那些人想要不费吹灰之力从我们这里拿到大笔钱。他们计划的第二步,就是用原子弹攻击目标 1 号,对他们来说,可是一件令人讨厌的事情。因为这会在一定程度上暴露他们的位置。他们只希望拿到钱,尽可能早地结束行动。我们就要赌一把。我们要尽可能把他们逼到动用原子弹,这样在接下来的六天半里,可能会有某些事情暴露他们的信息。只是这个机会渺茫。我把希望全压在我的猜测上,"M 将椅子转回来,继续说,"还有你身上。"他看着邦德,"有什么意见吗?如果没有,你最好快点开始行动。你现在订一张去纽约的机票,午夜时分到达。最好不要搭英国航空公司的航班,我想你使用英国皇家空机,但是我不想你的到达引起任何人的注意。从现在起,你只是一个有钱人,要到岛上寻找发财的机会。这样你会有更多侦察的机会和借口。可以吗?"

"好的,先生,"邦德站起来,"我会让有些地方变得有趣起来,就像之前的铁幕攻击。这真是一个生死攸关的重大行动,不是谁都能胜任的。他们想要钱,这点更像俄罗斯人的作为。他们想要飞机和原子弹,想蒙蔽我们。要是死亡间谍还在活动的话,他们肯定会在某个地方指手画脚。这就是他们的作风。但是,先生,我到了拿骚(巴哈马的首都)之后,要做些什么?"

"政府官员知道你要去,他们有训练精良的警力。中央情报局也会委派一个十分干练的人与你合作。记得带上通信设备。敌人类似的机器可能比我们的还多。带上限制级的特工设备密码机。我需要知道每一个行动的细节,但只限于对我汇报。清楚了吗?"

"没问题,先生。"邦德走出了房间。他没有再说更多的话。这是上级给他的有史以来最重要的任务,所以他对 M 的猜测没有做过多的评价。他已经被当成至关重要的角色。

邦德走出大楼,带着皮革密码箱,肩上挂着一个小包,可能是昂贵的照相机。此时,路边停着的一辆大众牌汽车里坐着一位穿灰褐色衬衫的男人。他耸耸肩膀,松了松衬衫上的纽扣,然后发动汽车,挂挡。他距离邦德的宾利汽车只有 20 码。他不知道这栋大厦是做什么用途的。他从灌木岛的前台处获得了邦德的家庭住址,一出院,他就小心翼翼地尾随着邦德。对,没错,这个人就是利普。这辆车是租回来的,车主的姓名是假的。利普是一个充满自信的人。在他看来,跟踪邦德小菜一碟。他还是一个报复心重、无情、残酷的人。生活中和他有过节的人,无一例外都被他解决掉,包括许多危险的人物。利普推断,如果魔鬼党知道邦德的事情后,肯定不会对他的报复计划说不。在灌木岛的第一天,他听见了邦德的电话内容,他知道这将会干扰帮会的计划,不管程度多么轻微。可以相信,邦德会追踪红灯会的成员。虽然从红灯会摸索到魔鬼党还有很长的距离,但是利普知道,一旦调查开始,肯定会带来许多麻烦。除此之外，利普一定要让邦德为自己的行为付出代价。利普一定要对付邦德。

邦德上了他的小汽车。他关上车门。利普看着蓝色的烟雾从排气管中涌出来，也启动了汽车。

而在马路的另一边，魔鬼党的6号将头上的眼镜滑下来戴好，启动汽车，十分灵巧地超过了所有的车。战后，他可是奥迪和迪克瓦的汽车测试员。他的车停在距离邦德的车大约100码的地方。他正从汽车的挡风玻璃处观察邦德的举动。6号不知道利普先生为什么要跟踪邦德，也不清楚邦德为谁服务。他的任务是杀死汽车里坐的人。他把手伸进背着的皮包里，掏出一枚沉重的手榴弹，这枚手榴弹比一般手榴弹的尺寸还要大两倍。他观察了前面的交通路线，并且选择好了事后逃逸的路线。

利普，也就是我们情报员G，也在观察着。他注意到邮局附近的路有点堵塞，为了不让自己无路可逃，他得在这段路前结束一切。于是，他踩下油门，左手控制方向盘，右手拿着左轮手枪。现在，他已经逼近了宾利汽车的后保险杆，然后与宾利汽车并肩同行。那模糊的侧影就是他的射击目标，快速地瞄准后，他举起了手枪。

大众汽车的引擎的声音引起了邦德的注意，他转过头。邦德一瞬间的减速将自己从死亡线上拉回来。如果他加速的话，第二颗子弹就会射中他的头颅。但是，真的多亏邦德一瞬间的直觉，他踩了刹车。由于惯性，邦德猛地撞到了喇叭按钮上。几乎就在这个时候，第三枚子弹呼啸而来，射穿了宾利汽车的挡风玻璃，险些射到邦德。邦德立刻停车，刹车的声音十分刺耳。路上的行人发出令人恐惧的阵阵尖叫。邦德立刻警惕起来,有一辆车的司机在朝他射击!那辆车还紧跟着邦德。马路上许多汽车的车盖都被射中了。砰砰的枪声不绝于耳。邦德迅速把车停在一旁,从汽车里出来,大喊道:"快躲开!汽油箱要爆炸了!"就在他说出这番话的时候,震耳欲聋的爆炸声几乎同时响起。一团浓黑的烟雾升了起来。火焰熊熊地冒出来。远处,总部的方向传来警报声。邦德穿过拥挤的人群,飞快地跑向总部,速度不输专业的运动员。

  警察的一番询问使他错过了两趟飞往纽约的航班。警察扑灭了火,将受伤的人和损坏的机器送出来,开始清理现场。出租汽车的人只知道,那个男人戴着黑色的眼睛,驾照名字是约翰逊。他一个星期前租了这辆汽车三天。当时,他就像刚从地狱中飞出来的蝙蝠一样冲向大街。他戴着眼镜,中等身材。除此之外,没有其他线索了。

  邦德对此也无能为力。他没有看清大众汽车里的人。那辆车的车盖很低,邦德只看见一只手拿着手枪不停地朝他开枪。

  情报部门要求警察局上报事情的调查情况。M下达命令将报告快速送达办公室的时候,他相当没有耐心地看了邦德一眼,好像这一切都是邦德的错。他告诉邦德,忘记刚刚发生的事情,那很有可能只是过去的涉案人员的报复行动。如果有时间的话,警察会对此事追查到底。但是目前最关键的事情是原子弹计划。邦德最好马上动身。

  邦德第二次离开总部大厦的时候,天飘起了雨。机械师们正在大楼外做他们该做的事情:敲碎已经破坏掉的挡风玻璃,清洗污渍。

中午邦德回到家的时候,已经浑身湿透了。他把车停在了车库,电话响了,是保险公司打来的。接完电话,邦德洗了澡,换了一身干净的衣服,开始仔细地收拾行李。行李很简单,一个大皮箱和一个装有所有潜水工具的旅行袋。接着,邦德走进了厨房。

梅看起来非常懊悔。她张张嘴,似乎要说点什么。邦德挥挥手,说:"不要说了。你是对的。我不能只喝胡萝卜汁就去执行任务。一小时后我要出门,我需要吃一些恰当的食物。请给我准备一些炒鸡蛋,四个鸡蛋,四片美式的山胡桃熏肉火腿,一杯大的咖啡。准备好后用托盘送过来。"

梅看着他,有些诧异地说:"发生什么事情了?詹姆斯先生?"

邦德的脸上露出了笑容,说:"什么事也没有,只不过我突然懂得,生命是如此短暂。上天堂之后,我有大把时间研究卡路里的问题。"

邦德留梅一个人继续嘟嘟囔囔,自己回到卧室检查他的装备。

霹雳弹

第九章　多曲挽歌

现在,再来看看魔鬼党。他们的欧米茄计划,正如布罗菲尔德料想中的,正在按照规定的行动部署和计划有条不紊地进行着,丝毫没有一点差错。

乔治白·佩塔基是经过千挑万选选出来的人。在 18 岁时候,他就已经是"亚得里亚海号"反潜巡逻队,概念机福克沃尔机 200 的副驾驶员,也是有资格能与狡猾的德国飞机作战的少数人之一。当同盟国逼近意大利的时候,意大利空军使用新式的爆破系统给德国人造成了重创。佩塔基知道他的使命,执行任务完全是为了自己。在一次例行公事中,他在最短的时间内,射杀敌军的驾驶员和领航员,把 0.38 号子弹送进他们的后脑勺。在射杀的同时,他还驾驶巨型飞机从海面上掠过,飞进巴里港湾,躲避敌人的高射炮。接着,他将自己的衬衫挂在驾驶舱外,作为投降的标志,然后等待英国皇家空军的到来。他出色地完成了任务,受到了英国和美国的嘉奖,并因此获得了 1 万英镑的特殊奖励。他以一敌众的传奇故事在情报部门传颂,后来获得了加入意大利空军的资格。他在随后的战争中表现出色,成了闻名一时的抗战英雄。从那时候起,他的生活就充满了光芒,开始是飞行员,后来成了意大利航空的机长,再后来成了意大利空军上校。他还隶属于北大西洋公约组织,是六个意大利人构成的先遣队的成员。但他现在已经 34 岁了,他已经过够了飞行的生活,他尤其不在乎成为北大西洋公约组织防卫系统的一分子。该为年轻人提供大展拳脚的空间了。他如今的生活充满了对奢华、刺激和昂贵的东西的渴望和追求。他拥有了大部分他想要的东西——两对黄金打造的烟盒,一只足金的劳力士手表,连表链部分也是足金打造,名牌跑车,数不清的名牌衣服,所有想要的女孩(他曾经结过婚,但却是一段失败的婚姻)。现在,他总是渴望更多美好的物质追求,例如他在米兰汽车展览上相中的 3500GT 玛莎拉蒂。他还想逃出北大西洋公约组织,逃出空军部队,然后以全新的身份进入一个全新的世界。里约热内卢似乎是一个不错的地方。但是这意味着一个新的护照,大量的钱,还有关系网——至关重要的关系网。

这时候,魔鬼党出现了,它能够满足佩塔基所有的欲望。于是,他摇身一变,以意大利人的身份成为魔鬼党组织里的 4 号,化名风达,通过出没在巴黎等地的俱乐部和餐厅,观察北大西洋公约组织的人员。曾经,组织花了一个月的时间准备诱饵,等着大鱼上钩,万事俱备的时候,由于 4 号沉迷于物欲,差点就耽误了工作。这次,他参加了"复仇者号"飞机的培训课程,最后劫持了飞机(当时魔鬼党没有提及原子弹。佩塔基完全不在乎飞机上的东西,他只关心自己是否能拿到应得的那份)。作为报酬,他会有100万美元作为酬劳,以及一本可以填任何名字的护照,能够随意挑选国籍。于是,在6月2日的早上8点,佩塔基启动飞机,"复仇者号"飞机沿着轨道发出巨大的声响,然后一飞冲天。佩塔基心里有点紧张,但把握十足。

这架训练飞机,是普通民用飞机的两倍大。宽大的驾驶室后面是机身位置,里面有着许多座位。佩塔基静静地在座舱里待了一个多小时,看着飞机里的五个人轮流操纵驾驶盘的刻度和仪表。轮到他驾驶飞机的时候,他心里相当满足,因为这样他就能指挥其他五个人。一旦设定了自动驾驶,除了保持清醒,时不时确定飞机在32000米的高空,就没有别的事情干了。然而,当飞机从东西航线转到南北航线的时候,紧急情况出现了,不过这吓不倒佩塔基,每次做出飞行决定的时候,他都会将情况写在胸前口袋的笔记本上。飞机着陆需要驾驶员冷静的心态,为了100万美元,怎么也要冷静下来。

佩塔基第十次看了他的劳力士手表。就是现在,他确认和检查了旁边隔框的氧气罩,做好准备。接下来,他从口袋里掏出红色的笔记本,回忆自己到底旋转了多少度的阀门。然后,他又将笔记本放进口袋里,安稳地坐在座舱上。

"嘿,飞行还享受吧?"其余的飞行员还是挺喜欢这个意大利人的。他们在伯恩默思曾一起去摇滚派对。

"当然。"佩塔基回答。他又问了一些问题,证实了一下启动过程,又检查了飞行速度和高度。现在,座舱里所有人处于一种放松的状态,几乎都昏昏欲睡了。五个小时过去了。飞机像一只迷失在西北方向的鸟。佩塔基靠在椅子的金属后背上,不停地看着飞机上的仪表盘。他的右手假装伸向口袋,摸到了阀门,然后转了三整圈。

佩塔基伸了伸懒腰,打了个哈欠。"是时候睡个觉了。"他亲切地用了意大利的俚语说。

领航员笑了,说:"这是意大利语吗?"

佩塔基咯咯地笑了。他走过通道,回到座位,罩上了氧气罩,将控制开关调到100%的氧气量。佩塔基活动了一下身体,这让他舒服了一些,变得更加警觉。

本来应该在五分钟之后发生的事情,只过了两分钟,就发生了。领航员突然双手扼住自己的喉咙,整个人向前倾,止不住地呕吐起来。电波控制员一把扯下耳机,整个人瘫在一边,剧烈地呕吐起来。副驾驶员和飞机机械师在座位上痛苦地扭曲翻滚,他们无力地向对方伸出手,随后痛苦地倒在地上。飞行师不停地试图触摸头上的微型电话,似乎想说点什么,但是他的眼睛慢慢地肿胀起来,不能睁开,很快就死掉了。佩塔基拍了一下他的尸体。

他看看手表,四分钟过去了,再给他们一分钟。时间到了,佩塔基从口袋里拿出橡皮手套,戴上,然后将氧气挤压在自己的脸上,调整了一下旁边的管道,又调整了一下表盘,将机舱里的毒气彻底排出。然后,他重新回到座位上,等待另一个十五分钟。

十五分钟已经够了,但是佩塔基又等了另外十分钟。他继续戴着面罩,慢慢地往前走,氧气罩几乎使他透不过气来。他把同伴们的尸体拉到机身。把驾驶员座舱清理好后,他从裤子的口袋里掏出一个小药瓶,打开瓶盖,将里面的东西撒在地板上。他跪下来,观察这些透明雪白的晶体。接着,他摘下氧气罩,深深地吸了一口气,没有什么特别的味道。但是当佩塔基重新回到座位,掌握旋转杆,将飞机驾驶到32000米的高度以下时,他又戴上了氧气罩。

不知不觉,巨型飞机已经飞行到了深夜。机舱里,刻度盘发出荧荧的黄色光芒,令人感到一丝温暖和安静。飞机里异常沉默,只有机身发出枯燥无味的声音。佩塔基在检查仪表盘,每一次的转动发出来的声音都像是枪击的声音。

佩塔基再一次检查了自动操作装置、回转仪和燃料箱,确认飞机是否能平稳地行驶。一个水槽泵需要稍加调整。机器的管道温度不能过热。

佩塔基非常满意,他舒适地靠在座位上,吞了一片苯丙胺,然后默默地思考着将来的事情。突然,机舱里其中一个头戴式收话器响了起来。佩塔基看看手表。难怪!博斯库姆航空交通管制中心正在试图与"复仇者号"取得联系。这已经是半个小时内的第三次呼叫了,他都没有接听。空中管制中心会等多久才向空中海上救援、轰炸机指挥部和空军部汇报?南方海上救援可能还会三番四次检查确认。他们应该还会等半个小时,而到时候,他早就顺利飞过大西洋了。

电话安静了下来。佩塔基从座位上起来,看了看雷达屏幕。他仔细地检查一番,并没有发现什么特殊的飞行监视器。他在空中的航道转变会引起其他过往飞机的注意吗?不太可能。商用飞机的雷达范围只是向前的圆锥形范围,侦查有限。在飞过远程警戒线之前，他不可能被发现。"复仇者号"很有可能会被当作一架偏离了轨道的商用飞机。

佩塔基重新坐回座位，一丝不苟地检查仪表盘，让飞机保持在航道上飞行。他的身后，是几具扭曲的尸体。飞机在顺利地飞行。佩塔基感觉，他在驾驶一辆非常漂亮的汽车。佩塔基想到了玛莎拉蒂。挑什么颜色好呢？最好不要再普通不过的白色，或者其他容易被发现的颜色。深蓝色，带浅红色的条纹似乎不错。肯定非常拉风，配得上他全新的身份。在赛道上开着它，可是最惬意不过的事情了。最好能来一场公路赛，虽然危险了一点，但没准他还能赢一块奖牌！哦，不！他不能做这么危险的事情，他只有在泡妞的时候，才会把车子开得飞快。跑得飞快的车子最能让感情升温。为什么呢？想想，一双健硕有力的手，游刃有余地操纵着漂亮的跑车，时速150英里过后，你把车子开进小树林，几乎就能把身边的女士从座位上抱下来，轻轻地放在草地上，她的小细胳膊就像藤蔓一样温柔地缠绕在你脖子上。

佩塔基从白日梦中回到现实，他看了一下手表。"复仇者号"以每小时600英里的速度飞行了将近四个小时。现在，美国的海岸线已经映入眼帘了。他站起来，从窗口观察外面的一切。是的，就是那里，海岸线地图上显示还有500英里远。地图上凸出来的一块是波士顿，银色的带子是哈得孙河。没有必要检查天气方面的情况了，很快就要到达目的地了。佩塔基非常兴奋，他转动飞行控制器，向目的地冲去。

佩塔基重新回到座位，又吃了一片苯丙胺。他调整了座位，将手放在指针控制器上。就是现在！他温柔地摆动指针，飞机在预定的防线上顺利飞行，现在，飞机在新航线上飞行了，重新恢复了正常的工作状态。他正在向南飞行，距离目的地大概还有三个小时。最后需要担心的事情，就是飞机的着陆了。

佩塔基拿出小小的笔记本，上面写着："检查巴哈马轨道上的显示灯，还有附近海湾的情况。准备启动1号游艇的海上帮助。一点一点地完成，一点一点地前进，抛弃飞机上不必要的物品。在最后一刻钟，就在离地面大约1000英尺的地方减少飞机的重量，降低飞行速度。然后检测红色的指针，做最后的准备。按照规定的速度减速，调整高度，大概在1000英尺附近，选择着陆地就可以。水深是40英尺，你将有足够的时间从机舱逃脱，然后乘上1号潜艇，那是巴哈马空军飞行总部的潜艇。第二天早上8点，有人会带你去迈阿密，完成其余的飞行任务，1号会给你一张1000美元的支票，或者是现金，还有一本名为里奥的护照，身份是公司主管。"

佩塔基确认了一下当前位置、路线和速度。只剩下一个小时的飞行了。现在是格林威治标准时间早上3点整，拿骚时间晚上9点整。天空出现了满月，云彩就像地毯一样在飞机下延绵。佩塔基自己调整了飞机的照明系统，检查了飞机的燃料，后面的400英里还需要大概500加仑的燃料。由于失重，飞机飞得很慢，现在又回到了32000英尺的高空。时间一点点过去，现在只剩下二十分钟的飞行时间，该考虑降落问题了……

飞机沿着云层向下飞行，北部和南部的灯光苍白无力地在闪烁，与寂静海面上月亮的银色光芒交相辉映。佩塔基没有受到阻挠。看来佩塔基获得的来自美国大陆的海上报告不假:"死一般的寂静,能见度良好。"佩塔基检查了一下电台发射的信号,也得到了确认。海面犹如坚固的钢铁般平滑。目前为止,一切进行顺利。佩塔基按照规定进入了67航道,请求1号海上援助。一开始,他没有收到回应,心里有点恐慌。但是过了一会儿,他听到了回音,虽然有点弱,但却异常清晰:"一点一点前进,一点一点飞行,现在是时候降落了。"佩塔基开始将飞机降速,放下了四个轮子。飞机开始俯冲,电台指针开始剧烈地晃动。佩塔基注视着指针和下面平静的海,当地平线消失的时候,他还有时间思考逃离月光照耀的水面。接着,飞机越过了一处黑暗的小岛。指针指向2000英尺高度的时候,他将向下的俯冲恢复到稳定的状态。

现在,1号的无线电信标台越来越清晰。很快,他就看见了红色闪烁的灯。那里就是了。大概是正前方5英里位置。佩塔基一点点提高飞机巨大的"鼻翼"。准备完毕!小菜一碟!他的手指谨慎地操纵着仪表盘,仿佛他在撩拨的是一位女性。500英尺,400英尺,300英尺,200英尺……眼前是游艇苍白的影子,灯光熄灭了。按理说,他应该快抵达了。他会撞机吗?行了,不要想。一点一点下降。准备好立刻转换。他只感觉到飞机肚子颠簸了一下。抬高飞机鼻翼!砰!飞机在空中一个跳跃,接着……又是砰的一声!

佩塔基慢慢地将手从控制器上拿下来。他看到舱外的气泡和波浪。谢天谢地!他,乔治白·佩塔基,成功了!

现在,迎接他的将会是掌声!是奖赏!

飞机慢慢地着落,机身外传来气流撞击时的嘶嘶声。佩塔基打开了身后固定座位的金属装置,在机舱里轻松地走动。海水就在脚下徐徐流动,甚至还能看见水面上皎洁的月光。佩塔基走到飞机后部,打开机舱的盖子,将指针拨到紧急状态的位置,然后把手柄拽下来。门向里面打开了,佩塔基走出门,沿着飞机的两翼小心地出去了。

大船的小艇几乎紧挨着飞机,上面有大约六个人。佩塔基兴奋地朝他们挥手呐喊。其中一个人举起手表示回应。月光下,这个男人的脸如牛奶般苍白,他安静而好奇地看着佩塔基。佩塔基想:"这些男人非常严肃,就像例行公事一样。不过,这也应该的。"于是,他掩饰住内心胜利的喜悦,变得严肃起来。

船就在飞机的两翼旁边,现在几乎要被水覆盖了。一个人爬上飞机的两翼,向佩塔基走来。他是一个又矮又胖的人,眼神非常严肃。他谨慎地迈着步子,有节奏地走着,膝盖适当的弯曲保持身体平衡,左手形成弯曲的形状。

佩塔基高兴地说:"晚上好,晚上好。我很好地完成了飞行驾驶的任务。"(他早就想好了成功后要说的话)"恭喜你。"对方伸出手。

从机翼那边过来的男人猛地拉住佩塔基的手,用力一扯。佩塔基的头部好像被什么重物迅速重击了一下。眼前昏暗的月光越来越微弱,他失去了意识,什么都不知道了。

杀手握着匕首,用手背感受了一下佩塔基下巴上的胡茬,接着,他猛地抽出匕首,将佩塔基推下机翼。杀手小心翼翼地用海水冲洗匕首,还在佩塔基的后背上擦了擦。接着,他拽动尸体,一直拖到逃脱口处的水面下。

凶手沿着机翼涉水回到舢板，举起一只大拇指，这是一句无声的报告。这时，舢板上的四个人戴上氧气面具，一个跟着一个跳下海里。最后一个人跳下去后，负责管理引擎的机械师小心翼翼地放下一只大型海底探照灯，然后松开缆绳，在预定的时间里打开了灯。顷刻之间，灯光把大海和浸在水中的庞大机器照得通明。这时，机械师握住引擎操纵杆，把空车推到倒车的齿轮上，让舢板退离飞机大约20码远。终于，他停止了倒车，同时关闭了引擎。然后休闲地从衣服口袋里掏出一包骆驼牌香烟，敬了那个凶手一支。凶手接过香烟，掰成两段，一半塞在耳朵后面，一半点燃。

那个杀手居然镇定自若，毫无心虚之态。

霹雳弹

第十章　深海探宝

在游艇的甲板上，1号摘下他的夜视眼睛，从白色的鲨鱼皮夹克的胸前的口袋里拿出一块夏尔凡手帕，轻轻地擦了擦他的前额和太阳穴。他想起了生活如此美好的一面，想起了在杜姆亚特，他舒舒服服坐着，与同样轻浮的客人一同享受晚餐，品尝艳俗却令人快乐的索米尔白葡萄酒；想起了赌场里现在早已上演的赌局；想起了在海湾大街的夜总会和酒吧里，海中女神黑暗中绰约的身姿。他将手帕重新放回口袋里。但是，这次的活干得真是漂亮！有条不紊！他看了一眼手表，10点15分整，飞机迟到了三十分钟，这让他非常不耐烦。不过瓦格斯已经妥善处理好了意大利飞行员的尸体，对了，那个飞行员叫什么名字？他们的行动已经推迟了十五分钟。如果救援小组不需要使用氧乙炔来引爆炸弹的话，他们很快就能采取行动。正如所预料的，没有发生任何意外。黑色的八小时总算过去了。冷静,有条不紊,高效,就是这样。1号从甲板上回到雷达控制室。他嗅到了一丝紧张的气息。拿骚控制塔有任何消息吗?降低飞行的飞机有报告吗?飞机有可能坠入比米尼海了吗?那么,请继续监察,请给我转接2号,快,只有一刻钟了。

1号点了一支香烟,看着这艘游艇一切运作正常:扫描、监听、搜查。联络员灵敏的手指不断地拨弄仪器上的指针,以确认和世界上其他电台保持联络。突然,联络员停了下来,检查一番后,立刻调整了音量。他举起了大拇指。1号走过来,把嘴凑到话筒边,然后说:"我是1号,请讲话。"

"我是2号。"话筒那边的声音有点空旷。2号的话语飘飘忽忽,时断时续。不过,那确实是布罗菲尔德。1号再清楚不过他的声音了,简直比自己父亲的声音还要熟悉。

"成功了。10点15分。下一阶段是10点45分。请继续。再见。"

"谢谢,再见。"

声波中断了,这次谈话只持续了四十五秒。刚好处于安全的波段内,通话没有受到任何窃听。

1号从雷达控制中心走出来,B队里的四个人坐在那里吸烟,旁边放着他们的水中呼吸器。舰艇的水下阀门正开着,里面的海水极其清澈,月光直接照到水下的白色沙子上。阀门旁边站着一个高瘦的人,他端着咖啡,一副惬意的样子。所有人都一副悠然自得的模样。1号说:"一切进行顺利,救援队正在工作,离最终的结果不会花费太多时间了。二轮战车和雪橇准备得怎么样了?"

其中的一个人将大拇指朝下指了指,说:"它们就在这下边,下面的沙子里,很快就能看见了。"

"不错。"1号朝那个拿咖啡杯的家伙满意地点点头,"起重机呢?也准备就绪了吗?"

"能支起两倍重的东西。"

"水泵呢?"

"状况良好。七分钟后就能清舱。"

"好,不错,放松点。这将会是一个漫漫长夜。"1号爬上铁制的楼梯,又回到甲板上。他不需要夜视眼镜了。200码处,快艇开始向右转舵,以避免抛锚带来的麻烦。红色的探照灯也带上了船。发动机咯咯作响,大型探照灯也在正常地工作着。现在,海面上顺利航行的快艇要完成任务了,但是加速器的活动是否能够支撑快艇到达,还是个问题。发电机上的刻度表明,危险的状况还是有可能发生的。最近的岛屿在5英里之外,那是一个无人居住的小岛,除非有人半夜闲得慌,跑到上面搞一场野餐派对。快艇停了下来,开始搜查到达指定地点的路线。所有的事情都已经做了,所有的努力也都付出了。除了下一步的行动,没有什么好担心的。1号急匆匆地从甲板上走到快艇的电表显示房里。

1号就是埃米利奥·拉尔戈,是一位高大、帅气的人,40岁左右。他是罗马人,长得也像罗马人,但是不像今天的罗马人,而是古时候的罗马人。他身材高大,细长的脸,尖尖的下巴,一双坚毅的棕色眼睛,厚嘴唇,还有很多皱纹,完全是一个好色之徒的模样。他的耳朵几乎竖了起来,正在发生的事情使他感到震惊。他看起来有些焦虑,但他还是努力让自己保持冷静。他若有所思地拨弄着头发,似乎在思考下一步的具体行动。他曾经在意大利参加过战斗,同时还是奥运会上的游泳健将,并且赢得过拿骚举办的滑水项目冠军。他那双宽阔有力的手,几乎是正常人大小的两倍。现在,所有人都在关注这位领导者的举动,希望听到下一步的行动命令。

拉尔戈是一位冒险家,也是团队里的捕食者。要是放在两百年前,他肯定是一名海盗,一名像海盗黑胡子这样的海盗,为了寻宝,杀人无数,而且总喜欢割断人们的咽喉,使人瞬间丧命,手段极其残忍。但是黑胡子更像一个欺凌弱小的人,和一个粗暴的人,无论到了哪里都不会留下好名声。拉尔戈不一样。他有冷静的头脑,每一次行动背后都有思虑周全的策略,总能摆脱别人的报复。从他战后在那不勒斯的黑市交易中自如地游走就知道了,他做了五年的走私生意,居然丝毫没有被官方察觉。在法国臭名远昭的大型珠宝抢劫案中,他就是魔鬼党中参与此事的五个成员之一。拉尔戈是一个处心积虑的人,凡事总比常人考虑得全面,也是幽灵组织中的资深成员。他可以说是绅士们的表率,甚至可以说是全世界女孩的梦中情人。任何上流社会的活动场所都能找到他的崇拜者,在四个大陆地区都能看见拉尔戈出没的身影。他出身于著名的罗马家庭,所有的财产都是从家族里继承的。这位家族唯一继承人非常幸运,他还没有结婚,因此也带来了许多机会。他在警察局没有任何污点记录,似乎总是洁身自好,冷酷无情,好像不能从他身上找到任何破绽。他堪称魔鬼党中最完美的人,也是拿骚富甲一方的人,更是欧米茄计划的最高指挥官。

其中一位船员敲了敲舱门,走了进来:"他们已经准备好了,所有的设备都在运输途中。"

"谢谢你。"拉尔戈说。在所有人都在兴奋头上,他总能保持冷静。不管事情有多高的风险,不管危险有大,不管行动多紧急,他都能保持高度清醒的头脑。这是他对自己行为意志的训练。他发现,这对他的下属有着极大的震慑作用。相比其他领导力,这点更能激发他们的绝对忠诚和信任。另外,拉尔戈是一个有预见性的人,凡事喜欢揣测,从不让自己的情绪失衡。现在也是如此,听到如此令人兴奋的消息,他都能故意掩藏自己内心的喜悦,任何人都无法看出他心里的想法。

水下探照灯从大船的单艇上出发。这是一艘双人座的小艇,在战争期间,它还用于与意大利作战,如今经过了第一家发明潜水艇的公司的改装,可以用于放置水下支架,足以支撑或者运输水下繁重的物体。探照灯依旧在正常工作,几分钟后,重新照在船体上。对拉尔戈来说,目击两颗原子弹到达是非常自然的事情。其实,他也没什么可做的。依照顺序,探照灯又出现了,回到了此前的步骤。现在,甲板上应该装载了大量的防水油布,用来掩藏这片水下海域,那里有丰富的白沙和珊瑚礁,油布能覆盖到飞机残骸的每一个地方。飞机被螺旋形的支柱稳定住,不会被大风浪或者风潮转移。运输的过程相当顺利,大家都小心翼翼地工作。八个工作人员都经过严格的训练,以及通过了许多超乎常人的惊险测试。现在,他们正在有条不紊地进行欧米茄计划。拉尔戈对他们的努力感到惊奇,这真是一个不可思议的计划。此前多个月的准备,汗水与泪水的付出，现在开始有回报了。

明亮的灯光在距离快艇不远的水面上，一个接着一个，迅速闪过。八个工作人员从水下浮出水面。透过月光，他们脸上的玻璃面具清晰可见。他们朝游艇游过来，拉尔戈确认，八个工作人员都到齐了。他们笨拙地爬上扶梯。机械师和杀手帮助他们爬上船。水下探照灯关掉了，发动机还发出刺耳的轰鸣声。把所有的设备进行一番精心检查后，工作人员都重新上了船。

船长走过来，站在拉尔戈旁边。船长是一个高大、阴沉、消瘦的人，也是前加拿大海军成员，后来因为酗酒和违抗命令被开除。有一次，拉尔戈把他叫到控制室，将一个椅子砸到他的头上，作为他不听从命令的惩罚。从此以后，船长就对拉尔戈俯首称臣了。船长从此明白不服从纪律就要付出代价。现在，他对拉尔戈说："一切都准备好了，可以起航了吗？"

"所有的队伍都准备好了吗？"

"是的，他们没有意见。"

"确保他们都能喝上一点威士忌。然后让他们休息一会儿。一个小时后，他们还要出去作业一会儿。让科特兹过来，我有话对他说。其他人，准备五分钟后起航。"

"好的。"

物理学家科特兹的眼睛在月光下熠熠发光。拉尔戈注意到，科特兹似乎兴奋得有点发抖。他努力让科特兹冷静下来。他说："伙计，对你的设备还满意吗？工厂有提供一切你想要的东西吗？"

科特兹的嘴唇在颤抖着，激动得眼泪几乎夺眶而出。他高声地回答:"太不可思议了！你完全想象不到。那是我从来没有梦想能够得到的武器。而且，非常安全！就算是一个小孩子都能够操纵它，毫无危险！"

"托架足够大，能支撑起它吗？你有足够的空间完成这项工作吗？"

"是的，是的。"科特兹高兴得简直要拍起手来了，"没有问题！一点问题都没有！导火线将立刻熔断。简单地用定时装置替换就可以了。马斯洛夫早已经在矫正导火线路。我正用上了导螺杆。它们是相当便捷的装备。"

"那么，那两个插头，就是你告诉我的那些点火器，它们安全吗？潜水员在哪里发现的？"

"它们被放在了飞行员座位下面的铝制盒子里。我已经确认过了。到时候只管操纵就行了，十分简单。它们肯定是被单独放在了隐秘的地方。橡皮袋子的质量非常好，我肯定它们是防水的。"

"没有辐射方面的危险？"

"目前没有。所有的东西都装在铝制的箱子里。"科特兹耸耸肩膀说，"当我与那些魔鬼东西打交道的时候，我会非常小心，戴上必要的安全设备。我还能准确地判断各类信号，总之，我能应付。"

"你是一个勇士，科特兹。不到万不得已，我绝对不敢碰这些该死的东西。我可不想它毁掉我的性生活。那么，你对一切满意吗？你有什么疑问吗？还有东西落在飞机上吗？"

科特兹尽量控制自己的情绪。一连串的消息已经令他欣喜若狂，他坚信，技术上的问题都在自己的能力范围之内。现在，他感觉又累又饿。几周以来他总是紧张兮兮的。所有的这些计划,所有的这些危险,要是他的知识还不够,完全会将他推向深渊!要是残忍的英国人已经发明了某些崭新的安全装置或者秘密控制武器,那他也无能为力!但是,当一切来临,他打开保护完好的网衣,开始用宝石匠的工具工作时,喜悦和感激之情如潮水般向他涌来。不,现在什么问题也没有。所有的工作都进展顺利,按部就班完成工作就好。科特兹说:"不,没有问题。一切都准备好了。我会将工作完成。"

拉尔戈看着甲板上消瘦的身影,若有所思。科学家就像奇怪的大鱼,他们眼中只有科学。科特兹根本看不到眼前的危险,坚持继续。对他来说,旋转几个螺丝很可能就是最后的工作了。要干掉他易如反掌。但是他还没有完成任务,还不能除掉他,要使用武器的时候,还用得上他。但他是一个如此容易绝望的小个子,几乎就是一个歇斯底里的人。拉尔戈不喜欢有这样的人在身边。他们会贬低拉尔戈的精神气概。他们总是带来坏运气。科特兹或许适合待在机动室,毕竟他在那里可以忙个不停,用不着碍眼。

拉尔戈走进驾驶员的座舱。船长正坐在方向盘前面,那是一个只有半圆按钮的铝制品。拉尔戈说:"好吧,我们出发。"船长将手放在身边的按钮上,按下一个写着"同时启动"的按钮。接着,船的中部就传来低沉、空洞的隆隆声。仪表盘的灯闪烁着,表明所有的引擎都在正常运作。船长将挡位拉到"缓速前进"的位置上,游艇开始移动了。船长又把挡位拉到"全速前进"的位置,游艇的尾巴颤抖了一下,很快又稳定下来。船长观察着转速表,他的手放在身边的船吃水线杆上。在20节①的时候,仪表显示5000。船长将拉杆拉回一点,降低船体下巨大的钢勺。转速表还是停在同样的数字,但是速度计的指针转了一圈,最后显示在40节。现在,游艇几乎飞了起来,一半的船体贴着海水飞速前进。船身底部有支架,装上了水翼,当速度加快的时候,水翼提供的浮力会将船稍微抬高一些减少阻力,从而使速度更快。

这艘机动游艇是水翼船,叫迪斯科游艇,是意大利制造商——墨西拿利奥波德·罗德格斯公司专门为魔鬼党的拉尔戈打造的。该公司是全球唯一一家成功地将通信系统和潜艇设备巧妙结合的公司。它能将整艘迪斯科快艇的性能完全超出正常状态的一倍,以400英里的速度和100吨的运载量,约50节的吞吐量行进。打造它花费了20万英镑,但是世界上再也找不到像它这样高速度、高运载量和拥有宽大乘客空间的游艇了。而且,这艘游艇需要专业人士才能完美操纵。

建造者称这种类型的快艇就是特别为魔鬼党打造的。拥有极高的稳定性能和极低的吃水,Aliscafos(快艇的意大利名字)不仅不会引起通常的磁场振动,而且还会避免必要的水压——两者都是令人向往拥有的特质。对于拉尔戈而言,这样的快艇能使他逃离任何可能的探测。

在六个月前,迪斯科已经通过南太平洋的航线顺利穿过了佛罗里达暗礁。它在佛罗里达水域和巴哈马地区轰动一时,很大程度上

---

① 译者注:节,船和航空器的速度计量单位,每小时一海里。

帮助拉尔戈获得世界上著名的"百万富翁"称号,并且是"能够拥有所有东西"的百万富翁。他在迪斯科上快速而神秘的航行,令水下的游泳者钦佩。他总是人们口中敬仰的人物。渐渐地,拉尔戈将秘密透露出去——在聚餐或者派对中,让主要的船员有意地泄露出去。他透露说这次的行动是一次寻宝活动,意义非凡。有一张海盗地图显示有一艘沉入海底、被厚厚的珊瑚缠绕的西班牙帆船。沉船的位置已经找到。拉尔戈在等待冬天旅游旺季的结束。夏天的水面比较平静,适合作业。那时,他的合伙人也将从欧洲各地赶来,各项工作也随之加紧。两天前,十九个合伙人已经从不同的地方——百慕大、纽约、迈阿密等赶来拿骚。这些人虽然表面看起来非常无趣,但都是心机很重、努力工作的商人。他们对这种具有赌博性质的工作情有独钟。那天晚上,所有的人都上船了,迪斯科的发动机开始隆隆作响,他们准备出发的时候,天色正在变黑,美丽的深蓝色和游艇的白色相映生辉,成为海岸上壮丽的景观。船一到了开阔的海面,就开始加速,渐渐地消失在东南方向。围观者都相信,那里肯定能找到宝物。

向南的航线被认为是最恰当的地点,因为巴哈马南部据说有大量的宝藏在等待人们去发现。向南航行需要经过一些孤岛,包括吉澳岛、马亚瓜纳岛和凯科斯群岛。以前,西班牙的帆船在返航时总是努力避开海盗和英法舰队。在这片海域上,据说有一艘"波尔图·佩罗德号"在1668年沉没了,连同船一起沉没的,还有约100万英镑的达布隆金币。1964年,圣塔·克鲁兹也带着比"佩罗德号"多两倍的金币在这里沉没。还有在1719年沉没的"埃尔·卡皮坦号"

和"圣佩罗德号",它们分别携带了价值100万和50万英镑的财宝。

每一年,都有许多寻宝的船只在巴哈马南部出没。没有人能猜测究竟有多少船只,或者有多少船只真正找到了财宝。但是拿骚人都知道,在1950年,确实有两位拿骚人发现了银锭条。所以,大家都知道,传闻不假,还有许多财宝等着被发现。当拿骚人听说迪斯科向南航行时,都十分明智地点头表示赞同。

但是"迪斯科号"离开港口的时候,月亮还没出来,所有的灯都熄灭了,迪斯科毅然地在水面上无所顾忌地航行,直接奔向目的地。现在,它已经行驶了两个小时,距离拿骚一百英里远。但是,当天快亮时,拿骚人会再一次听见它的引擎声,仿佛在南边的航线上响起来。

拉尔戈站起来,弯腰去检查船上的刻度表。这艘船在各种各样的天气情况下都航行过多次。没有问题。但是阶段1和阶段2进展如此顺利,因此阶段3更要加倍小心。是的,一切都没有问题。指针都指向正确的位置。五十英里过去了。他们将会在一个小时后到达目的地。他告诉船长,要保持快艇应有的速度,说完,他就走到下面的雷达控制室了。现在的时间是11点15分。呼叫时间到了。

多哥岛是一个小岛屿,不过两个网球场大。岛上布满了大片的死珊瑚礁和海上常见的马尾藻,另外还有许多只生长在咸海水和沙地的螺旋状的棕榈树。岛屿之所以命名为多哥,是因为它是海上的危险之源,许多渔船只有在它的庇佑下才能安全航行。白天,安德鲁斯岛为航海的人指明东边的方向,但到了晚上,它就像房子一样给人安全的庇护。

迪斯科飞速地前进，接着，它慢慢地降低高度，使船身贴回海面，然后慢慢地靠近水边，船员将绳索绑在巨大的岩石上面。它的抵岸掀起了巨大的波浪，海浪不停地拍打和冲刷岸边的岩石，又在片刻之间恢复平静。巨大的铁锚慢慢地沉向海底，在水下约四十英尺的地方停了下来。拉尔戈从船上走下来，等候在旁的四名船员为他打开了水下阀门。

五个人都戴着水肺。拉尔戈手里只拿着一个巨大的水下手电筒。其他四个人分成两个小组。他们之间用带状的索套连在一起，系住两人的大网带中间，各绑着一支由灰色橡皮封套包住的长达六英尺的圆锥形物体，那就是原子弹。这时，他们坐在一个铁箅子的边缘上，晃着腿等待海水起旋涡，然后给他们浮力。

海水冲过来，又急退回去，接着又一个浪头打过来，险些将他们五个人淹没。他们从座位上滑下来，吃力地穿过舱口，拉尔戈走在最前面，两队人保持适当的距离跟在背后。

拉尔戈并没有率先打开手电筒。这没有必要，还可能招来一群愚蠢、没有耐心的鱼，徒增麻烦。甚至还可能惹来大鲨鱼或者梭鱼，虽然它们只不过有点碍手碍脚，但是队员也可能会因此阵脚大乱。

月光轻柔，他们在平静的海面上谨慎地游着。一开始，除了底下无尽的空虚，他们什么也没有发现。但是接着，海岛下的珊瑚礁开始显现。月光下的海扇珊瑚在水面上温柔地晃动。珊瑚树虽然有些暗淡，但却像迷一样令人神往。这都是些无害的海洋植物，拉尔戈决定亲自带领这支队伍完成任务。在开阔的地方可以看到沉没在海底的飞机。通过探照灯能清楚地看见飞机和已知的物体。

这次的任务特殊。灰白的海底世界需要一位历经危险、经验丰富的游泳健将。这就是为什么拉尔戈要带领他们的主要原因。他还想知道这两颗原子弹究竟存放在何处，有没有出差错的危险。如果出了哪怕一丁点差错，那么他也能挽救。

小岛的底部一直受到海浪的冲刷，因此从下面看，它就像一朵巨大的蘑菇。在珊瑚礁伞状结构的下面，有一个宽大的叶脉，上面缠绕着一些黑色的东西。拉尔戈向它走去，把关闭的电筒打开。伞的下部有些黑暗，手电筒的黄色光芒照耀着小岛上面的珊瑚群。阵阵海风吹来，给人惬意的感受。从灯光中还能观察到海岛上各种植物和沉积物，景色十分壮观。

拉尔戈拉低脚上穿的鳍板，在一块岩礁上尽量保持平衡，然后攀在岩石上不停地向四周环顾。后面的两个小组也站稳了脚跟。接着，拉尔戈朝他们挥手，示意他们继续在岛上行走，并用手电筒指出即将要前进的方向——一块岩石中间的缝隙。水下的洞穴只有十码长。拉尔戈带领队伍穿过一个接一个的小洞穴，这些洞穴里头可能埋藏着各种不同的宝藏。在暴风雨来临时，这些洞穴无疑是最好的避风港。拉尔戈的部下已经在那儿先凿了个凹穴，作为放置原子弹的壁橱。另外还在壁上装了几条铁栅跟皮带，以绑住原子弹，保证其不会被任何恶风大浪带走。现在，现在，这两组人，一前一后，把橡皮套封住的原子弹竭力抬起，搁进铁栅里去，然后把皮带一一扣紧。拉尔戈检查了一下结果，很满意。原子弹就这样贮存在这个水底秘密仓库里。只要需要，他随时都可以很方便地来拿。同时，这些包围的石岩起了隔离作用，可以防止放射线外泄。回到拿骚之后，他们的身上以及快艇上,都必须好好清洗,以免留下放射线的痕迹。

五个人艰难地回到船里,进入船的阀门。随着引擎的一声轰鸣,"迪斯科号"缓慢地升回水面。漂亮的快艇就像在空中而不是在海里飞行一样。

拉尔戈脱下他的装备,在腰部围上一条毛巾,向雷达控制室走去。他已经错过了夜间的电话。现在布罗菲尔德的时间应该是早上的7点15分。

拉尔戈想,这个时候适合电话联系了。布罗菲尔德可能正发狂地坐在电话前,甚至连胡子都没有来得及刮呢。在他旁边可能有杯咖啡——已经不知道喝了多少杯。拉尔戈似乎都能嗅到咖啡的味道了。现在,布罗菲尔德能打个的士去做个土耳其浴了,当紧张感消失的时候,他就喜欢这样做。至少,现在他可以睡个好觉了。

"我是1号。"

"我是2号。"

"第3阶段的任务完成。第3阶段的任务完成。成功完成。现在是凌晨1点。完毕。"

"我很满意。"

拉尔戈放下话筒。他对自己说:"我真是好样的!还有四十五分钟我们就能回家了。现在,只有魔鬼才能阻止我们。"

拉尔戈回到休息室,喝了一大杯他最喜欢的饮料——含樱桃的法国高级饮料。

他一口气喝完,从瓶子里取出一颗樱桃,把它放进嘴里,然后走上楼梯。

霹雳弹

第十一章　美人

　　一个女孩驾驶着一辆宝石蓝的名爵型双人轿车，从国会大街的陡坡上俯冲而下。车子正要转入海湾街时，她将速度从第三档转到令人惊讶的第二档。女孩快速地瞥了一眼右边，准确地捕捉到一架装载着干草的马车嗒嗒前行的声音。马车从横巷子里冲出来，差点儿迎面撞向小轿车。那匹老马受到了惊吓，高高地扬起头颅和前肢，惊恐地嘶鸣起来。老车夫赶紧勒住马车，敲响马车上大大的百慕大铃。这种铃的不足之处是，它清脆的"丁零、丁零"音不可能带有任何生气的意味，但即便如此，现在你也能从铃声里听出车主的愤怒。车上的女孩活泼地挥动她被太阳晒黑的手臂，小轿车在拿骚街道的一家店前戛然而止。
　　车上走下来一个明艳动人的姑娘。她先是伸出一条被太阳晒黑的腿，然后是另一条。奶白色长衬衫下若隐若现的大腿尤其动人。马车夫被眼前明艳美丽的女子稍稍平息了怒火。他说:"小姐,我的胡子都差点被你刮下来了。你应该更小心一点。"

女孩双手叉腰。她还没有被人这么指责过。她尖锐地回应说:"老人家,大家都有工作做。你最好也不要闭着眼睛横冲直撞,这里是马路又不是遛马场。你应该把你那辆破马车赶到草地里去。"

那个黑人老车夫,张张嘴,想了一会儿,才说:"好了,小姐,好了。"他拍拍老马的头,示意它继续前进。老车夫重新坐上马车,走了几步又回头看看。那位有天使面孔、魔鬼身材的美女早就走进商店,消失不见了。"真是一个漂亮的姑娘。"他喃喃地说道,接着,继续赶着马车走了。

20码以外,詹姆斯·邦德目睹了整件事情的发生。他对那姑娘的感觉也和老车夫的一样。他知道那个女孩是谁。他加快步伐,走进烟草店里。

女孩正站在柜台前,和其中的一个服务员争论。"但是我告诉你,我不想要海军牌香烟。味道太恶心了,我不愿意吸它。难道你们没有一种香烟是让人们停止吸烟的吗?"她挥挥手,气呼呼地说,"不要告诉我一些闻起来非常可怕的香烟。"

拿骚商人经常会遇到一些疯疯癫癫的客人,但服务员都非常有素质。他回应说:"这个,女士……"他转过身,不情愿地在货架上寻找。

邦德认真地对女孩说:"你可以在这两种香烟中选择,如果你想不吸太多香烟的话。"

女孩用尖锐的目光打量着邦德,说:"你是谁?"

"我叫邦德,詹姆斯·邦德。我可是戒烟界的权威。我总在不停地戒烟。你今天碰到我真是幸运。"

女孩将邦德从头看到脚。这个男人她此前并没有在拿骚见过。他大概6尺高,看着30多岁。他的蓝眼睛明澈,脸色泰然,没有残酷之色。右脸颊的伤疤还是淡淡的白色,还没有被晒黑,表明他刚到这个岛不久。他穿着一件深蓝色的单排纽扣外套,里面是一件白色的丝质衬衫,打着黑色的领结。虽然外头烈日当头,但是他看起来非常整洁干净,唯一证明他是在热带地区的,就是脚上那双黑色的凉鞋。

这是一个再明显不过的搭讪了。女孩决定搭理他。但是她不想让邦德的搭讪过于顺利。于是,女孩冷冷地说:"好吧,告诉我。"

"戒烟的唯一办法就是,马上停止吸烟。一旦不吸了,就不要再开始吸。一个或者两个星期停止吸烟或者每天吸一点点的做法是没有用的。你会越来越贪心。那样,你还不如改吸一种比较温和的香烟。温和的香烟对你来说是最佳选择。"邦德对服务员说,"拿一包公爵牌香烟,加长型滤嘴。"邦德拿过香烟,递过女孩说,"试试这个。算是初次见面的礼物。"

"哦,但是我不能……我的意思是……"

但是邦德早已拿出钱包为香烟付了钱。邦德抓住了机会,他跟着女孩走出了商店。他们一起站在商店前的遮阳篷下。天气糟糕地热。炽热的太阳光照在漫天灰尘的街道上,马路对面,由石灰岩砌成的商店墙壁反射出强烈的光。两人不约而同地用手遮挡住眼帘。邦德说:"恐怕烟酒不分家。你准备同时戒掉还是一个一个来？"

女孩疑惑地看着他："这很突然，邦德先生。好吧，但是我们得先离开这里。太热了。你知道门罗堡的码头吗？"邦德注意到她正在朝街上张望。"那里不错，来吧，我带你去。小心金属，它能把你烫出水泡。"

但女孩的白色皮革外套也足以灼烧到邦德的西装。但是他不在乎他的西装是否会着火。这是他在小镇上的第一次艳遇，而且，他已经抓住了女孩的心。这个女孩还是一个非常漂亮的女孩。女孩一个急转弯，冲出了弗雷德里克大街，驶进了另一条通往舍利大街的路。邦德猛地抓住了仪表盘顶上的皮革安全装置。

邦德朝女孩那边靠了靠，好看清她的模样。女孩戴了一顶威尼斯小划船船夫的宽檐草帽，帽子上的黑色丝带在风中飘动，其中一条丝带上面印着金色的字："我欢快的迪斯科"。她的丝质衬衫是蓝白相间的，使邦德想起了那些在亨利皇家划船赛的晴朗的日子。女孩手上没有戒指，也没有珠宝，只是手腕处戴了一只男式的黑色表盖的手表。她的凉鞋是白色的仿麂皮做成的，和她蓝白相间的衬衫非常相衬。从这些装扮信息，邦德对这个女孩已经了解不少了。女孩的名字是多米塔·维塔利。她出生在意大利蒂罗尔州的博尔扎诺，因此有点奥地利和意大利的混血。她现在 29 岁，表露的身份是"演员"。她在六个月前来到了迪斯科，她是一个名为埃米利奥·拉尔戈游艇主的情妇，这一点都不奇怪。"淫妇""妓女"或者"娼妓"都不是邦德平日里形容女人的词语，除非她们就是专门跳钢管舞或者在妓院里出卖肉体的女人。警察局和移民局都把她们称作"意大利淫妇",这也是邦德的判断。邦德现在知道他是对的。身边的这个女孩就是一个独立、有个性的女孩。她可能喜欢奢华富有的生活,但在邦德看来,女孩本身就具备这样的生活。她可能会和男人睡觉,显然她也这么做了,但是决定权在她手上,而不是男人手上。

女司机开车通常小心翼翼,以安全第一,但她们很少是一流的驾驶员。邦德一般都把她们看成是温柔的杀手。他总是和女司机保持很大的距离,以免出什么不测。在邦德眼里,要是车上有四个女孩,那就是最大的威胁了,两个女孩在车里已经是致命的危险了。女人凑在车里根本不可能保持安静,当她们说话的时候,总会看着对方的脸。而且,交换信息还不够,她们一定要看着对方的表情,或许是想捕捉弦外之音。因此,两个女孩都坐在车前座的时候,总会不断地干扰对方的注意力,对开车来说,无疑是危险的。四位女孩比两位女孩更糟糕,危险系数提高了两倍。因为驾驶员不仅要听坐在后排的人的说话的内容,还要看到她说话时候的表情。

不过,维塔利开起车来就像一个男人。她的注意力全部集中在眼前的路况上,以及倒后镜中的情况。要知道,倒后镜可是女人极少使用的汽车配件,当然,她们化妆的时候会用得上。此外,与其他女人不同,她极少使用刹车,也极少频繁更换档位。

她没有和邦德说话,仿佛并没有注意到他。这令邦德能继续观察女孩的习惯。她有一张男人般冷漠的脸庞,邦德认为,这反而能激起人的好奇心。在床上,她可能会拼命挣扎,撕咬对方,然后又突然沉浸在美好的肉体沉沦中。邦德几乎能看见女孩性感的嘴唇里洁白的牙齿，给人无限遐想。她的胸脯高耸，形成性感难当的 V 字形状。通常情况下，邦德会认为这是一个有性格、热情奔放的女孩。漂亮女孩虽然难以驾驭，但总会给男士一种极强的征服欲望，并逐渐被她的柔情与冷艳所俘房，然后与她如胶似漆，彻底享受人间美好的事情。邦德认为他具备征服这种女孩的能力，他也一直这么做。虽然会花不少时间，因为漂亮女孩的追求者肯定不会少。首先，他得表现出一副绅士的样子，避免让对方认为自己有不良企图的想法。然后，不管怎么样，他得将这个女孩搞定。这是魔鬼般的工作。

汽车沿着舍利大街飞驰，顺着预定的海岸线，直接向东部的方向开去。穿过海港入口后，映入眼帘的是亚索尔岛翡翠绿和宝石绿的海滩。深海渔船在海上航行，疾驰的摩托艇呜呜着停靠在岸边。海面上波光粼粼，这是一个美好的晴天，邦德被任务搅得沮丧失意的心情暂时欢快了一些。尤其是他刚到拿骚的时候，心情跌倒了谷底，事情看似一无所获。

巴哈马有将近一千座岛屿，从佛罗里达海的东部到古巴的北部，曲曲折折蔓延五百英里，纬度覆盖范围从 27 度到 21 度。近三百年来，大西洋西部臭名远昭的海盗在这里驰骋，而今天的旅游事业使得这片岛屿更加成为令人神往的浪漫之地，充满神秘的色彩。路标上显示"距离回声塔还有 1 英里""火枪岛""海鲜""当地饮料""秘密花园"……

他们左边出现了一条沙子路。女孩拐了进去，在一处由废弃的岩石堆砌的房子前停下来。房子有粉红色的框架，白色的窗框和门廊，上面还有许多可爱的贝壳和两根骨头交叉做成的海盗装饰。女孩把车子停在木麻黄树的阴影之下。接着，两人下了车，穿过门廊和一间有红白桌布装饰的小小的餐厅，然后走到由残留的石头砌成的阳台上。他们选择了靠近阳台和水边的桌子坐下，好随时欣赏外面的景色。邦德看了一眼手表，对女孩说："现在刚好是中午，你想喝点什么？固体饮料还是软饮料？"

女孩说："软饮料。我要双份的血腥玛丽，最好混上大量的番茄汁。"

邦德说："就这些吗？我要一杯伏特加，再加上一点有苦味的菜肴。"

侍从说："好。"然后就去准备了。

女孩说："我把它叫作岩石上的伏特加。所有的番茄汁都能使饮料的口味变得柔和一点。"女孩说着，挪动了一下椅子，将一只脚搭到另一只脚上，让两只脚都能晒到太阳。但这个姿势还不能让她感到足够的舒服，她又踢掉了她的凉鞋，往后坐了些。这下，她终于满意了，问："你什么时候来的？我从来没有见过你。这个季节，不会有人想来这里。"

"我今天早上从纽约来到这里。我来这里是为了寻宝。现在这个时候，对我来说，再好不过了。要是所有的百万富翁都来了，那我的希望就渺茫了。你在这里多久了？"

"六个月吧。我是从一艘叫迪斯科的快艇上面下来的。你可能已经见过它了。就停在海岸边。你也许能从温德尔地区看见它横行的气势和靠岸的场景。"

"是一个长长的、低低的流线型设计吗？它是你的吗？那可真

Thunderball

是个漂亮的快艇。"

"它是我一个亲戚的。"女孩看着邦德说。

"你在船上住吗?"

"啊,不,我们在岸边有一栋房子,或者说我们租的。房子在巴尔米拉海湾,也就是快艇停靠的对面。这栋房子其实是一个英国人的,我觉得他想把房子卖掉。房子很漂亮,距离游客很远。在一个叫福德凯的街上。"

"听起来就是我要找的地方。"

"好啊,我们一个星期后就走了。"

"啊,"邦德看着女孩的眼睛说,"我很抱歉。"

"你要是想调情的话,不用这么明显。"女孩突然笑起来。她看起来有点懊悔刚才的举动。她又说,"我的意思是,我真的不是那个意思,不是你听起来那样的。只不过我六个月以来,从那些富裕的、愚蠢的老家伙的口中听到太多无礼的话,唯一能让他们闭嘴的方法就是粗鲁一点。我不是一个容易被欺负的人。这里就没有一个60岁以下的人。年轻人可负担不起这里的费用。所以,任何一个没有长兔唇或者胡须的女孩,都会拒绝他们。可他们就喜欢这样做。啊,我的意思是,随便一个女孩都能让那些老眼昏花的老家伙神魂颠倒。"女孩说着,再次笑起来。她变得友好了。"我觉得你对那些戴着夹鼻眼镜和染蓝头发的老女人们,也有同样的效果。"

"他们都吃煮熟的蔬菜当午餐吗?"

"是的,他们喝胡萝卜汁和梅干汁。"

"我们不会那样生活。我不会沉迷海螺杂烩汤。"

女孩好奇地看着邦德,说:"听起来你对拿骚了解很多。"

"你指的是激发性欲的海螺吗?那不是只有拿骚才有的东西。全世界都有这种海螺。"

"真的吗?"

"岛上的人在新婚之夜都会喝上一点。我还没有发现它对我有任何作用。"

"为什么?"女孩看起来十分惊讶,"你结婚了吗?"

"没有,"邦德笑着望着对方的眼睛,问,"你呢?"

"没有。"

"那我们或许可以找个时间喝喝这些汤,看会发生什么事情。"

"这比那些百万富翁好不了多少啊,你更过分。"

这时,饮料来了。女孩用手指在里面搅拌了一下,以便番茄汁能够彻底在饮料中溶解。接着,她一口气几乎喝掉了一半。然后,她伸手拿出了公爵牌香烟,撕开烟盒,用指甲拔出一根,谨慎地嗅了一下,然后用邦德的打火机点燃了香烟。她深深地吸了一口气,然后吐出一个个烟圈。女孩怀疑地说:"还不错。至少闻起来还像香烟。为什么你会说自己是戒烟高手?"

"因为我经常戒烟。"邦德想,是时候转移吸烟的话题了。他说:"为什么你说一口流利的英语?你的口音听起来像意大利人。"

"是的,我的名字是多米塔·维塔利。但是我在英国学习。切尔滕纳姆女子大学。然后,我到皇家戏剧艺术学院学习表演,英国式的表演。我的父母认为,这就是教养女孩子的方式。他们后来在一场火车事故中死去。我重新回到意大利生活。我没有忘记我的英语,但是……"说到这儿,她笑了起来,"我很快就忘记了。忘记了所有不快乐的事情。"

"但是,你在快艇上的亲戚,"邦德向海面望去,"难道他不在那里照顾你吗?"

"不。"女孩简洁地回答。邦德并没有对她的回答做任何评论。女孩接着说:"准确来说,他不是我的亲戚,也不是我亲密的人,他只是一个亲密的朋友,一个保护者。"

"噢,是这样。"

"你应该来参观一下我们的快艇,"女孩觉得得找点其他话题了,"他叫拉尔戈,埃米利奥·拉尔戈。你可能听过。他也是到这里寻宝的人。"

"真的吗?"现在是邦德找些话题来说了,"听起来非常有意思。当然,我很愿意见他。是有关快艇的事情吗?里面都有些什么呢?"

"天知道。他一直保密。显然,快艇里有什么地图。但是他不允许我看,当他要去勘测或者干些什么的时候,他就一直让我待在岸上。很多人都投钱进去了,算是合伙人吧。他们才刚刚到达这里。我猜他们已经准备好了一切,真正的寻宝行动随时开始。"

"那些合伙人都是怎么样的?他们看起来像非常敏锐的人吗?寻宝行动中最大的麻烦就是有人在其他人采取行动前,就捷足先登,获得宝藏后偷偷溜走。也有人的船被水里的暗礁撞沉,最后连目的地都到不了。"

"他们看起来都很好,是安静的有钱人。寻宝活动看似美好,但同时也有很多恐怖色彩。他们似乎花很多时间和拉尔戈在一起。

我猜是在密谋寻宝的事情吧。他们从来不在白天出门,也不去公共场所沐浴,总之,他们很少抛头露面。看起来他们是不想晒黑。据我了解,他们都没有在热带地区生活过。他们都是典型的商人,可能比一般的商人更精明。我很少遇见他们。今天拉尔戈会在赌场为他们举办一场欢迎会。"

"你那一整天都干些什么呢?"

"噢,我到处闲逛。买一点游艇上的必需品。开车到附近兜风。在沙滩上做日光浴。我喜欢潜水。我还曾经受到过嘉奖,因为我救了一位旅客。这里的人都很好,人人都会挺身而出。"

"我以前也是。有时间,你也让我看看你在海上的看家本领吧。"

女孩特别地看了一下她的手表。"我很乐意,但是我该走了。"她站起来,"谢谢你的饮料。恐怕我不能送你回去了。我要去其他地方,侍从会帮你叫出租车。"女孩快速穿上了凉鞋。

邦德跟着女孩走出餐厅,然后看着她上了车。邦德决定冒一次险,他说:"可能今晚我们会在赌场见面,多米塔。"

"可能吧,"女孩的脚踩上油门,启动发动机,回头看了看邦德,说,"但是看在上帝的分上,不要叫我多米塔。"她冲邦德简单一笑,但这笑容足以摄人心魂。她挥挥手。接着,女孩将车从停车场倒出来,然后驶入主道路。在一个十字路口处,邦德看见女孩的车右转,朝着拿骚的方向开去。

邦德笑了笑,说:"真是个难搞的女人。"接着,邦德回到餐厅,支付了账单,打车回去了。

第十二章　来自中央情报局的男人

出租车载着邦德开往位于岛屿另一端的机场。从美国中央情报局来的人理应乘坐泛美航空公司的航班，在 1 点 15 分到达拿骚。他的名字是拉尔金。邦德希望他的合作伙伴不会是一个满身横肉，剪平头，会轻视英国、蔑视邦德、自高自大，或者只知道效忠华盛顿政府的人。邦德希望，合作伙伴无论如何也要将他在离开伦敦前通过 A 部门申请到的设备带来。A 部门专门负责和美国中央情报局的联系。邦德要求带来的设备是可供野外使用的最新型收发两用无线电机，这样他们两人就能不依赖电报办事处，及时和伦敦和华盛顿沟通。另一件设备是用于侦察放射线的最新型水陆两用盖氏计算器。邦德估计，CIA 最大的优势之一就是他们先进的设备，能够借来这样的新式设备真是件令人自豪的事情。

巴哈马的首都拿骚在新普罗维登斯岛上。这是一片土褐色的沙地岛屿，有着世界上最美丽的沙滩。不过唯一不好的是，这里有许多难看的低矮灌木丛、木麻黄树，乳香和大型咸水湖采油的毒树木，这些树木就分布在岛屿的西南方。此外，岛上还有许多种类的鸟、热带花朵和棕榈树，它们全都是从佛罗里达州引进种植的。百万富翁的花园多数坐落在海边。海岛中部已经没有什么东西能够吸引人的眼球，有的仅仅是一些松木光秃秃的骨架而已。邦德在去机场的途中已经见识到了。

其实，邦德在早上7点已经到达拿骚了，接见他的是承担安全工作的防空司令部的官员。邦德接着被带到皇家巴哈马休息，那是一座大型的仿古旅馆，近期接待了许多旅客。房间里准备了冰水，还特意送上了招待客人的水果篮。桌子旁边摆放了经过消毒的卫生纸。沐浴过后，邦德在阳台上一边欣赏美丽的海滩，一边享用早餐。9点钟的时候，他来到政府办公大楼，和警察局、移民局等部门的领导会面。一切都如他想象的那般，都是例行公事罢了。最紧急和最机密的任务总会带来一些表面影响。邦德承诺过，为了完成任务，要和各个部门通力合作。但是有些地方难免过于繁冗，机密的事情似乎不允许干涉正常的运作，也绝对没有必要使游客感到不安和恐慌。政府的接待人员叫罗弥戈，是一个行事谨慎、总是以非常敏感的态度看待事情的中等身材的男人。"你看见了吧，邦德先生，在我们看来，我们已经充分讨论了各种可能性，从不同的角度，正如我们的美国朋友所说，难以想象有一架四个引擎的大型飞机藏匿在海岛的某个地方。这里唯一简陋的飞机场也不可能承载如此大型的飞机。我说得对吗？要知道，这里是拿骚。就从在海上着陆而言,呃,就是他们所说的水上迫降,我们已经通过电台和更大水域的管理局取得联系,他们的答案是否定的。在气象站负责雷达监控的人……"

邦德打断对方的话:"我可以问一下雷达屏幕是有人昼夜不停在监控吗?印象中,白天机场十分繁忙,但晚上几乎没有什么飞机。有没有可能雷达在夜间的检测不是那么周密呢?"

警察局的领导是一个性格友善,有着军人长相的人。他大约40岁,穿深蓝色的制服,衣服上的银色纽扣闪闪发亮,好像他平时无所事事,只剩下磨纽扣了。他的身边站着许多人,他谨慎地说:"先生,我认为邦德先生的话有道理,机场的负责人承认有很多事情被疏忽了。由于没有做出合理的规划,机场没有足够的工作人员调动。当然他们大多数都是当地人。他们都是不错的人,但还达不到伦敦机场的标准。雷达的位置仅仅在地面附近,通常只是监视低航线和窄范围内的飞机,多数只限于民航。"

"没错、没错。"接待员不想继续讨论这个问题,无论是雷达装置情况还是拿骚海滩情形,"当然还存在问题。邦德先生自然会做自己的调查。现在,国防部有一个要求,来到海岛的人,有嫌疑的,都要做详细的记录和调查。"

移民和服务局的领导是一个时髦的拿骚人,他有一双棕色的眼睛,总是以奉承的口吻说话。他礼貌地微笑着说:"没有什么特别的迹象,一般到来的都是一些旅游者和商人,还有一些回家的当地人。过去的两周,我们已经命令工作人员严加审查了。"他抚摸着膝盖上的小皮箱。"我已经制作了所有入境人员的名单。可能邦德先生愿意和我一起研究。"他棕色的眼睛径直望向邦德,"所有的大型旅店都有探测器。不管是谁,我都能获得关于他们的详细资料。所有的护照都完全按照法定的标准经过严格检查。现在还没有出现我们逮捕名单上可疑的人物。"

"我能问一个问题吗?"邦德说。

接待员热情地点点头。"当然,当然,你想问什么都可以。我们十分愿意解答。"

"我在找一群人。也许是十个,或者更多。他们可能在一起谋划一笔大交易。可能会有二十个人或者三十个人也不一定。我猜他们是欧洲人呢。他们很可能有一艘船或者一架飞机。他们应该在这里待了一个月,或者是几天前才来的也有可能。我知道,来拿骚的人有很多类型的人、商人、旅行团、宗教组织……显然,他们躲在某个旅馆的房间里,密谋着在一周左右采取行动。请问有这类事情的记载吗?"

"皮特曼先生?"

"噢,当然,我们又很多这种聚会人群,这里非常受国外旅游团欢迎。"移民局长以一种密谋者的眼神看着邦德,好像他刚刚泄露了一个十分重要的监管秘密似的,"但是在过去两个星期,只有重整道德运动团体到了翡翠海湾,还有顶级饼干厂的人来到皇家巴哈马。他们已经走了。他们行动正常,都是例行公事。"

"他们就应该那样。皮特曼先生。我要找的人,就是偷了飞机的嫌疑犯,他们肯定会精心打扮自己,使自己看起来体面,行为值得尊重。我们不是在找一群暴躁的流氓。我想这些人肯定是一些大人物。那么，岛上有这类人吗？一群有头有脸的人？"

"啊，"移民局长笑了，"当然，每年都有很多寻宝的人来到这里。"

负责接待的人突然不知所措地笑起来。"皮特曼先生，来寻宝的人数可是在逐步增长。当然，我们不希望他们掺和到这件事情里，天知道最后的结果会怎么样。我不相信邦德先生希望在一群有钱的寻宝人上搅晕了头。"

警察局的领导人迟疑地说："有一件事，邦德先生，他们有一艘快艇，还有一架小飞机，正如你所说的。我确实听说近来有很多寻宝的合伙人都从各地赶到了这里。他们的特征确实符合你正在寻找的人。我承认这很荒谬，但是有一个叫拉尔戈的人确实符合邦德先生的描述。他衣着体面，手下从来不会惹麻烦。快艇上的船员在过去六个月里，没有一次因为酗酒而闹事，这确实让人觉得可疑。"

邦德立刻抓住了这一可疑的线索，并在两个小时内，在服务中心和行政办公室调查清楚这些人。所以，他决定到城镇上走走，看看是否能遇到拉尔戈或者他的同伙，找到一些蛛丝马迹。就在他闲逛的时候，他看见了多米塔·维塔利。

现在呢？

出租车已经到达了机场。邦德告诉司机等一下。他快步走进长而低的入口，这时候，广播恰好宣布拉尔金的飞机已经抵达。他知道，由于移民局和海关的检查，可能还会耽误些时间。于是，他走进一家纪念品商店，买了一份《纽约时报》。报纸的头条依然是"复仇号"失踪。可能原子弹失踪的事情也被人知道了，因为报纸的负责人亚瑟·克罗克写了一篇长长的文章,怀疑北大西洋公约组织的安全性。邦德看到一半,一个温和的声音在耳边响起:"007?很高兴见到你,我是000。"

邦德转过身,这个人是菲利克斯·莱特!

莱特是邦德在中央情报局出生入死的伙伴,他们一起携手侦破过许多重大案件。莱特用右手重重地拍了一下邦德肩膀,说:"放轻松,伙计。等我们到了,迪克·特雷西会告诉我们一切的。行李在前面,我们走吧。"

邦德说:"好的,见鬼,你怎么还是老样子,你知道要见的人是我吗?"

"当然,情报局知道所有的事情。"

在出口处莱特取回了自己的行李。他的行李非常多,在把行李放上出租车后,他告诉司机到皇家巴哈马。一个站在一辆不起眼的黑色福特汽车旁的人走了过来。"拉尔金先生?我是赫兹公司的。这是你订购的汽车。希望它合你心意。请你例行签署一些文件。"

莱特随意地看了一眼汽车,说:"看起来还好。我刚想要一辆汽车,它就出现了。我来这里是工作的,不是享乐的。"

"我可以看一下你的纽约驾照吗?好的,那么请你在这里签字……这是晚餐俱乐部的登记卡。你离开的时候,把车子放在任何地方都可以,通知我们一下就行。我们会开走它。祝你假期愉快,先生。"

他们走进车里。邦德开车。莱特说,他得好好再练习一下在左边开车了,不管怎么样,他很有兴趣看看,自从上次一别后,邦德的车技有没有进步。

当他们驶离机场的时候，邦德说："现在可以说了吧。上一次我看见你的时候，你和皮克顿的儿子在一起。后来怎么样了？"

"入伍了。该死的，大家都认为战争要爆发了。你看看，詹姆斯，一旦你为中央情报局工作，你离开的时候，就会自动成为军官预备役人员。除非你已经被开除，不再吃情报工作的饭。显然，我的老同事艾伦·杜勒斯就是这样。当总统听到警报的时候，没有足够的人员调动，所以我和其他二十多个伙计就被拉来了，抛下了手上所有的工作，二十四小时待命。见鬼！我还以为苏联人已经登陆了！接着他们告诉我情况，让我带上泳衣和匕首到拿骚待命。当然，我喜欢这里。真想问问他们，我是不是要复习一下卡纳斯塔牌游戏，上一些恰恰速成课。接着他们就告诉我，我要和你一起合作。或许是认为我们之前一直比较默契吧。不管是 N 还是 M，随他怎么叫，他派我来这里，毕竟事情严重。于是我要求有一辆汽车，整理好武器，而不是玩耍的东西，来到了这里。就是这样。伙计，能够见到你实在太好了。"

邦德告诉莱特整个故事，把他被传召到 M 办公室后了解的情况全盘托出。当他说到，在总部外面被射击的时候，莱特打断了他。

"你现在觉得怎么样，詹姆斯？在我的字典里，这可是非常可笑的巧合。你最近有调戏过谁的妻子吗？"

邦德严肃地说："不可能，从来没有过。最近唯一有可能攻击我的男人，是我在一个疗养院遇到的疯狂的混蛋。"接着，邦德详细讲述了发生在灌木岛的事情，"我好好收拾了那个来自中国帮会，在秘密组织红灯会的人。他肯定听到了我和总部的通话,我打电话的时候他就在隔壁的电话亭。接下来,他就蓄谋着要弄死我。为了收拾他,我潜进了他做土耳其沐浴的房间,差点把他活活烤熟。"邦德继续描述,"灌木岛是个非常漂亮的地方。要是你知道胡萝卜汁对人体的功效,肯定会吓一跳。"

"这个令人发疯的精神病院在哪?"

"和你的地方没法比,就在距离布雷顿不远的地方。"

"那封信就是从布雷顿寄出的吧?"

"那是凶残的帮会经常出没的地方。"

"我想谈谈另一件事。从我们得到的消息来看,如果飞机是在夜间被窃取,在夜间着落,那么肯定需要有明亮的月光帮忙。但是飞机是在满月后五天被窃取的。假设那个快要变成烧鸡的利普,就是那个寄信的人。那么可能就是这场意外使他延迟了送信。他的雇主肯定会非常生气,对吧?"

"我想是的。"

"假设雇主们给他下了命令,又因为他的无能而大发雷霆。假设他因此找到了你解决私人恩怨,因为他不可能就这么算了。好,那么现在,把所有的假设联系起来,一切都说得通,是吗?"

邦德笑了,一部分是出于钦佩。"你可能服用了兴奋剂之类的东西。这一系列的事情可能在连环漫画上发生,但是在现实生活中没有。"

"携带原子弹的飞机在现实生活中也不会被窃取。可这确实发生了。詹姆斯,你正在放慢速度。有多少人相信你和我正在调查的情况呢?不要和我说生活中的逻辑。按理说,生活中也没有这样的混蛋。"

邦德认真地说:"好,看这里,菲利克斯。我告诉你我会做些什么。你的故事很有道理,今晚我会汇报给 M,看看那些畜生是不是把飞机藏在某个地方。他们能检查布雷顿地区的医院和诊所,如果利普先生真的住院了话。问题是,不管他们去了哪里,都没有发现任何踪迹,我怀疑他们是不是坐摩托车跟上来的。"

"为什么不呢?这些劫持者听起来就像专家。这是一个专业的计划。滴水不漏。你去连接无线电,不要害羞,就说这是我的主意。我已经解开顶级设备的包装,看起来倒是挺袖珍的。"

说话间,他们已经在皇家巴哈马旅馆的停车场停下来。邦德将钥匙交给了旅店的服务员。莱特办好了入住手续,他们走进房间,旅馆送上来两杯马提尼,还有相关的菜单。

在装饰精美的菜单上,印着哥特式的黑体字"专为您特别考虑",邦德选择了当地特色食物和鸡尾酒,菜名后面还有一串描述,写着:"家养小鸡,烤至金黄,用酪农奶油涂酱,为方便您的食用,将为您切好。价格:5.35 美元。"菲利克斯点了一份用酸奶油烹制的糖醋渍菠萝的海青鱼,后面的描述是:"嫩牛肉切碎,法国洋葱圈,价格 5.65 美元。"

他们发现这个旅店中有很多像他们这样从外地来的客人,不时能够听见他们用不十分标准的英语点菜的声音。六个月以来,这里的外来客人有增无减。两个人来到阳台坐下,开始讨论邦德今天早上的发现。

半个小时,他们又喝了一杯马提尼后,午餐送上来了。这些饭菜看起来就是价值五先令的垃圾而已。他们郁闷地吃着,一句话也没有说。终于,莱特扔掉刀叉。"这简直就是汉堡,还是难吃的汉堡,洋葱圈肯定不是法国的,"他用叉子戳着那几个洋葱,"而且,它们也不是一圈圈的啊。"他生气极了,看着邦德说:"好吧,伙计,我们现在要去哪里?"

"首先,就是把我们的食物吃光。然后,去拜访一下'迪斯科号'——现在!"邦德从桌子旁站起来,"我们去参观一下那艘游艇,看看那些人是不是真的在寻找价值百万英镑的宝藏。然后我们向上级汇报进程。"邦德朝房间角落里的服务员招招手。"我已经向当地警察局总部要了顶层的两间房间。今晚我们能够好好休息,并在夜晚的时候和总部取得联系。今晚在赌场有一场派对。我们要去那里看看,那些人是不是我们寻找的人。第一件事就是看看快艇干不干净。能麻烦你把盖格计数器拿出来吗?"

"当然,你太客气了。"莱特走到箱子那里,选择了其中一个,然后打开它。接着,他带着一个轻便皮革箱子走回来,乍看起来这就像一台禄莱相机。"来,帮我一下。"莱特脱下手表,然后戴上另一块看似一样的手表。他将"照相机"背在左肩膀上,"现在,从我的手表沿袖子向上安上电线,向下穿到外衣里面。好。现在将两个小插头插到外衣口袋里面。记住装置上有两个洞,看到了吗?好,装好了。"莱特骄傲地站起来。"一个背着照相机和戴手表的人。"他按下照相机的按钮,"看见了吗?非常完美的镜头。甚至有一个拍照的按钮。但是这个假相机背后,是一个金属管,一个电线回路,还有电池。再来看看这个手表。它的确是一块手表。"他抬起手,在邦德的眼睛下晃了晃。"唯一的区别是它有微型的探测设备。通过电流的感应和计量能够准确地拍到我们想要的画面。袖子上面的电线能将装置联系起来。上面有含磷的数字,因此我围绕房间走动的时候,就能将整个背景计算出来。这是基本功能。手表其实能发射出某种类型的激光。现在,我正在靠近你,我的照相机距离你的手只有几英寸。来,把你的手表放上来,看!指针活动异常。把手移开,它就不活动了。这就是手表含磷的原因。这只手表一般不会引人注意,除非是那些盗窃原子弹的懂行的人。"莱特将照相机放好,然后说,"这是一项特殊的工作,当你接近铀的时候,装置会发出滴答的声音。很多情报部门都希望得到这样的装备,这么敏感的设备将帮助我们顺利地完成任务。如果我们靠近被隐藏的原子弹,这个指针就会指向右边的刻度。知道了吗?因此,就让我们用最小的代价,去收拾那些海岸线上令人恶心的家伙吧!"

第十三章 "我是埃米利奥·拉尔戈。"

莱特的所说的最小的代价,就是租用饭店的汽艇,据说一个小时只要20美元。他们从海岸出发,向西边驶去,经过了银色海湾,琅岐岛和巴尔莫尔海岛,绕过了德拉波特指引塔。沿着海岸线航行了五英里后,他们看到海滨一带有不少在日光下闪闪发光的别墅,据说每英尺要价为400英镑。他们的快艇绕过古老的要塞地点,向一艘发光、白色带深蓝色的快艇驶去。快艇的两根铁锚钉在海水里,正好就在暗礁上。莱特吹着口哨,接着,他嘟囔着说:"好家伙,就是那艘船吧?我绝对不介意在浴缸里也有这么一艘船玩玩。"

邦德说:"它是意大利一家著名的海上交通工具制造公司设计制造的。精致的外壳下有最先进的发动机,能带你到任何地方。行驶起来简直就像在空中飞一样。警察局的人说,它在平静的水面上能达到50节的速度。当然,它在近海作业非常完美,但也能一次性承载上百位乘客。显然,这艘快艇设计时的承载人数是四十。其他空间用作储存主人的私人物品和货物。这艘船,应该要花费差不多30多万英镑吧。"

掌舵的人插话说:"海湾街上有人说,这艘船在这几天要出海寻宝了。股东们几天前就已经上船了。他们总是花费整晚的时间侦察路线,确定最后的航线。他们说,大概会绕过瓦特林岛。我猜那些家伙知道哥伦布发现新大陆时的秘密航线,可以使他们在大西洋上找到最好的着陆点。他们总是讨论某某海岛上有宝藏,甚至是远到克鲁克德岛。但事实上这艘船在往南方开。我一直听见它的发动机声音,我敢肯定,是东南方向。"船夫驾驶着小艇继续说。"肯定有大量的财宝吸引他们,不然不会大费周章去寻宝。每一次出海航行,少说也得花费500英镑。"

邦德假装不经意地问:"他们最后一次出海侦察是在哪个晚上?"

"就在两天前,航行大概六个小时。"

邦德的小艇慢慢地接近了那艘快艇。邦德能清楚地看见,一些人在快艇上进进出出,似乎在讨论着什么。一个穿着白色外衣的高大男人站在甲板上,正在用双筒望远镜观察他们。他向水手交代一些事,水手马上来到船边的梯子上。当他们的小艇靠近岸边时,水手用双手做了个传声筒状,然后大声朝下喊道:"请问你们是干什么的?有预约吗?"

邦德回答说:"我是邦德。詹姆斯·邦德。我从纽约来,这位是我的代理人。我已经问过关于海滨房子的事情,是拉尔戈的房产。"

"请你稍等。"水手说完就走开了。接着,他和一位穿白色裤子和运动背心的人一同回来了。邦德从警察的描述里认出这个男人。男人友好地喊道:"上来吧。"他示意水手下去,帮助他们靠岸。邦德和莱特从船上爬到快艇,走上楼梯。

拉尔戈伸出手,介绍说:"我是埃米利奥·拉尔戈。邦德先生?这位是……"

"拉尔金先生,我从纽约来的代理人。实际上,我是英国人,但是我有房产在美国。"他们握了握手,"很抱歉打扰你,拉尔戈先生。但是我我你是关于海滨房子的事情。你从布莱斯那里租的房子。"

"噢,是的,"拉尔戈友好地微笑着,露出整齐洁白的牙齿,"来休息室坐一坐吧,绅士们。很抱歉,我没有穿正式的衣服来接待你们。"他一边说着,一边用宽大的手来整理自己的着装。"拜访者们通常会在岸边预约。但是如果你们原谅我的不正式……"拉尔戈说到这里停顿了一下,然后带领他们通过一个低矮的阁门,沿着楼梯进入船的内部。橡皮制造的阀门在后面发出阵阵的噪音。

船的内部休息室非常宽敞,装修华丽,有红酒柜和舒适的深蓝色皮革沙发。阳光透过船舱的玻璃射进来。让人感到十分清醒、惬意。中间是一张摆放着大量纸张和图表的长形桌子。前面的壁橱里还有许多钓鱼用具,以及一些枪之类的武器。黑色的潜水服悬挂在壁橱上,给人一种十分考究的感觉。空调徐徐吹出凉爽的风,邦德感到他被汗水浸湿的衬衫在慢慢地变干。

"请坐,绅士们。"拉尔戈漫不经心地将图表和纸张推到桌子的一边。"吸烟吗?"他将一个银色的烟盒放在他们在中间,"你们想喝点什么?"他边问边走到藏酒的壁橱旁,"冰一点的东西,不是很烈的行吗?朗姆鸡尾酒,松子酒,还是喝点啤酒?这种炙热的天气,在海上航行肯定受不了。要是我知道的话,一定派船去接你们。"

两人都选择了比较清爽的汤力水。邦德说:"我很抱歉冒昧地打扰你,拉尔戈先生。因为之前没有想到给你个电话。我们今天早上刚刚到达这里,在这里逗留几天就会离开。我来这里是为了找一处房产。"

"噢,真的吗?"拉尔戈拿来杯子喝酒瓶放到桌子上。此时三个人之间的气氛不错。"不错的主意。这是一个环境优美的地方。我来这里六个月了,我真愿意一辈子住在这里。但是你们希望的价格是……"拉尔戈放下双手,"海湾大街的海盗,还有百万富翁,他们更加糟糕。但是你很聪明,选择在这个时候过来。也许一些物主已经因为没有好价钱而失望了。也许他们不会这么聪明而开金口。"

"我就是这么想的。"邦德往沙发后靠了靠,"这也是我的律师拉尔金先生建议的。"莱特悲观地摇摇头。"他已经做了一些询问,这里的房价高的简直让人发疯。"邦德礼貌地转向莱特,把他带进对话里,问:"是这样吗?"

"确实如此,拉尔戈先生。比佛罗里达州的还要离谱。我不会建议任何一个客户用这样的价钱做投资。"

"不错。"拉尔戈显然不想深入讨论这个话题,"你提到了海滨的房子。在这方面,我有什么能帮到你呢?"

邦德说:"我知道你有丰厚的房产。拉尔戈先生。有人说,你不久后会离开那所房子,当然,这可能只是传言。你知道它们就在这座小岛上。当听起来或多或少就是我要寻找的房子,我指的是,你的英国房主布莱斯可能会出售这间房子,如果他看到一个合适的价格的话。这也是我来找你的原因。"邦德的样子看起来似乎有点抱歉,他继续说:"其实我就想知道,我们能不能去那里看看。当然,只要你方便的话,什么时间都可以。"

拉尔戈温柔地笑了,露出他洁白的牙齿。他挥挥手,说:"当然没问题,我的朋友。如你所愿。那里只有我的外甥女和一些仆人在居住。她大部分时间都不在家。只要打个电话给她就好了。我会告诉她你们要来参观的事情。事实上,那是一间不错的房子,非常迷人,令人神往。整个设计十分经典。要是所有的有钱人都有你们这样的品位就好了。"

邦德站起来,莱特也跟着站起来。"拉尔戈先生,真是太感谢你了。现在,我们得离开了,也许我们会在某个时间再碰面也不一定。你一定要来和我们一同吃午餐。但是,"邦德用充满敬意,同时还带有奉承色彩的语气说,"有这么漂亮的快艇,我还真不确定你会想到岸上去呢。在大西洋上也找不到可以与之媲美的一艘快艇了。它有在威尼斯和的里雅斯德港附近航行过吗?我好像记得在哪里看到过关于它的报道。"

拉尔戈笑着说:"是的,没错,你没有记错。它确实到过意大利的湖上,为了运输乘客。现在,很多人在南美地区购买这样的快艇,对大海来说,这样的设计简直精美绝伦。它的发动机是最好的,各项功能在世界上来说都是处于先进的地位。"

"我猜它的容量一定是个问题吧?"

爱慕虚荣是人类的天性,并不只有女人才喜欢物质上的享受。拉尔戈带着一丝骄傲的神情说:"不,不是。我认为你会发现其实这不是问题。你有五分钟时间吗?你肯定听过我们的寻宝计划吧?"拉尔戈尖锐地看着他们,"但是我们现在不会讨论这个事情。显然你们并不相信。但是我们所有的合作伙伴都为这件事上船了。你能看见,我们并不拥挤。你要看看吗?"拉尔戈指向休息室后的门。

菲利克斯·莱特表现出一副不情愿的样子。"邦德先生,你知道,我们5点钟和哈罗德·克里斯汀约好见面了。"

邦德不顾莱特的提醒,说:"没关系,只是五分钟。克里斯汀是我的一位朋友,他通情达理,如果我们迟到几分钟的话,相信他会理解的。"说完,他走向休息室后的门,推开了它。

邦德一直表现出有礼貌的样子。他坚定地说:"拉尔戈先生,你先请。当我们不清楚的时候,希望你能为我们做出解释。"

拉尔戈以更绅士的风度走在前面。

船,不管有多么先进,或多或少都有些类似的地方——通向舱门的走廊,右侧的引擎室,一排舱门。拉尔戈解释说,都这些房间都已经有人住了。浴室和厨房里有两个很活泼的意大利人,正对着拉尔戈微笑。他们准备的食物看起来非常诱人。发动机室里是游轮长和他的手下,看起来像德国人。他热情地介绍水翼船升降的液压装置。

甲板后面狭小的空间摆放着水陆两用的双排座位飞机,深蓝色和白色与游艇十分相称。飞机的两翼现在被收起来了。为了不让太阳照射,发动机处也被罩起来了。还有一个能承载二十个人的汽船，以及一个能将汽船抬起来的转臂起重机。邦德边看边估算着船的排水量和干舷。他不经意地问："承载量是多少？有很多客舱吗？"

"只是储藏用。当然还有放燃料的地方。它航行起来可花费不少钱呢。我们已经带了几吨燃料。（船中保持平衡的）压舱物问题和船的问题一样重要。当船被压弯的时候，重心就会转向船尾。我们在后面有许多压舱物来解决这个问题。"拉尔戈一直在专业地向他们介绍。现在，在拉尔戈的带领下，他们来到了客舱的入口。当他们快要经过无线电室的时候，邦德说："你说你有船到岸上的无线电。我猜都是些普通的短波或长波吧。我能看一看吗？无线电总是非常吸引我。"

拉尔戈礼貌地说："如果你不介意的话，其他时间吧。因为我要求电报员一直工作，接收和发送电报，非常忙碌。此时对他们来说非常重要。"

"当然不介意。"

他们爬到快艇的拱起处，拉尔戈简单地解释了这里的操控，就带着他们来到了狭窄的甲板空间。"好了，这就是我的快艇。"拉尔戈说。"这就是迪斯科的样子。它航行起来确实像飞起来一样，这点我可以向你保证。我希望你和拉尔金先生能高兴地在拿骚度过剩下的日子，至于现在，"他笑了，"正如刚刚所说的，我们确实十分忙碌。"

"非常有意思，这个寻宝的生意。你认为你们会有一个好机会吗？"

"我们当然希望。"拉尔戈不以为然地说,"我只是希望我能告诉你更多。"他做出抱歉的手势,然后说,"遗憾的是,正如大家所说的,我的嘴巴被封起来了。我希望你能理解。"

"噢,当然。你需要考虑你的合作伙伴。真希望我是其中的一员。我猜这里没有为拜访者准备的房间吧?"

"哎哟,不是,问题是,正如他们所说的,全都订满了。如果你和我们在一起,我们会感到十分荣幸。"拉尔戈伸出一只手,"好的,我看,在我们短暂的游览途中,拉尔金先生一直顾着看手表,我们不要让哈罗德先生久等了,很高兴见到你们,邦德先生和拉尔金先生。"

礼貌的互相告别后,邦德和莱特沿着梯子走了下去,来到正在等候的汽船上。他们从快艇下来回到船上,他们一直在和拉尔戈先生挥手告别。

他们端正地坐在船夫的船上。莱特摇头说:"绝对是阴性的。引擎室周围的辐射和无线电控制室的反应都是正常的。一切都是正常的,该死,太正常了。你怎么看他的整个安排呢?"

"跟你一样,该死的,太正常了。他看起来就和他的身份一样,行动也一致。没有太多的船员,我们看到的要么就是普通的船员,要么就是演技高超的演员。有两件事情引起了我的注意。我没有看到通往储藏室的路,但是,当然,也可能是在通道地毯下的入口。但是又怎么从那里获取所需的燃料呢?船舱里肯定还有很多空间,即使我不了解造船工艺。回到岸上我会和当地人核实一下这些情况,看看他们携带了多少燃料。还有一件奇怪的事,我们没有看到任何合伙人。我们到船上的时间大约是3点,说明大部分的他们可能有午睡的习惯。但不是百分百。他们躲在客舱里做什么？另外，你注意到了吗？拉尔戈不抽烟，船上也没有任何烟味或者烟草的痕迹。太奇怪了。大约有四十多个人，却没有一个人吸烟？如果非要解释的话，人们肯定不会说这是一个巧合，而是纪律要求。真正的职业老手不吸烟也不喝酒。但是我承认，这真是可能性极小的事情。注意到特卡领航和回音测深器了吗？这都是相当昂贵的设备。当然，它们出现在这样的快艇上一点也不奇怪。但我希望拉尔戈在带我们参观时，能够指出来。有钱人都对他们的玩具沾沾自喜。但那也只是抓住稻草不放而已。我敢说，所有人肯定和口哨声一样干净。关于燃料和压载物的介绍，在我听来就是油嘴滑舌。你怎么看？"

"和你一样。我们至少还有一大半的情况没有了解到。但那再次证明了我们的疑问。拉尔戈的寻宝活动下可能隐藏了不为人知的秘密。还记得战争期间从直布罗陀海峡出发的商船吗？意大利蛙人用它们作为基地，在水下设置了大量的活动陷阱。我猜他们大概就是在做类似的事情吧。"

邦德严肃地看着莱特。"猫头鹰行动[①]是战争中针对情报局最黑暗的标记。"他停顿了一下，"迪斯科的锚在水下四十英尺。假设他们在迪斯科下的沙滩里埋藏了原子弹，你的盖格计数器会发现吗？"

---

① 猫头鹰行动，二战中意军借用秘密水下基地，发射并回收微型潜艇，以此摧毁英国舰艇。

"不一定。我有一个水下模型。天黑的时候，我们可以到水下探索。但是，詹姆斯，说真的，"莱特不耐烦地皱皱眉，"我们是不是有点不对头——在床底下发现盗贼？拉尔戈可是有俊俏的外表，也许是女人喜欢的类型。但是我们用什么来扳倒他？你有调查过他，他的合伙人或者船员吗？"

"没错，将这些所有都通过无线电紧急汇报给总部。我们应该在今晚就能收到答案。但是，看这里，菲利克斯。"邦德的声音有些变化，"那可是一艘能承载飞机和四十个人的快艇，没有知道关于它的情况。在这里，甚少人对它了如指掌。好吧，寻宝是一个不错的借口。正如我们之前猜想的，整件事情就想提前编造好的一样——毫无破绽。但这就是问题所在。再想想另一个问题。那些所谓的合伙人在 6 月 3 号就到达这里了。据说那天晚上，迪斯科出海了，直到第二天早上才回来。假设迪斯科的目的地就是浅水中沉没的飞机，如果拉尔戈确实在执行计划的话，那么他很可能是卸下了飞机里的原子弹，然后藏在船下的沙地里。不管怎么样，这是一个既安全又方便的地方。假设所有的计划都被我们猜中了，又会怎么样呢？"

"詹姆斯，我觉得你说得有道理，"莱特耸耸肩，然后说，"我想我们能够根据这些假设开展一些行动了。"他苦笑起来，"但是我宁愿朝自己开枪，也不要把这些写到报告里。如果我们要愚弄自己，最好不要让上司知道。你觉得呢？接下来怎么办？"

"你向总部汇报的时候，我去找当地人了解一下关于舰艇的知识。然后我会给早上的女孩多米塔打电话，试着约她出来喝点酒，帮助我们好好观察以下拉尔戈的海滨基地,那所房子。接着,我们去赌场,探访拉尔戈所有的合作人。再然后……"邦德严肃地看着莱特说,"我打算向政府借一个得力的助手帮我。戴上水肺,潜入水中,好好探测迪斯科快艇。还要戴上你带来的盖格计数器。"

莱特简单地说:"又是一次毁灭性的行动!好,我会和你一起去,仅仅因为我们是老相识。但是我不会陪你在海上玩耍。我看见明天皇家巴哈马有免费的恰恰课程呢。我们大可以尝试一下,我想,那可是会令人终生难忘啊。"

回到旅店后,政府委派的人已经在等候邦德了。他递过来一封来自女王陛下的信,让邦德签收。那是来自陆军总部的电报,特殊的标注字显示,这是上司直接给部下的密电。电文中这样写道:"根据你的1107报告显示,没有理由阻止报道,停止你的疑虑。"消息签署"三棱柱",表明M已经同意了。

邦德把电报递给莱特。

莱特读后说:"看看我是怎么理解的。我们都火烧屁股了。他真是浪费时间的人。你出生入死地工作,也没有获得任何嘉奖。我会寄一张明信片给华盛顿,请他们也派妇女预备队来。我们现在有时间。"

Thunderball

第十四章　马提尼鸡尾酒

　　结果，邦德夜晚行动的第一步就泡汤了。在电话里，多米塔·维塔利称，夜晚去参观房子实在不方便。她的守卫和拉尔戈的一些朋友都会上岸。是的，事实上，他们可能会在赌场上的派对碰面。她可能在船上吃饭，然后迪斯科会在赌场附近靠岸。但是，她怎么才能在赌场上认出邦德呢？她不太容易记得别人的脸。邦德可以在衣服的扣眼里插一朵花或者别的什么东西吗？

　　邦德听后笑了。他说没有问题。他可是记得那双美丽动人的蓝眼睛，足以令人难以忘怀。话筒那边传来一阵欢乐、性感的咯咯笑声。邦德突然渴望再次见到多米塔。

　　但是船的移动提醒了邦德，完成任务才是当务之急。在海港上勘察"迪斯科号"会更容易。需要游泳的距离变短了，也更容易以海滨警察的掩护进入水下。同样的，船的锚地空了，就更容易探测船曾经停泊的地方了。不过，如果拉尔戈不情愿移动快艇的话，那么，原子弹有可能藏在锚地那儿吗？如果他们真的偷走了原子弹的话，那么迪斯科肯定会停泊在原地守护。邦德决定获取了更多关于船体的信息后才下结论。

邦德坐在写字台旁，给 M 写着消极的报告。他读了一遍报告。这可真是令人沮丧的信号。他应该在报告中提到一些他们的推测吗？不，至少得要有十足把握后才能向上级汇报。现在所有的都是猜测，凭空想象而已。捕风捉影、企图侥幸过关或者无中生有都是情报员最危险的举动。邦德可以想象到白厅（指英国政府）里霹雳弹战争室里的反应了，他们着急地想要抓住最后一根稻草。M 可能会谨慎地说："我认为我们也许到巴哈马找点线索。显然，没有什么东西是肯定的。但是邦德这个家伙，在这些事情上从来没有出过什么差错。是的，当然，我会检查一次，看看我们是否能跟进。"然后肯定会引来一番议论，"M 已经参与了这件事。他的人认为他在领导。巴哈马，是的，我认为我们最好上报首相。"邦德耸耸肩。"最紧急"的指令就会下达："解释清楚你的 1806。""事无巨细，言无不尽。""首相希望得到更多关于你 1806 报告的信息。"这样一来，事情就会没完没了。莱特也会从情报局收到类似的反应。局里上下都会一片骚乱。然而，邦德的解释带有很多猜测和闲聊的成分，这可能又会引起一些人的讽刺："一定要严肃、认真地对待你的分析，请给出确凿的证据，要完全根据事实做出判断。"最后的结果可能是，"继续证明 1086 号报告。对于即将发生的事情，一定要有据可寻。必须与中情局的派来的代表紧密合作，不断交换意见，并随时向总部报告。"

邦德擦擦额头上的汗,心想,绝对不能报告他们的猜测。他从带来的皮箱里取出新式的武器,打开包装,再一次检查,然后走进了警察局总部。莱特已经坐在键盘前,汗水从他的脖子上流下来。十分钟后,莱特摘下耳机,递给邦德。他取出手帕擦擦汗水淙淙的脸。"由于太阳黑子,我不得不接到紧急波段。我怀疑他们在另一端放了一只狒狒!你知道的,要是时间够长的话,他完全能写下整部莎士比亚!"他生气地摆弄着那些密码文件,然后说,"现在,我要去破解这些该死的玩意了。可能从这些工作中我们还能赚到海岛旅行的出租车费用。"他坐在桌子旁边,开始在机器上破译文件。

邦德迅速发送了他简单的报告。他能想象到,总部的八楼,所有的工作人员都处于紧张的工作状态中,不停地进进出出 M 的办公室,因为他们需要"个人直接向 M 汇报"。这时,一个女孩子来到邦德身边,手里拿着一份常用文件的黄色表格。邦德问是否有需要他签名的文件。他离开了莱特,走到局长的办公室。

哈林坐在桌子前,他的外套脱掉了,正在向一位工作人员指派任务。看到邦德进来,他便将桌子上的香烟盒子推给邦德,自己也点燃了一支香烟。他嘲弄般地笑着问道:"有任何进展吗?"

邦德告诉他,对拉尔戈团伙的跟踪调查结果不乐观。他们拜访了拉尔戈,也带着盖格计数器检查了一次"迪斯科号"。结果同样令人失望。邦德不满意这个结果。他告诉局长,他希望知道迪斯科的燃油储备量。局长和蔼地点点头,然后拿起了话筒。他接通了海港警局莫罗尼中士的电话,解释说:"检查一下海上所有舰艇的燃油容量。海港不太，小船和深海捕鱼船却很多。如果一不小心，就很容易发生火灾。我们想知道每一艘船携带的燃料和位置，以布置好火警防范，或者当发生紧急情况时能够立刻采取行动。"他继续对话筒的另一边说："莫罗尼中士？"接着，他重复了邦德问题，听了对方的回答后，他说了一声谢谢，然后挂掉电话。"'迪斯科号'携带了最多的500加仑柴油。6月2号就把所有的燃油运送到船上了。它还携带了大约40加仑的润滑油和100加仑的饮用水——全部都放在发动机控制室，船身中部稍前的位置。这就是你想知道的吗？"

调查结果与拉尔戈说的话有矛盾，也说明了他们确实有问题。当然，拉尔戈可能只是为寻宝活动保密，不愿意让拜访者了解更多详细情况。但至少船上有些事情是他极力想要隐藏的。根据他对邦德展示，拉尔戈是一个有钱的寻宝者，还是一个不可靠的证人。现在，邦德下定决心了。他要检查一下迪斯科的船身。莱特提到的猫头鹰行动是可能性极小的事情，但是也有可能是真的。

邦德若有所思地看着局长，他告诉局长，迪斯科晚上可能停靠在哪里。现在是否有一个完全可靠的人能帮助他在水下展开侦察，是否马上就有一个安全、完全装备好了的水肺供他使用？

哈林亲切地问，这种做法是否明智之举？关于非法入侵的法律他并不清楚，但这些人看起来都是良好的市民，而且也是挥金如土之人。拉尔戈非常受欢迎。任何的丑闻，尤其是涉及警察的，都会让这片地区蒙上污点。

邦德坚定地说："我很抱歉，局长。我知道你的意思。但是我们必须冒这个险，我有任务需要完成。当然，国防部的指示绝对是权威的。"邦德继续他的猛烈抨击,"我能在一个小时内从国防部或者从首相那里获得特殊指示,如果你需要的话。"

局长摇摇头,笑着说:"没有必要兴师动众,伙计。你当然能得到你想要的。我只是想你知道一下当地的反应。我肯定,任何一个局长都会这样提醒你。当然,我们没有必要和白宫出现冲突。毫无疑问,我们会尽快适应。现在,是的,我们有很多符合你要求的人。海上救援单位大约有二十个这样的人。你肯定会惊讶,在这里,小船失事是经常发生的事情,刚好就在一些船航行时抛锚的地方。我把警员桑托斯指派给你。他可是一个出色的小伙子。北伊路瑟拉的海军,过去横扫了所有的游泳奖牌。他会帮助你到达你想要去的地方。现在,我们来说说细节……"

回到旅馆后,邦德洗了个澡,喝了几口波旁威士忌酒,然后躺在床上。他感到疲惫极了——飞机航行、炙热的天气、在局长和莱特面前感到被愚弄的烦躁感,加上未知的危险,也许会徒劳无功的可能,所有的一切都在制造紧张的气氛。渐渐地,邦德在床上睡着了。他梦见了多米塔正在被一条长着巨大牙齿的鲨鱼追赶,突然,鲨鱼变成了拉尔戈,拉尔戈向邦德伸出了巨型的双手。这双手离邦德越来越近、越来越近,眼看就要抓住他,几乎要碰到邦德肩膀……就在这个时候,电话响了,并且丝毫没有停下来的意思。

邦德伸出发麻的手拿起电话听筒。是莱特。他想和邦德一起喝点马提尼酒。现在是9点钟。邦德在干什么?想要谁帮他变得更加清醒吗?

"菠萝房间"里考究地镶了竹子,用来预防白蚁。桌子上的菠萝散发出诱人的清香,墙壁上的红烛发出淡淡的光芒,不仅照亮了房间,还增添了丝丝浪漫的情怀。旅店的服务员都穿着黑色的裤子和精致的衬衫,随时为客人提供无微不至的服务。

邦德在拐角处的桌子和莱特会和。他们都穿着白色的晚礼服和礼服裤子。邦德还戴了一条酒红色的腰带,显示出他的富有和显赫地位。莱特笑着说:"为了防止特殊事情发生,我应该在腰上戴一条镀金的自行车链条,但我突然想起来,我只是一个安静的律师。我认为你把那个女孩扯进这件事里太对了。我猜我只要站在一边,然后安排你们订婚,再然后是离婚赡养费。哈哈。服务员!"

莱特点了两杯干马提尼。"走着瞧。"他酸酸地说。

马提尼酒来了。莱特拿起其中一杯,看了一会儿,然后叫服务员把酒保叫过来。酒保过来的时候,莱特一脸不快地说:"我的朋友,我要的是马提尼,不是腌制的橄榄。"他用小手指从杯子里取出一个橄榄。杯子原来是满的,现在只剩下一半的马提尼。莱特怒不可遏地说:"这就是你们对我做的事情。我知道你们做生意的基本门路就是往里面掺可口可乐。一瓶酒里头,到底有多少真正是酒?你们给我上的这种酒就是你们惯用的伎俩。现在,你给我重新调制两杯。记得调好水和酒的比例。不要在里面放什么橄榄,那样根本没有多少酒可以享用,而且还使得酒变酸,失去原来的口感。这样的酒也要2美元一杯,我看就值60美分。伙计,你赚得太多了。要是我把这样的酒拿到经理那里,或者旅游管理局那里,你可就有大麻烦了。现在,你回去好好想想,然后给我们上两杯没有橄榄和任何其它水果汁的纯马提尼来。好吗?这样的话,我们还能做朋友。"

酒保的脸上先是露出愤怒的表情，然后是敬意，接着是内疚和恐惧。他尽量克制住自己的情绪，保持冷静，然后从桌子上拿走了那两杯马提尼，说："好的，先生，不管你说什么，我都会照做。但是我们每天都有很多客人，大部分都没有像您这样抱怨。"

莱特说："好吧，我就是那种只要你做得好，就会让你耳根子清静的人。一个优秀的酒保应该能够揣测不同身份的客人的真正需求，这也是体明你们酒店实力的地方。"

"好的。"酒保恭敬地离开了。

邦德说："菲利克斯，教训完酒保了吗？我知道他们总是偷工减料，但是我总是保持沉默。"

"年轻人，因为我从政府部门毕业，这些情况一直都在政府的监管之下，任何旅馆和餐馆的生意经我都一清二楚。旅馆和餐馆里头作弊的手段甚至比世界上其他犯罪行为更罪恶。晚上7点前还穿着燕尾服的人是鳄鱼，如果他没有咬到你的钱包，那他也会狠狠地咬你的耳朵。这些在消费行业里都是一个道理，就算没穿着燕尾服的服务员也一样。有时候，他们提供的食物和饮料简直让我发狂。看看我们愚蠢的午餐就知道了。这就是他们提供的所谓上等的服务。尽管这样，所有的服务员都渴望从我们这里获取小费。"莱特用手理理他稻草般的头发，然后说，"唉，不说这些不愉快的事情了。见鬼去吧。每次想到这些事情都想拔枪发泄一下。"

说话间，饮料来了。这回的酒非常不错。莱特冷静下来，又点了第二杯。他说："现在，我们为别的事情发愁吧。"他无奈地笑了笑。"要是再次回到政府行政部门，监督所有纳税人的钱是否用在正途上,我会发疯的。你能体会到,詹姆斯。"莱特的声音中有些抱歉的意味。"我不是说整个行动没有用,事实上,现在一塌糊涂。但让我生气的是,我们现在就像在沙滩上的两个傻瓜,而其他人却在犯罪的高发地。你知道的,那些真正会发生大事的地方才有我们的用武之地。告诉你事实,我感觉只有愚蠢的傻子才会使用我的那些尖端设备去探测那艘恶心的快艇。"他讥讽地看着邦德,"你没有发现你会被抛弃?我的意思是有战争爆发的时候情况会好一些。但现在一片和平,看起来就幼稚了。"

邦德怀疑地说:"当然,我知道你的意思,菲利克斯。也许我在英国,并没有像你在美国一样有安全感。对于我们来说,战争并没有真正的结束——柏林、塞浦路斯、肯尼亚和苏伊士,更别说其他曾经发生过许多恐怖事件的地方了。某个地方似乎在酝酿着一件大事情。我敢说,可怕的事情确实要在这里发生了。我已经查过了燃料的问题,拉尔戈当然在说谎。"邦德将他从警察局局长那里了解到的燃料信息告诉莱特。"我认为我们今晚必须去确认一下。你意识到,我们只有七十个小时了吗?如果我们能发现一些端倪,那么我建议我们明天就乘坐一架小型飞机,真正、彻底地搜查那片海域。那架失踪的飞机有可能就藏在某片水域下。你还有开飞机的驾照吗?"

"当然有,"莱特耸耸肩,"我和你一起去。当然,我愿意和你一起去。如果我们能发现一些线索,那么今晚我发现的信号看起来就不那么愚蠢了。"

这就是莱特,有时候暴躁冲动,有时候却很讲道理。邦德问:

"是什么？"

莱特喝了一口酒，愁眉苦脸地看着他的杯子。"哦，我的钱仅仅只是用来装腔作势，五角大楼里那些有权有势的人无法想象我的境况。但是我目前做的工作却能够让我们的同事刮目相看，甚至连海陆空的工作人员都无法想象这份工作有多危险。如果事情有了新变化，那些部门总是全力支持中央情报局的工作。想想！见鬼！"莱特生气地看着邦德，说，"想想那些燃料和人力资源的浪费，全世界都在为这些可能发生的事情做准备！和你说这些，只是为了告诉你我作为突击部队一员时的分配！"莱特发出讽刺性的笑声，说，"还有，我的朋友，曼塔！曼塔！我们最先进的原子潜水艇！"当邦德对莱特的行为报以微笑时，莱特似乎要进行更合理的解释，"你看看，其实那并不像你听到的那么愚蠢。它们虽然偶尔会处于危险状态，但是总能时刻准备面对各种挑战。专门负责此事的工作人员，可能正在某个地区接受顶级的训练，我猜他们准备到南极水下探索。或者海军一些愚蠢的工作在等着他们。我就是想让你知道，这些价值百万的信息来自皇家巴哈马旅馆 201 房间的莱特，这也不赖。"

邦德耸耸肩，说："看来你的总统比他在拿骚的手下严肃多了。我猜我们的国务卿已经和大西洋另一边的员工取得了联系。无论如何，有大型的联合部队提供帮助也不是一件坏事。万一拿骚赌场恰好就是 1 号的目标怎么办？顺便说一句，你的同事对这些目标有什么看法？你们已经知道基础信件的魔鬼党的信息了吗？"

"我给出唯一可能的目标是卡纳维尔角，彭萨科拉的一处海军基地，如果在这个地区真的会发生些什么事情的话，迈阿密可能就是 2 号目标，坦帕也可能是考虑的目标。如果我们认真看待这些事情的话，我认为很有可能就是在巴哈马地区。我还有一件事不明白，如果他们已经得到了原子弹，他们又是如何将它运送到既定目标，然后发射呢？"

"一艘潜水艇能做到——把原子弹放在雷管里头。或者使用小型舰艇。显然，要原子弹爆炸不是问题，只要他们将原子弹从飞机上卸下来就可以了。所以要考虑的问题是使用何种燃料，硝基甲苯和钚能做到，在适当的条件下熔化，然后还有足够的时间躲到几百英里外的地方。"邦德谨慎地补充说，"一定要有专家指导才能行。但是，像"迪斯科号"这样的快艇做这方面的航行绝对不是问题。它完全可以在半夜的时候带着原子弹离开巴哈马，然后再回到巴尔米亚吃早饭。我说的就是这些，你看看有没有什么不妥当的地方。"

"疯子，"莱特简单地说，"你要是不想我血压升高的话，你一定要做好这些事。无论如何，我们出发吧，到大街上吃点可口的鸡蛋和培根。加上出租车的费用，那要花费我们 20 美元，不过没关系，即使可怕的密谋也不会令我们畏惧。吃完我们就到赌场去，看看那些所谓的专家是不是都坐在拉尔戈的 21 点纸牌游戏桌旁边。"

第十五章 纸牌英雄

拿骚赌场过去是英联邦在全世界地区唯一合法的赌场。它是怎么样获得联邦的认可,没有人能说出个所以然来。每一年,它都会租借给加拿大的赌博联合会,他们的经营利润在最淡的冬季还能达到约 10 万美元。其中的赌博游戏有俄罗斯轮盘,轮盘上有两个 0,而不是一个,这就增加了东家的胜率。黑杰克,也就是 21 点游戏,它的胜率只有百分之六或七。还有一些使用筹码的赌博,获胜的概率也只百分之五。这个赌场作为一个俱乐部坐落在西海湾大街的一处豪华私人别墅里,里面通常上演着令人血脉贲张的舞蹈表演,豪华的房间里还有小型的爵士乐队,演奏一些经典的爵士乐,此外还有休闲酒吧。这是一个环境优雅,值得到此赌上一把的地方。

防御司令部的工作人员给了邦德和莱特两张会员卡。两人在休闲酒吧喝了咖啡和薄荷鸡尾酒后,就分开各自走到赌桌上。

拉尔戈正在玩 11 点。他前面放着一堆 100 美金的筹码,还有六个又大又圆的金色 1000 美金筹码。多米塔坐在他后面的沙发上,惬意地吸着烟,看他们打牌。邦德远远地观察他们。拉尔戈下的赌注特别大,只要有机会让他的银行存款增加,他就绝不会放过。他一直在赢钱,但无论周围的人如何拿他说笑或者为他的幸运鼓掌,他都表现得很绅士。多米塔今晚穿着性感的黑色礼服,修长的脖子上戴了一条熠熠生辉的钻石项链。她一脸百无聊赖、闷闷不乐的样子。拉尔戈右边的女人,三次和他对着赌都输了,她站起来,离开了赌桌。邦德迅速走过来,坐在这个空位置上。这是一个 800 美元的赌局,每玩到一定时间后,都由拉尔戈坐庄。

对于庄家来说,经历第三轮坐庄是一件好事,因为这通常意味着庄家将继续坐庄。邦德非常清楚这点。他还痛苦地意识到,他全部的赌资只有 1000 美元。但是事实上,所有人都为拉尔戈的好运气捏了一把汗。毕竟赌桌上没有后悔药。邦德告诉自己,幸运总是对他严加苛求。"庄家。"他说。

"啊,我的好朋友邦德。"拉尔戈伸出一只手。"现在,我们桌上来了一个大人物啊。也许我应该过掉这轮的坐庄。英国人知道怎么玩 11 点。不过,"他笑了笑,"如果我一定要输的话,我当然乐意输给邦德。"

那只棕色的大手在牌盒上轻轻一拍。拉尔戈将牌扫过赌桌上的台面呢,分给邦德。他自己拿了一张,然后分给其他人一张。邦德拿起第一张牌,然后把牌反扣到桌子中间。那是一张 9——方块

9。邦德瞥了一眼拉尔戈,说:"开始总是好的——太好了,所以我还想看看我的第二张牌。"他谨慎地将第二张牌放到第一张牌上。那是一张光荣的10,黑桃10。除非拉尔戈两张牌加起来是9,或者19,不然邦德就赢了。

拉尔戈笑了,但是他笑得有点僵硬。"你这是在挑战我啊。"他满不在乎地说。他跟着邦德扔出牌。他的牌是一张红心8和梅花K。邦德以微弱的优势获胜了。拉尔戈大声笑起来。"我说什么来着,英国人能够从鞋子里摸出任何他们想到的东西。"

赌桌的主持人将筹码推到邦德跟前。邦德面前也有一堆筹码了。他说:"下午我就说过了,我们会成为合作伙伴。"

拉尔戈高兴地笑起来。"好,那么我们再赌一局。把你赢过去的当赌注吧。我会和你右边的斯诺先生一起坐庄。是吗,斯诺先生?"

斯诺先生是一个长相粗野的欧洲人。邦德记得,他也是拉尔戈合伙人之一。斯诺先生同意了。邦德下注800美元。拉尔戈和斯诺两人各下400美元。邦德这一次又赢了,6点对5点,还是一点之差。

拉尔戈沮丧地摇摇头:"现在,事实都摆在眼前了。斯诺先生,你不得不单独应战了。这位邦德先生可能有神奇的手指,我投降。"

拉尔戈现在张着嘴在那里笑。斯诺先生推出1600美元作为赌注。邦德想:两轮下来我赢了1600美元,超过了500英镑。要是过庄让庄家继续下一把,应该会很有意思。于是,他收回自己的筹码,说:"不跟。"这时,周围传来一阵嘶嘶的笑声。拉尔戈惊讶地说:

"别这样!别告诉我你要过庄!不然我会朝自己开枪的!好吧、好吧!我买邦德的庄家。我们走着瞧。"他将一些筹码推到桌子中间——1600美元。

邦德听到自己的声音说:"摊庄!"他正在摊开自己的赌本,他已经对拉尔戈做了一次,然后是两次,现在,他不妨要做第三次!

拉尔戈转过身,对着邦德张大嘴巴笑着,他的眼睛眯成了一条缝。他小声地说:"你和我杠上了,亲爱的朋友。我和你有仇吗?"

邦德想,我要看看提到组织那个词,他会有什么反应。他说:"我进来的时候,就像撞'鬼'了。"他小心翼翼地不让这个词有别的什么含义。

只是一瞬间,拉尔戈脸上的笑容消失了。微笑立刻重新回到脸上,但拉尔戈现在整张脸都变得紧张、僵硬,眼神也警觉起来。他伸出舌头舔舔嘴唇,说:"真的吗?什么意思?"

邦德轻轻地说:"或许是个带来失败的鬼吧!我想你的好运用光了。也有可能我错了。"他指指自己的鞋子,"让我们看看。"

赌桌上的气氛变得异常安静。玩家和围观的人都能感觉到紧张的气氛。突然,刚刚还是开玩笑,现在就充满了敌意。是关于那个女孩吗?有可能。围观的人紧张地舔舔嘴唇。

拉尔戈突然大声笑起来。高兴和虚张声势的表情重新回到他的脸上。"啊哈!"他的声音再次变得十分张狂,"我的朋友希望那个鬼就盯住我的牌。我们有办法处理这样的情况。"他举起一只手,只伸出大拇指和小尾指,指着邦德。对于周围的人来说,这就像在看戏一样。但是邦德能感觉到这个旧时黑手党手势背后的恶意。

他和蔼地笑了:"这个魔法确实把我迷惑住啊。但是它能迷惑我的牌吗?来吧,你的'魔鬼'对抗我的'魔鬼'!"

再一次,拉尔戈的脸上布满了怀疑的神情。为什么他又一次使用这个词?他在反复猜测其中的缘由。"好吧,我的朋友。我们已经激烈地角逐了两个回合,现在,让我进行第三个回合吧。"

拉尔戈迅速地伸出手,弹出四张牌。赌桌上一片缄默。邦德看着手里的两张牌。他只有5点——一个黑桃10和红心5。5是一个有魔力的数字。要不要都可以。邦德将牌扣在桌子上,然后装有6或7点的样子,自信满满地说:"不要牌了,谢谢。"

拉尔戈的眼睛眯成了一条缝,显然想从邦德的表情看出一些什么端倪来。他厌恶地在桌面上放上自己的牌。他也是5点。现在他该怎么办?要不要?他又看看邦德一直保持的自信微笑,决定,要!新的牌是方块9。结果不是5点对5点,而是4点对5点了。

邦德无情地亮出自己的牌。他说:"恐怕你应该杀死你背后的魔鬼,而不是我的。"

赌桌旁边的人嘁嘁地议论纷纷。"如果意大利人守得住5点……""我总是能抽到5点……""真是太倒霉了……""真是太不会玩了……"

现在,拉尔戈尽量控制自己的愤怒,不让自己形怒于色。他做到了,他勉强地挤出笑容,好像十分放松的样子。他深深地呼着气,还握住邦德的手。邦德也握住了拉尔戈的手,他把大拇指藏在手心里,防止拉尔戈用力捏碎自己的手。但是这只是一次坚定的握手。拉尔戈说:"现在,我必须等好运再次降临了。你赢得了彻底的胜利。我本想和我的外甥女喝喝酒跳跳舞庆祝今天的好运气,但你将我所有的运气都驱散了。"他对多米塔说,"亲爱的,我猜你还不认识邦德先生,除了在电话里。恐怕他要打乱我的计划了。你得找其他人好好陪你了。"

邦德说:"你好。你还记得我们今天早上在香烟店见过吗?"

女孩转动眼睛。她冷漠地说:"是吗?可能吧。我不太记得人的长相。"

邦德说:"好吧,我能请你喝杯酒吗?感谢慷慨的拉尔戈先生,我现在刚好能买得起拿骚的酒。这种事情可不常有,我一定不会埋没我的好运气。"

女孩站起来,她很不客气地说:"如果你没有更好的事情做的话。"她对拉尔戈说,"埃米利奥,如果我把这位邦德先生带走的话,你的好运会再次回来的。我会在顶层房间喝点香槟和鸡尾酒。我们必须尽力将输掉的钱赢回来。"

拉尔戈笑了。他又打起精神来。他说:"你看见了吗,邦德?你可是非常有本事的人。你落在多米塔的手里不像落在我手里那么轻松了。待会见,我亲爱的朋友,我得重新回到赌桌上,找回我的幸运了。"

邦德说:"好,谢谢你和我玩牌。我会叫上三杯鸡尾酒和香槟的。我的魔鬼也值得来一杯。"他想再次看到拉尔戈听到这个词的反应。那对邦德来说,也是非常重要的线索。邦德站起来,跟着多米塔通过拥挤的赌桌,来到了顶层的房间。

多米塔向房间里拐角的桌子走去,邦德跟在后面。他第一次注意到多米塔走起路来有一点跛。这时,他不禁想起了在灌木岛上遇见的,令他久久不能忘怀的美丽女孩。他甚至非常期待能够再次见到她。此时,邦德装出十分惬意的样子,来应付眼前的多米塔,希望能从她身上得到一些想要的信息。

当名贵的玫瑰和价值 50 美元的鲟鱼子酱端上来时,邦德对多米塔说,吃一勺就够了。接着邦德询问她的脚怎么了:"今天游泳的时候伤到脚了吗?"

她难过地看着邦德说:"不是的,我本来就是一条腿比另一条腿短一英寸。令你失望了?"

"不,还是很漂亮,这使你看起来就像一个小孩子。"

"而不是一个难缠、年迈、需要被照顾的老妪吗?"她看着邦德眼睛说道。

"你就是这样看自己的吗?"

"很明显,对吗?不管怎么样,这里的人都这么认为。"她直勾勾地看着邦德眼睛。

"不管怎么样,我对男人和女人有自己的评判。其他的想法怎么样才算好呢?动物都不会咨询其他动物的意见。它们只是凭视觉、嗅觉和感觉生存。在爱恨之间,或者两者间所有的事情,这些不过是对事情的体验罢了。但是人们总是不相信自己的直觉。他们希望得到肯定。于是他们会问其他人,自己是不是特殊的人。但是这个世界总喜欢坏消息,他们毫无例外总会得到坏的答案。你想知道我是怎么评价你的吗?"

多米塔笑了:"所有的女人都喜欢听到关于自己的评价。告诉我,但是请说真话,至少听起来像真话,不然我就不听了。"

"我认为你是一个年轻的女孩,比你假装的还要年轻,比你的衣着更年轻。你是被精心照顾和教育成长的,就像被捧在红地毯上。可突然有一天,红地毯从你的脚下抽走了,你从此流浪街头。可是你重新站了起来,并且开始努力寻找到红地毯的路,那是你习惯和曾经存在的地方,你仅仅拥有身为女孩的武器,你或许完全使用了它。我猜你使用了你的身体。那可以说是非常美好的财产。但是在使用它来获得你想要的东西的过程中,你的感受被抛在一边。我不希望它们被远远地抛在地上,而且被践踏。当然,它们没有完全萎缩,它们只是失去了自己的声音,因为你并没有聆听它们的声音。你如果回到了红地毯上,拥有你想要的东西,你就无法听到它们的声音。而现在,你已经拥有了你想要的东西。"邦德突然握住放在桌子上的多米塔的手,"可能你已经几乎拥有了想要的一切,"邦德笑了,"我不应该这么严肃的,至少不是在这些小事情上。你都知道,你美丽、性感、挑逗、独立、机智、温柔、残忍。"

女孩若有所思地看着邦德:"我不清楚。我告诉过你大部分的事情。你了解一些意大利女人。但是你为什么说我是残忍的?"

"如果我在赌博,并且和一个像拉尔戈这样的人赌博,有一个女人,一个如此漂亮的女人坐在我身边看着,而她并没有给我只字片语的鼓励或者安慰,那么我会说她是残忍的。男人并不想在他的女人面前失败。"

女孩焦急地说:"我一直都是坐在那里看他赌博和炫耀的,我希望你能够赢。我不是假装的。你并没有提到我唯一的美德,那就是诚实。我喜欢狡猾，但也讨厌狡猾。和埃米利奥在一起的时候，我也有这样的想法。我们是爱人，也是能够互相理解的好朋友。当我告诉你他是我的守护人时，我是在说一个善意的谎言。我就是他持有的女人罢了。我是一只关在笼子里的金丝雀。我厌倦了我的笼子，也厌倦了我的交易。"她防卫地看着邦德。"是的，这对埃米利奥来说很残忍，但这也是人性。你可以买到一具身体，但买不到身体里面的东西，那就是心和灵魂。但是埃米利奥也知道。他要女人是来使用的，不是爱护的。在这方面他不知道有多少女人了。他知道我们内心的感受。他是一个现实主义者。但是长期的交易已经让我难以忍受了。难道让我为了晚餐而歌唱吗？"

多米塔突然停了下来。她说："再给我一些香槟。这些愚蠢的话语让我渴死了。我想轻松一下。"说完，她笑起来，"我已经厌倦香烟了，我需要我的英雄。"

邦德向女孩递过一只香烟盒子，问："什么英雄？"

女孩突然整个人都变了。她的不安和痛苦都消失了。她完全温柔起来，说："啊，你不知道！我说的是真正的爱情！梦中的情人！他是能够在我的大海里遨游的水手。你从来不会体验到我对他的感受。"她走到邦德的长沙发那边，继续说："你不会明白这种美好场景的浪漫之处。那个人是世界上最伟大的杰作之一。"她说，"是第一个我为之感到罪恶的人。我把他带到了树林里，我十分爱他，几乎在他身上花掉了所有的钱。作为交换，他带我到有绅士和小姐出没的上流社会，让我成长。当我孤独和恐惧的时候，他总是在我身边陪伴我。他鼓励我，给我自信。你能从这个场景中想象到那种浪漫吗？你不会！"她渴望地抓起邦德的胳膊。"这就是英雄的故事，世界上最伟大的英雄。一开始，他是一个年轻人，一头倔驴，或者其他人称呼他的名字。他在海上航行的时候，是他最艰苦的时候，无论遇到多大的风浪，他总能勇敢地抓住绳索，化险为夷。后来他长大了，开始留胡须。不久之后，他就成了潇洒的男人，魅力十足。"她咯咯地笑起来。"他总能看清自己的本质，不管别人怎么叫他。但是你能从他的眼神里看到一种自强不息的感觉——那完全来自敏锐的头脑，他是一个坚持不懈的人。"她停下来，喝了一口香槟。美丽的脸颊上露出可爱的酒窝。"你在听我说话吗？你对我描述的英雄感到厌烦了吗？"

"我只是有点嫉妒，你继续。"

"于是他走遍了全世界——印度、中国、日本、美国。他认识了许多女孩，用拳头打倒了许多人。他经常给家里人写信，给他的母亲、他已婚的姐姐。他的家人非常想念他，希望他早日回家，希望他遇见喜欢的女孩，然后结婚。但是他没有这样做，你看看，英雄总是让看起来像我这样的女孩抱有幻想。"她笑着说，"然后，第一艘汽船来了，他被送到一个地方，一个非常美丽的地方。到现在为止，他还是一个水手。他总是从工资中节省一些钱，也不出去打架或者找女人了。他成熟了，长了很多可爱的胡子，看起来更有魅力了。你能看见他做得多么出色，在危难的时候，他能够逃出来，获得再生的机会。他做得非常认真，无论什么细节都一丝不苟。后来，在一个美丽的夜晚，大约是在完成海军生涯的时候，他回到了家中。那些日子是如此悲伤、美好和浪漫。他决定将这些美好的夜晚绘制成一幅画。因此,他用自己的积蓄购买了一个酒吧。每天早上,他高兴地去酒吧工作,直到做好所有的工作才回来。在那时,你能看到小船带他回家,通过苏伊士运河,那些美丽的海面和岸边可爱的贝壳好像都在陪伴他。任何一个平静而美丽的夜晚都让他流连忘返。就是这些。"她眉头紧锁地说,"我不喜欢他常戴的那种礼帽,但是他总是戴着。他成为我心中的英雄后,只有这点不令我喜欢和满意。但是你必须承认,那是曾经听到的最典型的浪漫画面。当我在海上吸烟或者生重病的时候,我不由得幻想那样的美好场景,将所有的画面连接,希望把它们拼成完整的人生故事。直到事情发生了变化,我不得不回到意大利,然后我不能够从事这样的梦想了。在意大利我只能靠吸烟来完成梦想了。"

邦德想多米塔保持她的情绪。他说:"但是,英雄后来怎么样了?吸烟的人怎么才能抓住那些画面?"

"啊,有朝一日,你会看到一个戴礼帽的人和两个小男孩来到英雄酒吧,"她将烟盒拿到一边,然后说,"你看,就是'约翰玩家 & 儿子'。上面说,他们的继承者正在经营这个生意。他们拥有顶级的汽车,劳斯莱斯,它在英雄的酒吧外出故障了。于是,当司机在维修汽车的时候,他到店里要了一杯啤酒、一些面包和芝士。约翰先生和男孩子们都喜欢酒吧墙上挂着的两幅画。现在,这个约翰先生在做烟草生意。有一天,他突然想到一个好主意。他去到工厂,和他的经理讨论,接着,经理来到了酒吧,看见了这位英雄。经理给了他100英镑,希望能将画印在香烟盒子上。英雄并不介意,不管怎么样,他都需要100英镑用作结婚的费用。"多米塔停顿了一会儿,眼睛向远方望去。"她是一个非常漂亮的女孩,顺便说一句,她大约30岁,有顶级的厨艺,直到英雄去世,她都一直能让英雄感到温暖。她为英雄生了两个孩子,一个男孩,一个女孩。男孩像他父亲一样参加了海军。不管怎么样,约翰先生想在香烟盒的一面画上他的形象,在另一面上画上那些漂亮的、令人难忘的夜晚。"多米塔将烟盒翻过来,接着说:"关于金钱、冷酷和海军切片香烟。接着约翰说,我们会把它打造成顶尖的香烟。他们这么说的,也是这么做的。我认为这很好,不是吗?虽然我猜英雄会对约翰抹掉了的美人鱼感到恼火。"

"美人鱼?"

"嗯,是的。在海的角落里本来有一个美人鱼。英雄用一直手给小美人鱼梳头发,用另一只手示意美人鱼回家。那可能是在比喻一位想结婚的姑娘。但是,你知道的,美人鱼的乳房裸露在外。生意人不笨,他认为那是不合适的。但他最后还是听从了英雄的意见。"

"啊,他是怎么做的?"

"你能看到这款香烟非常成功。正是那些图画起到了至关重要的作用。人们决定,任何有那些美好画面出现的香烟都肯定是好香烟。做生意的人发财了,我想他确实是成功了。所以当英雄变老,快要死去的时候,约翰让一位当时最好的艺术家复制一幅和英雄一模一样的画,除了没有色彩,来表明他的老去。他向英雄承诺说,这幅画会一直出现在香烟盒子上,这里,"她掏出香烟盒,"看,他看起来很老还有一件事,如果你看仔细一些,船上的旗帜都是在桅杆上的一半处飘扬。约翰十分不解,他跑去问那位艺术家。原来这意味着英雄的第一次和最后一次航行。约翰和他的两个儿子在英雄死之前,把这幅画送到他跟前。这对他来说,是莫大的安慰吧!你认为呢?"

"肯定是。约翰一定是个考虑周到的人。"

女孩慢慢地从梦想的天堂回到现实。她用一种不同的、庄重的声音说:"无论如何,谢谢你能听我讲故事。我知道我说的不过是童话故事而已,至少我认为是。但是像那样的孩子是愚蠢的,他们喜欢将有些东西藏在枕头底下,一直到长大,一个破布娃娃或者小玩具之类的。孩子都是这样。我的哥哥在19岁之前都很喜欢小的金属玩具。接着,他就不喜欢了。我从来不会忘记他讲过的故事。他后来进了空军,又参加了战争。他说那些东西为他带来了好运。"多米塔耸耸肩膀。她用略带讽刺的语气说,"他本不应该结婚,他做得很好,比我大很多,但是我很敬重他。女孩总是喜欢那样的人,尤其是当这样的人还是她的哥哥。他各方面都做得很好,他本应该为我做点什么,但是他没有。他说,生命是每个人的。他说,他的祖父是多罗米是臭名远昭的偷猎者和走私犯,在佩塔基家族的墓碑中,他的墓碑是最昂贵和最考究的。哥哥说,他也要有一个更考究的墓碑,只要用同样的方式赚钱就好了。"

邦德手里夹着一根香烟,长长地吸了一口,然后将烟雾从口中吐出来。"那么,你的家族就是佩塔基家族吗?"

"啊,是的,维塔利是后来取的名字。那听起来更好听一点,所以我就改了。没有人知道我的原名,我自己也差点忘了。自从我回到意大利,我就一直叫自己维塔利。我想改变一切。"

"你的哥哥后来怎么样了?他的第一个名字是什么?"

"乔治白。他在很多方面都做错了。但是他是一个出色的飞行员。上次我听他说,他在巴黎执行高级任务。也许这能使他安顿下来。我每天晚上都祈祷他会过得很好,并且能够得到他想要的。尽管发生了很多事情,但我还是很爱他。你能明白吗?"

邦德将烟灰弹到烟灰缸里,叫了声埋单,然后说:"是的,我明白。"

Thunderball

第十六章　水下探险

警察局附近的码头下,黑暗的海水不停地冲刷着铁制的支架。冷清的月光下,铁格子的阴影分外诡异。桑托斯警员将沉重的水肺绑在邦德的后背上。邦德检查了一下手腕上的带子是否勒紧了,莱特给的盖格计数器是否已经调至水下模式。邦德已经在嘴巴里咬上了橡皮制成的护齿套,然后开始调整阀门,直到空气的供给恰好合适。接着,邦德关掉供应器的开关,取下护齿套。佳卡努夜总会钢管乐队奏出的音乐不时地传到水面上。听起来就像一只巨大的蜘蛛在一架高音木琴上跳舞。

桑托斯是一个身材高大的黑人,此刻他只穿了一条泳裤。在月光的照耀下,他赤裸的身体上的肌肉显得格外结实。邦德说:"晚上这个时候,我会在海里看见什么东西?大鱼,还是什么?"

桑托斯咧开嘴笑着说:"一般情况下,你会看见一些海滨生物。

也许是梭鱼,也有可能是鲨鱼。但是它们吃废物淤泥吃饱了,懒洋洋的,不会来打扰你,也没有兴趣把你当作晚餐。晚上,它们一般都沉到海底休息了。海草很多,但大多数都是缠绕在失事的船只上的东西,例如一些瓶子之类。虽然是夜里,但海水非常清澈,凭着月光和'迪斯科号'的灯光,你能看见除去海水之外的很多东西。现在是12点15分,我敢说,这会是一趟有趣的旅程。我找到了一个好时机,甲板上没有守卫,驾驶室里也没有人,你的呼吸可能会产生一些气泡。危险的事情随时可能发生,所以你一定要加倍小心。"

"好的,我们出发吧。一个小时后见。"邦德感受了一下手腕上匕首的位置,然后调整了一下带子,接着将护齿套重新戴好。他打开水肺的开关,走进了水中。邦德弯腰潜入了水中,面上的护具阻碍了海水的流动,邦德时不时调整好面具的位置。接着,他慢慢地走动,适应在水下的呼吸。他安静地游着,用自由泳的方式在水中穿行,手臂不断地向两边滑动。

海底的淤泥在水流的塑造下形成了许多斜坡,邦德继续往下潜,大约还有几英寸就到水底了。他看着手表上发光的数字——12点10分。他没有让自己放松下来,而是继续自由地、有节奏地游动着。

皎洁的月光透过清澈的海水直接洒到灰色的海底,以及一些废弃物,如摩托模型、易拉罐和酒瓶子上,形成一些黑色的影子。一只小章鱼感受到了邦德的振动波,逐渐地从黑色变成了浅灰色,接着,便软塌塌地向后退去,退到满是油污的鼓胀物里躲起来,看来那里应该是它的家了。海里的花,明胶状的珊瑚虫,即使在夜晚也能看到它们的生长情况。当邦德的黑色潜水服碰到它们时，它们也害羞地躲回了自己的巢穴中。其他微小的夜间生物总是躲在淤泥里，好像感觉邦德的经过可能会带来危险一样。邦德偶尔也会碰到螃蟹，螃蟹迅速地钻到狭窄的贝壳下躲起来。在月光的照耀下，邦德仿佛在优美的风景中旅行，他看到了许多微小的生物。他仔细地观察所有的事物，俨然一个水下作业的自然科学家。他知道，在海底保持高度镇定的方式就是，将所有的注意力集中在海底的生物上，而不是想象突然间会从哪里冒出来一个蘑菇云般危险的幽灵。

邦德在水底悠然自得地游动了很长时间，一切都很顺利。海水中月亮的倒影一直跟在他的右边，邦德游着游着，突然想到了多米塔。多米塔很有可能就是那个劫持了飞机的人的妹妹！也许甚至连拉尔戈也不知道这点，即使他实际上参与到整个谋划中。那么，他们之间的关系是什么？巧合？可能真的没有什么事情。她的行为看起来是如此的无辜。拉尔戈对魔鬼的反应太奇怪了。也许这一切都归结于意大利人的迷信，或者根本不是。突然，邦德感到毛骨悚然，所有的事情拼凑起来，就好像到了冰山之巅，而底下正是一千吨原子弹！他应该向上级报告吗？邦德犹豫不决。该怎么处理？如何将所有的情报组织起来，证实他的猜测？该说多少，又该隐瞒多少呢？

人类神秘的第六感，兴许是千百万年前的丛林生活留下来的直觉。当危险濒临时，人的意识会不自觉地变得敏锐。邦德此时在思考这一连串的事情，但他突然下意识地认识到，有危险！危险！危险！

邦德的身体僵硬起来。他的手伸向携带的匕首,头部本能地向右边——不是左边也不是后面移动。他的直觉告诉他,要向右边移动。

果然没错,一条大梭鱼!要是它有20磅重或者超过20磅,那它肯定是海洋中最具危险性的鱼类。这梭鱼有长而尖的嘴巴,那可是充满敌意的武器,它张开大嘴巴的时候,十足一条竖起90度、蓄势冲向食物的毒蛇,极具攻击性。这种攻击力足以让它成为海洋中最具杀伤力的五大鱼之一。此时,这条大梭鱼与邦德平行游动,距离他不过10码,邦德的手滑动十分缓慢,仿佛在释放危险信号。梭鱼那双金色和黑色相间的眼睛警觉又漠不关心地看着他。邦德借着月光清楚地看见了梭鱼半英尺大的嘴巴里锋利的牙齿。它的牙齿不会咬肉,只会将猎物撕成碎片,然后一块块吞食。

邦德的胃和皮肤上仿佛有无数只恐惧的蚂蚁在乱爬。他小心翼翼地瞄了一眼手表,大约还有三分钟的游程才能抵达"迪斯科号"。他突然一个转身,然后迅速地拔出匕首,随时准备挥出防御性的一击。不过,这条大梭鱼懒洋洋地摆摆尾,继续自己惬意的旅行,也许它在想着,首先咬哪个部位呢:肩膀、屁股,还是脚?

邦德正在努力地回忆大型肉食鱼类的知识,以及之前类似的经历。第一条原则就是切勿惊慌。不与大鱼直接冲突是最明智之举。对待大鱼就和对待狗、马一样。其次,要保持平衡,不能显得行动笨拙或者慌乱。在海中,慌乱行事意味着你更容易受到伤害。所以,一定要保持节奏。一条毫无规律游动的鱼是所有鱼类的猎物。一只螃蟹或者一个贝壳被海浪冲得露出了它的下表面,能引来无数的敌人。一条肚子朝上的鱼是死鱼。邦德继续有节奏地游着，心中祈祷不要受到大梭鱼的攻击。

现在，邦德面前出现了软塌塌的海草，它们在海水的流动中有节奏地摇摆着，就像睡着了的动物一般。这种催眠般的动作让邦德感到有点晕眩。前面的海域上布满了像大型的马勃菌的海绵生物，拿骚的海上运输船队就曾因为这些生物而毁于一旦。它们流出的黏液能够使很多生物立刻丧命，甚至能杀死一只兔子。邦德的黑色身影小心翼翼地掠过那些犹如蝙蝠一样恐怖的海草，他的右边，梭鱼仍在安静地游动着。

这时，一群密集的鱼群出现在邦德的前方，它们悬浮在水流中，就像一个个装着肉冻的瓶子。当邦德和大梭鱼平行游向它们的时候，这群小鱼立刻散开了，为两个大型的敌人留下宽敞的通道，然后迅速地聚集，保持队列继续前进。也许只有团结地集合在一起，它们的安全系数才会提高。鱼群游过之后，邦德又看到了梭鱼。它威风凛凛地游过来，对身边的猎物不屑一顾，就好像狐狸看到小鸡的时候会忽略小兔子。邦德继续保持节奏游行，尽量地传递出"我是更凶猛的鱼"的信息，可能大梭鱼因此放过了邦德。

在摆动的海草中，黑色的铁锚深深地扎进水底，仿佛是邦德的另一个敌人。铁链从水底升起，又消失在上面的迷雾之中。邦德顺着铁链往上游，兴奋得忘记了身边的梭鱼可能会带来危险。

现在，邦德慢慢地游着，看着白色的月光透过水面，投进水里。等他再次往下看的时候，梭鱼已经不见踪影。也许铁锚和铁链震慑了它。在皎洁的月光下，快艇在海上的迷雾中若隐若现，但也能看出整体形状。快艇的两翼已经缩了起来,浸在水下,仿佛不属于快艇的一部分。邦德迅速地游到右舵的边缘上,牢牢地抓住它。在左边很远的地方,大型的螺旋桨在月光下安静地悬挂着。快艇现在只是安静地停泊在海面上,偶尔进行必要的排水。邦德慢慢地游向它,开始寻找他想要的东西。他的呼吸变得急促起来。是的,就在那里,宽大的阀门边缘。邦德摸索着测量它。大概 12 平方英尺,中间一分为二。邦德停顿了一会儿,好奇紧闭的阀门后面会是什么。他按了一下盖格计数器的开关,然后将它靠近这个铁制的金属板上。他看到指针指向了左边。仪器有反应!这实在令人惊讶。邦德关掉感应器。就这样吧,现在该回去了。

这时,邦德听见哐当一声,与此同时,他左边的肩膀感到剧烈的冲击。邦德下意识地迅速从船身弹开。在他下面,一支闪着冷光的"长矛"坠入海中,慢慢地沉向海底深处。邦德扭头一看,看见了一个穿着黑色橡皮潜水服的男人,他正在水中,准备用以 CO_2 为弹药的金属枪发射第二枪"长矛"。邦德猛地朝这个男人冲去,在水中剧烈地摆动他的脚蹼。男人向后退,扳动枪的手柄,举枪瞄准。邦德知道他不能扑上去了。他距离他还有六步远。邦德突然停下来,弯下腰,身体形成一个 V 形。他感到一股无声的冲击力从头顶飞过。就是现在!他猛地冲向男人,并用匕首大幅度地挥出去。匕首划到东西了!他握匕首的手感受到了橡皮潜水服。接着,枪柄击中了邦德的耳后,一只白色的手正在袭击邦德的氧气管。邦德疯狂地挥动匕首,刺向那人,由于在水下,他的动作要缓慢许多。匕首又刺中了些什么?慌乱中,那只手拽落了邦德的面具。现在,邦德看不见了！他疯狂地挥动匕首。再一次，枪柄狠狠地击中了他的头。现在，水里到处都是黑色、沉重的似液体似烟雾的东西。邦德痛苦地后退，他随即抓住了面具，现在他又能看见了。黑色的液体从男人的胃部的位置喷涌而出。男人痛苦地想要举起手枪射击，但手枪仿佛有一吨那么重，使他的动作缓慢而吃力。他悬浮在水里，就好像被封在玻璃瓶里的漂浮物一样，一旦有点晃动，就不停地死沉沉地挤压瓶子上的盖子，然后又被盖子的力量重新压回下面。邦德无法控制自己的手臂，它们就好像灌了铅一样。他摇摇头，努力让自己清醒点，但他的手脚仍然不听大脑的使唤，他浑身的力气仿佛在迅速减退。这时，他看见男人的护齿套脱落了，露出了牙齿，事实上，这个男人的头、喉咙和心脏都被邦德的匕首刺中了。邦德将手移到胸前，保护自己柔软的部位，然后蹬着脚蹼慢吞吞地移动着，就像一只翅膀被折断的小鸟。

接着，男人突然向邦德扑过来，好像有人在他后背踢了一脚一样。他伸出双手，以极其怪异的姿势抱住了邦德，他的手枪在两人的挣扎中慢慢坠落，最后消失在黑暗的海底。黑色的血液不断地从男人的身体涌到海里，他的手虚弱地在水中拍动，他的头无意识地往后仰，仿佛想要看看究竟是谁这么对他。

现在，黑色的血液已经蔓延到男人身后几码远的地方。在弥漫开来的黑色烟雾中，邦德看见了那条大梭鱼。大鱼嗅到了血的滋味。

大梭鱼冷酷的眼睛死死地盯着邦德和正在缓慢下沉的男人的身体。它游动着，看似懒惰地将头部转动了一下，但是水中立刻闪过一道白光,感觉异常恐怖。它张开嘴巴,咬住男人右边的肩膀,然后疯狂地晃动起来,就好像一只要吃掉眼前老鼠的狗。接着,梭鱼就咬着那人离开了。邦德觉得胃部里的东西在翻腾,就像要喷薄而出的火山岩浆。

邦德没有游多远,就感受到有东西撞击了他的左脚。借着月光,他看见那是一枚银色的海蛋。这没什么特别的。但片刻之后,他胃里的东西好像再也无法忍受了一样,突然冲向嘴边。邦德开始在水中快速地游动。与此同时,邦德不时地查看水底的动静。水里出现了更多的生物,邦德继续快速游动着,逃离一个又一个水中陷阱。男人流出的血液还在水中蔓延,随着邦德越游越远,血的烟雾也渐渐消失了。

眼前的海底又恢复了先前的宁静——海草休闲地摇摆,像海绵般的生物和成群的小鱼在游动。邦德用尽力气地游动,暂时将快艇的事情抛在脑后。他发现,船上有人一个俯身接一个俯身地跳进水里。幸运的是,他们没有发现邦德来访的踪迹,并总结为是海底的生物将他们的同伴杀害了。邦德想,拉尔戈将此事报告海事局的时候,肯定有趣极了。他要怎么解释身带武器的看守在这片和平美丽的海滩活动并且身亡的事情呢?

邦德小心翼翼地穿过茂盛的海藻,他的头有点晕,那里有两处浮肿,虽然没有皮外伤,但是枪柄造成的瘀伤使他的头发疼。邦德觉得很不舒服,但是,当他看到海藻惬意的摆动,以及皎洁月光下美丽的景色,他又变得兴奋起来。眼前美好而和谐的海中场景,让他暂时忘记了身上的伤痛。这时,又一条大梭鱼从邦德身边经过。它似乎异常疯狂,它的身体在水中夸张地拍动,银色的光芒就像一把锋利的刀刃令人毛骨悚然。它的大嘴不时地张大,仿佛在吓唬周围的生物,给人不可一世的感觉。邦德看着它疯狂地游动,不知怎么地,他对引起这场海底搏斗有点内疚,似乎之前发生的搏斗已经压迫了海底的生物的神经。

此时,邦德身边出现了从码头上面扔下来的灰色的摩托艇模型、瓶子和易拉罐。邦德穿过海底的沙子斜坡,所有的景观都与之前看到的一样。熟悉的场景、熟悉的感觉,快到达码头了。邦德扛着沉重的水下设备,在经历了一场惊险的探测之后,他终于安全到达了岸边。

第十七章 海底墓穴

邦德一边穿上衣服,一边听桑托斯警长在唠唠叨叨。似乎在快艇的右侧发生了一次水下爆破,海水的表面也不平静起来。甲板上出现了几个人,好像发生了一阵骚动。一艘小船已经从快艇的左侧放下去。邦德说,他什么也不知道。他的头撞到了船上,很愚蠢的一件事。他已经看到了想看到的东西,然后就往回游。很顺利的一次探险。警长帮了大忙。谢谢你,晚安。邦德第二天早上会去见局长。

邦德小心翼翼地在街道上行走,来到莱特停放福特汽车的地方。他开车回到旅店,然后拨通了莱特房间的电话。接着,两人一起开车来到警察局总部。邦德描述了他看到的事情和所发现的情况。现在,他不在乎会有什么后果了。他要做一份报告。伦敦此时是早上8点,距离绝命时刻还有四个小时。所有的稻草加起来就成了一个草垛。他的怀疑就像压力锅里的水一样不断升温,终于沸腾了。他不能再镇压住了。

莱特坚定地说:"你尽管去做吧。我会将报告复制一份发给CIA并请求进一步行动。此外,我还会打电话给上司,告诉他这里发生的地狱般的事情。"

"你会?"邦德惊讶地说,"你怎么突然改变了想法?"

"我在赌场认真地观察了,发现一些可疑的人物,我猜他们就是那些所谓的寻宝人,拉尔戈的合伙人。大多时候他们都聚在一起,闲坐着享受美好时光——阳光假期或者别的。但他们做得一点也不漂亮。拉尔戈自己做了所有的工作,看似天衣无缝,其实还是有点幼稚和可笑的地方。其他人看起来就像私家侦探,或者像情人节大屠杀的黑帮。我从来没有见过这么恶心的家伙,一个个衣冠楚楚,抽着雪茄,装着绅士的样子喝着一杯或两杯香槟,好像在显示他们独有的高贵精神。肯定是命令,我猜。但是他们所有人都察觉到有人在追查他们。你知道,谨慎、冷酷、深思熟虑,就是他们的一贯作风。好的,单从他们的脸上我没有看出任何东西,直到我遇到了一个家伙。他总是眉头紧锁,戴一副水晶眼镜,一副学识丰富的样子,让人感觉他就像一个误入了妓院的不知所措的摩门教徒。他紧张地看着周围,每一次别人和他说话,他的脸就会红起来,然后说,这是一个很不错的地方,我玩得很高兴。我站得够近,能听见他的话。他和两个不同的人说了同样的话。其余时间,他一直在四处转悠,好像很无助的样子。他的奇怪举止使我感到有点不对劲。我好像在哪里见过这个人似的。所以,我疑惑了一阵后,我来到接待的柜台,告诉接待员,刚刚桌子后面那个穿戴时尚的人,是我移民到欧洲的老同学,但是时间过去太久了,他的名字我已经忘记了。所以,你们能帮忙吗?于是,接待员热心地帮我在访客名单上逐一查找。似乎他叫埃米尔,持瑞士护照,是快艇上拉尔戈的合伙人之一。"莱特停顿了一会儿说,"我猜是瑞士人,你还记得那个叫科特兹,来自民主德国的物理学家?他五年前去到了西方,然后把他知道的东西全告诉给了联合科学部门的人。接着,他就消失了。他的行为为他带来了丰厚的好处,足以让他在瑞士立足。詹姆斯,记住我的话。那个人就是他。我在华盛顿的中央情报局工作的时候,就在桌子上看见他的档案。我全想起来了。我在档案里看过他的照片,现在,我完全可以肯定他就是我看的那个人。那个人就是科特兹!为什么这个顶尖的物理学家会在为迪斯科服务?见鬼!真的是那样吗?"

他们来到了警察局总部。此时,警察局只有一楼的灯在亮着。邦德等了一会儿,直到他们向值勤的工作人员说明了情况才被带到房间里。邦德站在房间中间,他看着莱特说:"关键的时候到了,菲利克斯,现在我们要做什么?"

"把你今晚的成果说出来。我会把所有值得怀疑的事情说出来。"

"怀疑什么?拉尔戈会联系他的律师,五分钟就能到这儿。我们那些简单的事情,难道他不能轻易推翻吗?好吧,那个人就算是科特兹,他们在寻宝,难道不能需要一个了解海底矿藏方面的专家吗?他们会说这个人刚好能为他们提供服务。下一个问题是什么?

好的,我们探测了迪斯科的水下情况。有问题?好,水下装置和安排,可能只是一个小型的探测深海的小潜艇。水下守护?好,当然,他们花六个月时间去寻宝,当然有必要,他们是专业人士。他们希望保密。不管怎样,邦德先生,为什么会跑到他们的船下面……知道我的意思了吗?寻宝的借口完美无瑕。它能掩盖任何事情。"邦德无可奈何地笑笑。

莱特不耐烦地说:"那我们该怎么办?在船下附水雷?摊开来说?"

"不,我们要等待时机。"邦德伸出一只手,对莱特说,"我们将发送报告,当然得用谨慎的语言,这样就不会有空降兵被派过来,这样就能秘密地继续密切关注迪斯科。我们会保持以往的隐蔽状态,继续关注快艇的一举一动。目前,我们还没有被怀疑。拉尔戈的计划,如果确实有的话,不,肯定有,他肯定不会忘记让寻宝的伪装完美地掩盖所有的事情。他们也希望所有的事情能够顺利进行。现在,他们要做的事情应该是带着原子弹前往 1 号目的地,为大概三十个小时后的绝命时刻做准备。我们不能打草惊蛇,要等到两枚原子弹暴露出来,必须一直在他们不能察觉的地方隐藏起来观察。所以,明天,我们去找一些工作人员,搜查 100 英里以内的海域。我们要关注海域,而不是陆地。原子弹可能就藏在某个珊瑚礁或者某片沙滩。现在风平浪静,我们应该能够准确找出它们的位置,如果它们在的话。现在,来吧,我们去发送报告吧。然后好好睡上一觉,也就是说,我们暂时不要交流。你回到房间的时候,也不要使用电话。就算我们多么小心,但是信号随时可能被检测,从而影响整个计划。"

六个小时后,晨光洋溢,他们走出住所,看到外面已经聚集了派来配合他们的机务人员。他们爬上飞机,莱特启动引擎,这时,一个身穿制服,骑着摩托车的快递人员朝他们驶来。

邦德说:"快!快!烦冗的手续来了!"

拉尔戈松开刹车,加大马力,风驰电掣般地向南北方向驶去。骑着摩托车的人生气地在喊叫着。莱特抬头仔细看看天空,万里无云。他慢慢地操纵飞机的操纵杆,小飞机以更快的速度向前飞着。无线电还在呼叫他们,但是莱特把它给关了。

邦德坐在座位上,膝盖上是一张航海图。他们正在向北飞。他们决定从大巴哈马群岛开始,查看1号目标可能存在的海域。他们在1000英尺的高空飞行。飞机下面棕色的狭长地带一览无遗。邦德说:"飞到50英尺的地方,我们看清海域上任何东西。任何和'复仇者号'大小一样的东西无论在哪一个航线都能看到。所以,我们要去交通最低流量的区域,那里可以看到一般情况下看不到的东西。假设,'迪斯科号'那天晚上是向东南方向航行,那么或者,这很可能只是个幌子,它们应该是向西北前进。'迪斯科号'航行了八个小时。有两个小时可能在做一些锚定或者救援工作。那就只剩下六个小时的航行时间。再减去一个小时的掩人耳目的东南方向航行,那么只剩下五个小时。我已经标注了从大巴哈马群岛到南边的比米尼岛。这片区域符合我们的猜测。"

"你已经和警察局局长打过招呼了吗?"

"是的,他已经派出了精锐部队,日夜监视迪斯科的动态。如果它中午从巴尔米拉的停泊处驶出,并且我们没有及时返回,那么他也会让巴哈马空中部队跟上去。我让他担心了。他想告诉总督一切事情。但我说还不是时候。他是一个好人,仅仅是不想为其他人的行为负责而已。我动用了总理的权威使他安静下来,至少得在我们回来之前。他会把事情办好的。你猜曼塔什么时候来到这里的?"

"鬼知道,"莱特的声音有些不适,"为了发送她的报告,我昨晚肯定喝多了。上帝啊,我们可能有麻烦了。詹姆斯,早上的光线可能还不能看清楚。前面就是大巴哈马群岛了。你想我给火箭基地一个信号吗?虽然是飞行禁止区域,但是我们没有听从命令,依然在该海域的正上方飞行。我们听一听他们的大骂,大概还有两分钟就到了。"说着,莱特打开了无线电。

他们在美丽的海域上向东飞行了大约 50 英里,看起来正前方是一片小城市大小的地方,主要以红色和白色为主色,银色的结构构成了小型大厦。"就是那里,"莱特说,"看见了基地角落里的黄色警告气球了吗?那是警告飞机和渔船用的。今天早上会有一场飞行测试。最好能离这远一点,并保持南行。那是一场完整的测试,他们会朝阿松森岛开火——大约在东边 5000 英里的地方,离非洲海岸比较近。看左边,竖起来的像铅笔一样的红白相间的塔架!那是可以发射洲际导弹的。那个大型的像枪一样的东西就是雷达追踪系统。像香肠一样的反应器就是雷达的显示屏。天啊!有一个反应器对准我们了!我们一分钟之内就能去地狱报道了。它正在从孤岛的中央地区观察我们的动向。上面的导弹可是随时都会发射出来。如果他们疯了的话。他们可能都在下面,在某个房间里谋划个中事宜。军官们可能正在某个地方坐着闲聊,谈论已经发生的事情,或者某个人,某架飞机,以及某个任务的完成情况。"

他们的头上,无线电发出咔嗒的声音。一个金属般的声音响起来:"N/AKOI,N/AKOI,你正在禁飞区域。你能听见我说话吗?请立刻改变航线,向南飞行。N/AKOI。这里是大巴哈马火箭基地。请绕行!请绕行!"

莱特说:"啊,见鬼!不管怎么样,我们已经看到我们想要看的一切了。没有必要向上报告增加我们的麻烦。"莱特开始快速驾驶这架飞机离开。"但是你知道我的意思了吗?如果那个小金属玩意不值一亿美元的话,我就是小狗。而且,它正好在距离拿骚100英里的地方,对迪斯科来说,是最好不过的地方了。"

无线电再次响起:"N/AKOI,N/AKOI,正式告知你们已经闯入了飞行禁止区域。请避开此地向南飞行,改变你们的航线。立刻。"说完,无线电没有再发出声音了。

莱特说:"这意味着他们要进行发射测试。派人监视他们,让我知道他们什么时候发射测试。看!雷达的扫描仪重新转回了东边。它上面的指针正在规范地摆动。我已经看到了它了!灯光一直在那个海岛上闪烁。看来他们要采取行动了。我倒要看看他们能干什么。PA系统发出声音了:'灯塔联系……警报气球升起来……测量仪联系……塔克压力准备好……火箭压力正常……通讯正常……所有的灯准备好……十、九、八、七、六、开火!'"

虽然莱特紧张地倒数着，但是什么事情也没有发生。接着，通过玻璃，邦德看见火箭基地上蹿起一股气流。随后，出现了巨大的气流和烟雾，一道耀眼的光闪过，然后又迅速变成了红色。当时的景色异常恐怖，几乎让人无法呼吸。邦德对莱特说："看！那里正在喷射火苗！天啊！离开！快离开！天空现在只有耀眼的火花！发生了什么可怕的事情！为什么？"邦德眉头紧锁。

"下一步我们要到另一个群岛上空看看，大约在西南方向70公里处。如果我们错过了目标，那么我们就在迈阿密上泡着温泉等待一切告终吧。"

一个小时十五分后，可爱的海岛群出现了，那里有许多珊瑚礁，看起来是隐藏飞机的最佳地点。他们把飞机下降到100英尺的地方，沿着海岛慢慢地盘旋。海水是如此的清澈，邦德能看见黑色的珊瑚群，以及明亮的沙子上面茂密的海藻。邦德看见，一个大型的钻石形状的魟鱼畏畏缩缩地把自己埋藏的沙子里，显示出一片黑色的影子。海域里没有其他任何东西，更没有隐藏的可能性。绿色的海水看起来那么的清澈和无辜，好像他们是一片开阔的沙漠。飞机向南飞行到北比米尼岛。这里有几所房子和一些小的渔港酒店。价值不菲的深海渔船停泊在酒店外，高高的桅杆竖立在那里。甲板上快乐的人群正向他们摆手。这时，有一个肤色健康的女孩正准备从船舱里爬到甲板上。"绝对的金发美女！"莱特评价道。他们继续向南飞行到海湾处，继续盘旋搜索。这里偶尔能够看到渔船。莱特感慨道："这是什么鬼地方？太美了！要是有飞机的话，那些渔民早就发现了。"邦德让莱特继续往南飞。又飞了三十分钟后，他们来到了航海图上一处不知名的小地方。深蓝色的海水开始变浅,然后是绿色。他们经过了三只毫无目的地转圈的鲨鱼。接着,什么也没有了,除了一些令人乏味的沙子。还有水草下面偶尔冒出来的珊瑚触角。

他们小心翼翼地驾驶飞机,经过的海水再次变成了深蓝色。莱特无趣地说:"就是这样了。再有50英里就是安德罗斯岛。那里人很多,如果飞机在那里的话,肯定已经被发现了。"他看看手表,11点30分。"接下来怎么办?伙计?飞机燃料只能支持两个小时了。"

邦德的直觉告诉他,有些重要的东西被忽略了!一些细节,很可能就是事情的关键。是什么?究竟是什么?鲨鱼!那些鲨鱼!在大约40英尺海域的地方!在水面上兜圈子!它们在那里做什么?有三只鲨鱼。那里肯定有东西,已经死亡的东西,将他们招揽到沙子和珊瑚群中。邦德迫不及待地说:"回去!菲利克斯。在珊瑚群那里,好像有些东西……"

飞机急速地旋转着,莱特努力地控制操纵杆,使飞机刚好保持在离海面50英尺的地方飞行。邦德打开飞机门,探出身子向外观察。是的,那里有鲨鱼,有两条鲨鱼还把鱼鳍露出了水面。另一条在水下潜伏。它们好像在嗅些什么。那只鲨鱼将牙齿放在某件东西上面,正在用力地拽那个东西。在黑色和灰色的边缘之间,有一条细细的直线显现出来。邦德大声喊道:"往后开一点!"飞机谨慎地往后退了一点。天啊!为什么他们刚刚开那么快!现在,邦德看到了海底的另一条笔直的线,和第一条呈90度。"砰!"邦德关上机门,他安静地说:"鲨鱼下面,菲利克斯,应该就是我们要找的东西了。"

莱特迅速地瞥了邦德一眼。他说:"我的天!真希望我能发现它。该死,要有一个良好的飞行视角不容易。水面就像玻璃一样。"他拉动操纵杆,小心翼翼地向前移动。飞机猛地动了一下,然后到达了距离水面 10 码的地方,这就是邦德想要的高度。两条鲨鱼并没有注意到头顶的飞机。它们不停地在水中转圈,然后再慢慢地游动。它们经过飞机时,邦德还能看见鲨鱼那毫无生机、粉红色的扣子形状的眼睛。他拿出望远镜,调到适当的焦距,以能清楚地看见鲨鱼在水中的情况。是的!海底的"岩石"是假的!现在,邦德能清楚地看见,所谓的岩石只不过是被着色的巨大防水布。第三条鲨鱼已经用头部在撞击防水布,试图进入防水布里面。

邦德坐了回去,他对莱特点点头,说:"就是这里,没错。大块的防水布作为掩饰盖在飞机上面。我们去看一看!"

当莱特控制飞机向邦德的座位方向倾斜时,邦德的内心正在做激烈的思想斗争。接通警察局的电波并向他们汇报?向伦敦发射信号?不!如果迪斯科上的无线电人员正在监视无线电波的话,那么任何报告都会引起怀疑。所以,继续飞行,去查看一番。看看原子弹是否还在那里。找出一点确凿的证据。

莱特向后坐了坐,脸上露出兴奋的神情。"好!要命的!伙计!哦!伙计!"他拍拍邦德的后背,"我们发现它了!我们发现那架该死的飞机了!谁能想到!耶稣基督?!"

邦德取出了华尔特 PPK 手枪,他检查了一下里面的子弹,然后把手枪举在左手手臂上,等待两条鲨鱼再次游回来。第一条鲨鱼个头非常大,它的脑袋就像锤子一样足足有 12 英尺长,它恐怖的头颅正在左右摆动,似乎在用水爱抚自己一样。邦德观察着鲨鱼的动静,等待时机。他瞄准了其中一条鲨鱼,然后毫不犹豫地扣动扳机。子弹飞速地穿过水面,射进鲨鱼的背部,但是鲨鱼仍然继续游动,子弹丝毫没有阻碍它的前进。邦德紧接着又开了一枪。水面泛起了泡沫,鲨鱼直挺挺地竖立起来,然后向一边倒去,就像被打成了两段的蛇一样。子弹很有可能已经穿过了鲨鱼的脊椎。现在,这个棕色的庞然大物开始缓慢地转圈,水圈也越来越大。邦德看见了鲨鱼恐怖的大鼻子,它张开血盆大口上气不接下气地喘着气。过了一会儿,鲨鱼翻了个身,肚子朝上,白色的肚皮暴露在阳光下。它死了,只能用这种姿势维持它机械般嚣张的游动了。

后面的鲨鱼看到了同伴的情况。现在,它们都谨慎地靠过去。它们短暂地嗅了一下死掉的鲨鱼后,感受到安全后,它们用大鼻子用力在水上呼吸着,然后竭尽全力用利如尖刀的牙齿撞向死去的鲨鱼。它们咬到了,但是鲨鱼肉非常粗糙。鲨鱼摇摇头,就像一只担心嘴里食物的狗,生气地离开了。大量的鲜血漂浮在海面上,犹如天空中浮动的云彩。现在,另一只鲨鱼似乎不想无辜丧命。

这只可怕的鲨鱼匆忙离开了,像是要去处理什么紧急任务般。随着最后一只鲨鱼的离开,海水渐渐恢复了平静,再也没有泛起大的波澜。

邦德把枪递给莱特:"我要下去,也许会很长时间。鲨鱼一时半会不会回来,要是真的回来了,你就倾斜飞机提示我。要是有什么事情需要我立刻回来,你就朝水中开枪。我应该能够感受到海水的波澜。"

邦德开始脱掉衣服,并在莱特的帮助下戴上水肺。这将会是一场危险且困难的探险。但无论如何,邦德必须到水下视察。莱特生气地说:"我真希望能和你一起到水下去。这些该死的钩子,它不会像手一样有用。而且还要戴上如此多的橡皮设备。我从来没做过这样的事情。"

邦德说:"你必须驾驶飞机并时刻观察周围的动静。我们已经在100码的位置飞行了。让飞机后退一点,表现正常一些。我不知道要找谁分享这件事情。事情已经过去整整五天了。"

莱特按下驱动器按钮,使飞机尽可能地向后退。他说:"你知道复仇者的设计吗?你知道去哪找原子弹和引爆装置吗?"

"知道。我在伦敦有简单了解过。好,就这样吧。告诉他们我正在玩一场死亡游戏!"邦德爬到飞机的机门口,然后跳了下去。

邦德低头沉进海水中,休闲地在海水中游动。现在,他能看见整片海域下欢快游泳的各种各样的鱼:剑鱼、小梭鱼、各种类型的海底微生物、食肉动物等。它们遇到大型且冷酷的竞争者时,总是彬彬有礼地把路让出来。邦德游到防水布旁边,那里已经被鲨鱼撞得离开了原处。他取出一对长长的拔塞钻,然后固定在沙子中,接着打开防水手电筒,另一只手握着匕首划破防水布。

虽然已经做好了心理准备,但海水的污秽还是令他感到一阵恶心。他不由得紧闭嘴唇,小心翼翼地沿着防水布拱起处蠕动。接着,他站了起来,手电筒发出的光不停地在机翼上晃来晃去。机翼下方，成群的螃蟹、龙虾、海鲍和海星在某个东西附近栖息。这些场景和邦德预想的差不多。他来到这个东西旁边，俯下身，开始进行可怕的工作。

这并没有花费太多的时间。他从那东西恐怖的手腕处解下一块金手表，又发现了一块金制的印章。邦德惊恐地发现，那人的下巴处撕裂出可怕的一道口子，显然，那并非海底生物所为。邦德将手电筒照在那块印章上，上面写着"乔治白·佩塔基。编号15932"。邦德将两样证据收好，然后继续走向机身。机身在黑暗中若隐若现，就像一艘重型的潜水艇。邦德仔细地观察机身，注意到拱起来的地方，机身已经被损坏了。接着，邦德通过打开着的安全门，进入了机身里面。

在里面，邦德的手电筒发出微弱的红光，犹如黑暗中发光的宝石。他用灯光上下照射机身，所照之处都有大大小小的章鱼，也许有上百只。它们慢悠悠地摆动它们的触角，本能地朝着黑暗的方向移动，它们的颜色也从棕色变成了磷光的颜色，在黑暗中发出微弱的光。整个机舱似乎都布满了章鱼，令人毛骨悚然。邦德将手电筒照向顶部，那里的情景令人触目惊心。那里，水流缓缓地流过飞行员的尸体。由于浮力的作用，飞行员的尸体已经从地板上面升到了机枪顶部。不少章鱼悬挂在尸体身上，就像藏匿在洞顶的阴森的蝙蝠。飞机的前后左右，都是死一般沉寂，只有章鱼在发出微弱的一点光亮。

邦德强忍住作呕的感觉，向前方挥动着手电筒，继续他细致的搜查。

他发现了红色条纹的氰化物散弹头，并将它收好在皮带处。他还发现了几具死尸，注意到原子弹隔间的阀门是敞开的，这表明原子弹已经被运走了。他朝飞行员座位下的货柜看去，也找遍了所有能够存放原子弹燃料的地方，但一无所获。他还发现了飞行员的金属磁盘以及飞机笔记本，但上面除了例行的飞行记录之外，没有特别的紧急暗示，也没有组织下达的命令。在邦德搜查期间，章鱼不止一次地抽到邦德裸露的腿部。他感到整个人快要崩溃了。他原本还有许多事情要做，例如飞行员身份的确认、飞行记录的检查，但是他已经无法忍受在这个地下墓穴般的地方挪动了。邦德从阀门口滑出来，然后竭尽全力地游向防水布微微发光的地方。邦德绝望地在水下滑动着，一想到身后那些恶心的章鱼，他就难以忍受。好不容易游到防水布旁边，他赶紧浮上美丽的水面，迫不及待地拼命呼吸起来。邦德休息了一会儿，将装置扯下来，同时清理掉许多肮脏的水中漂浮物。他面无表情地看着它们缓缓地沉到水底的沙子上。邦德用海水洗了洗自己的嘴唇，然后向莱特的方向游去。莱特正驾驶着飞机在离海面很近的地方朝邦德挥手。

第十八章　怎么吃掉一个女孩

在回去拿骚的航行中，邦德让莱特顺道看一看停泊在巴尔米拉的迪斯科快艇。快艇依然静静地停留在昨天停靠的地方。唯一不同的是，快艇只抛下了船头的固定锚，这并没有什么意义。甲板上没有人在活动。美丽的快艇与世无争地停泊在那里，美妙的线条倒映在如镜的海面上，邦德望着这艘快艇，陷入了沉思。这时，莱特兴奋地说："詹姆斯，快看海滩上，看见那两条从海里延伸上来的痕迹吗？看起来太奇怪了。这些痕迹太深了。会是什么呢？"

邦德认真地透过望远镜观察。这两条轨迹是平行的。一定是某些非常、非常沉重的东西曾经在船库和海域之间拖动。但这不可能，没有道理啊！邦德紧张地说："我们赶紧过去看看！菲利克斯！"接着，他们便朝着那块陆地飞去。"该死的，到底是什么东西在海滩上留下了沉重的痕迹？如果真的是见不得人的东西，那他们

Thunderball

肯定会迅速抹掉这些痕迹。"

莱特简单地说:"人总会犯错。我们已经彻底勘察了那个地方。早就应该这么做了。我想我会让拉尔戈提出邀请,请你以我尊重的客人的名义,再去一趟。尊敬的洛克菲勒·邦德先生。"

此时是中午 1 点钟,他们回到了温莎体育场。在过去的一个半小时里,控制塔一直在用无线电寻找呼叫他们。现在,他们必须面对上级的命令,向空军总部解释已经发生的事情。领导因为他们没有服从命令已经勃然大怒。他们递给邦德一个厚厚的信封,里面是发给两人的最新信息。

内容一开始写道,预期中的火箭破坏了未来消息的沟通。曼塔预计到达的时间是晚上 5 点。他们询问的那个意大利警察已经确认是乔治白·佩塔基,他也是多米塔的哥哥。他的个人经历也通过其他渠道搜集起来。同样,拉尔戈也被确认是一个有名的冒险家,同时也确认了他通过一些技术手段实施犯罪行为。他非常有钱,但财产来路不明。迪斯科是用瑞士法郎支付的。建筑师确认了迪斯科有水下隔间,里面有电气起重机和小型的水下飞行器,这些设备根据拉尔戈的要求进行了调整,完全符合水下勘测的要求。在拉尔戈的申报中,他称对船身的改动是为了符合水下研究的需要。此外,他们也对拉尔戈的合伙人展开了调查,但是目前没有进一步的信息。他们的背景和专业知识信息都停留在六年以前。这说明他们的身份是在近期才编造的,甚至极有可能是魔鬼党的成员,如果这个组织确实存在的话。科特兹已经在四个星期前离开了瑞士,去向不明。最近拍到他的照片是在一架泛美航空公司的飞机上。不管怎么样，原子弹作战情报中心不能轻举妄动，除非手上有确凿的证据。当前的目标就是继续在全世界范围内搜查，与此同时，重点关注巴哈马海域。由于时间紧迫，伦敦和华盛顿的各等级部门都在全力以赴执行这项任务。近日，美国全体委员会主席已经乘坐波音707飞机到达了可疑地点，配合当地人员加紧完成任务。邦德和莱特在上级军官到来之前，应该继续通力合作，每隔一个小时都要向伦敦总部报告已经发生的事情，并抄送一份给华盛顿。

莱特和邦德彼此看了一眼，一句话也没有说。最后，莱特先开口了："詹姆斯，我建议我们不需要遵循最后一条指示，发送形式上的报告就可以了。我们已经错过了四个小时，我们不应该再把时间浪费在整理报告上。毕竟过程烦琐。向他们报告什么呢？我确实会告诉他们最新发生的事情，我还会说我们会抓紧时间完成任务。然后，我会以你为代表，向他们提议重新监视巴尔米亚。我们还应该查看一下那该死的船库，看看那些痕迹到底是什么东西留下的，好吗？那么，5点，我们会在曼塔会面，准备拦截迪斯科，如果她要起航的话。至于总统的专业人士，不要浪费时间在这些例行公事上就可以了，好吗？"

邦德思考了一会儿。他已经多次违背上司的命令了，但这次是违背英国首相和美国总统的命令，这可是具有无限权威的两个人。但是事情的发展太快了。M已经给出了标准，他会支持他们的，正如他一如既往地支持他的属下一样，即使那意味着M要承担必要的责任。邦德说："我同意你的提议，菲利克斯。有了曼塔，我们自己也能处理。关键是要知道原子弹什么时候被搬到迪斯科上。我已经有主意了。也许行得通，也许行不通。这意味着要将多米塔置于危险的处境。但是我会尽力保证她的安全。送我回旅店，然后我就准备出发了。我们4点半再碰面吧。我会打个电话给警察局长，看是否有迪斯科最新的消息。如果有特别的事情，我会让他到楼上告诉你。你已经知道关于飞机的情况了吧？好的，我会保存证明佩塔基身份的金属印章。伙计，待会儿见。"

邦德几乎是跑着回到旅馆的。当他在前台拿起房间钥匙时，接待员递给邦德一张电话留言。邦德在上电梯的时候把留言看完了。那是多米塔的留言："请尽快打电话给我。"

邦德回到房间，他首先点了一份三明治和两杯鸡尾酒，然后与警察局长通电话。迪斯科在天刚刚亮的时候已经航行到了储油的码头，加满了油后再次回到了巴尔米亚。半个小时之前，准确来说是1点半的时候，水上飞机已经到达，拉尔戈和其他人员相继上了飞机，向东航行了。当警察局长从观察员那里听到这个消息时，他来到了温莎体育场，命令飞机进行必要的雷达监视。但是飞机飞得很低，大概只有300英尺，他们在东南方向50英里的地方，失去了对飞机的监视。没有其他事情发生，海港当局已经提高警觉，期待美国潜水艇曼塔，具有核动力的那艘，能够在晚上5点到达。这就是所有的事情了。邦德知道了什么呢？

邦德谨慎地回答说，现在透露还为时过早。看起来行动已经到达了白热化阶段。一旦观察员看到飞机飞回迪斯科号，他会立刻回报消息吗？这很关键。警察局长会立刻将消息告诉莱特吗？还有，邦德能借到一辆车，什么车都可以，是的，路虎的话最好。有四个轮子的就可以了。

得到了肯定的回答后,邦德打电话给在巴尔米亚的多米塔。她似乎很渴望听到邦德声音。"詹姆斯,你早上去哪了?"这是她第一次称呼邦德的名字,"我想让你下午和我一起去游泳。他们让我收拾好东西,今晚就上船。拉尔戈说,他们今晚就要出发寻宝了。他带着我去是不是很好?不过这是个秘密,不要告诉任何人,好吗?不过他没有详细说会什么时候回来。他提到了迈阿密。我想……"多米塔犹豫了一下,"我想等我们回来的时候,你已经回纽约了。我们就没有什么机会见面。昨晚你这么突然离开,是为什么呢?"

"我突然有点头疼。可能是白天太阳晒久了。这里实在太热了。我本来不想走的。我很愿意和你去游泳,在哪里呢?"

多米塔给出了一个详细的地址。那是距离巴尔米亚 1 英里处的一个海滩。沿着海岸看去,路边的景色很美,与大海相互辉映。那里比巴尔米亚的海滩还要好,而且那里人不多。它原本是一个瑞士百万富翁的私人海滩。邦德问:"什么时候到那里?"多米塔回答:"半个小时之内最好了。"那样他们就有更多的时间了。

挂了电话后,邦德点的鸡尾酒和三明治很快送上来了。他坐下来,一口气吃光。他出神地看着墙壁,心里想着这个令他兴奋不已的女孩。他知道,今天下午,他就要改变这个女孩的生活了。他要做一件棘手的事情,也许会非常糟糕,也许也是好事。邦德第一次与多米塔相见的场景还历历在目。她高傲的神情,急速驾驶中在空中飘舞的蓝丝带,噢,真是太美了……

邦德将泳裤包进毛巾里,然后穿上一件海岛棉衬衫,遮住肩膀上莱特的盖格计数器。他瞥了一眼镜子中的自己。他看起来就像一个带着相机的游客。他摸了一下口袋,感受到里面的金属勋章就出门了。

邦德要的汽车到了,虽然是要求的路虎,但它的样子有点笨拙,行驶在沿海坑坑洼洼的公路上也有些颠簸。下午的骄阳令人睁不开眼睛。邦德来到沙滩上时,发现了有一道车辙通往一处茂密的树林。邦德唯一想做的就是赶快泡到海水里头。海滩上还有许多竹子和松树,还有棕榈树。高大的树干在海滩上形成宽大的影子。树上有两个指示牌,"男更衣室"和"女更衣室"。女更衣室门口有柔软的衣服和白色的凉鞋。邦德知道,多米塔已经到了。他换了衣服,重新来到阳光下。海滩上洁白的沙子令人感到眩晕,大块的岩石也给人压抑的感觉。海滩上没有多米塔的身影。海滩的坡度很陡,海水忽地从绿色变成了深蓝色。邦德一直泡在海水里,感受令人难忘的凉意逐渐侵蚀自己的皮肤。他感到空气也变得凉爽起来。过了一会儿,邦德懒洋洋地向海上张望,希望看见那位令他思念的女孩的身影。但是他失望了,海上没有多米塔的身影。十分钟后,邦德游回岸边,找了一块比较坚硬的沙地,爬上去,然后把脸埋在双臂里。

过了几分钟,一些声响令邦德睁开了眼睛。海里有一条泡沫痕迹正在从远处向沙滩这边靠近。当泡沫由深蓝色海水伸进绿色浅水的时候,邦德看见水中漂浮着一个黄色的氧气筒,还有一个穿着潜水服的黑色身影。多米塔游到浅水区,一只手摘掉脸上的面具,一本正经地说:"别躺在那里做梦了,快过来帮我。"

邦德走到她跟前,说:"你不应该一个人去潜水。发生什么事情了?鲨鱼咬你啦?"

"别开玩笑了。我的脚被海胆刺了。无论如何,你先帮我把刺拔出来。不过,先把我的潜水器解下来,太重了,我的腿疼得厉害。"她伸手按在胃部的按钮上,然后将氧气筒的带子解开,"现在可以拿下来了。"

邦德帮她将氧气筒取下来,然后将它扛到树荫底下。多米塔坐在浅水的地方坐着,查看自己的脚底。她说:"有两根刺,刺得很深,恐怕很难拔掉。"

邦德走过来,跪在她身边。两根刺的黑色斑点挨得很近,刚好在脚趾中间弯曲的地方。他站起来,伸出一只手,说:"来吧,我们到荫凉的地方去。拔掉它们需要不少时间。别让你的脚碰地,不然它们会越刺越深,我来抱你过去。"

多米塔朝着邦德笑起来:"我的英雄!好吧。但是千万别把我掉地上了。"她伸出双臂。邦德弯下腰,一只手抱住她的膝盖处,另一只手抱住腋下的地方。女孩的两只手紧紧地搂住邦德的脖子。邦德很轻松就抱起她。他在水中站了一会儿,低头看着女孩美丽的脸庞。女孩明亮的眼睛似乎在肯定他。邦德低下头,亲吻了女孩半张的嘴唇,等待对方的回应。

柔软的嘴唇迎了上来,随即又慢慢挪开了。她喘着气说:"你不应该提前就索要你的回报。"

"这只是早晚问题。"邦德的手紧紧地按在女孩右边的胸脯上,然后从水里走出来,走到了岸边的树荫下。轻轻地,他将女孩放到柔软的沙子上面。女孩把手放在头部后面,免得一头秀发沾上细沙石。她躺在那里,黑色的眼影下面,是一双微微睁开的水汪汪的大眼睛。

女孩穿着一件比基尼泳衣,紧紧地包裹着圆润的胸部,好像另一双望着邦德的大眼睛。邦德感觉自己快失去控制了。他粗鲁地说:"翻过身去。"

女孩听话地翻过身去。邦德跪下来,抬起她的右脚。她的小脚非常柔软,邦德握在手里就像握着一只刚捕获的小鸟。他将女孩脚上的细沙清理干净,然后把小脚趾扳直。女孩小巧的粉红色脚趾就像美丽的花蕾。邦德抓住它,弯下腰,将嘴唇放在脚上的伤口上。他用力地吮吸了大概一分钟。一小段黑色的刺被他吸进了嘴巴里,然后又被吐出来。邦德说:"可能你要忍住疼痛了,不然很久都不能把刺弄出来。我可不要浪费那么多时间在一只脚上。你准备好了吗?"

邦德从女孩的肌肉变化中知道她其实很疼。女孩像做梦一般地说:"准备好了。"

邦德咬住女孩伤口旁边的肉,尽量让自己的动作轻一些,然后再用力地吮吸。女孩的脚挣扎着想要躲开。这时,邦德停了下来,吐出一些黑色小刺。女孩的脚上留下邦德白色的牙印,两个小洞里也渗出一些小血点。邦德将血迹舔干净,这下几乎没有什么黑色的污血在里面了。他说:"这是我第一次吃女孩。味道还不错。"

女孩不好意思地挪动了一下身体,但什么也没有说。

邦德知道女孩非常疼,他说:"好了,多米塔,你没事了。最后一口。"说完,他尽可能温柔地亲吻了一下她的脚底。

一两分钟后,邦德吐出了最后一段海胆刺。他说:"现在,你的脚不能着地。来吧,我抱你去把你的凉鞋穿上。"

女孩翻过身来,黑色的眼睛泪水盈盈。她将手搭在邦德的肩上,看着他认真地说:"你知道吗?你是第一个令我流泪的人。"她将双臂伸向邦德,这下,她已经被完全征服了。

邦德弯下腰,将她抱起来。这一次,他没有亲吻等待着他的女孩。他抱起女孩,来到更衣室的门口。该进男更衣室还是女更衣室呢?邦德犹豫了一下,走进了男更衣室。他腾出一只手将衬衫和短裤扔到床上,然后温柔地放下多米塔,让她站到衬衫上。多米塔的手仍然抱着邦德的脖子。邦德解下比基尼上唯一的一颗纽扣,上面的带子瞬间滑落下来。他迫不及待地解开了自己的泳裤,然后把它踢到一边。

Thunderball

第十九章　缠绵过后

邦德一只胳膊撑着头,侧着身看着身边这张美丽的面孔。她的眼睛和太阳穴之间,还有一滴湿润的汗水。她脖子上的动脉反映出她的心脏的激烈地跳动。她美丽的身躯在缠绵过后变得更加可爱迷人。她的脸色温柔,泛着些许甜美和红光。湿润的眼睛更加水汪汪,露出令人怜悯的眼神。他们痴情地看着对方,就像第一次见面时对彼此的打量。

邦德说:"我很抱歉,我不应该这么做。"

多米塔被他的话逗乐了。性感的嘴唇两边露出两个深深的酒窝。她说:"你现在就像初涉情场的小伙子,生怕会让女孩怀孕,不得不回家告诉你的妈妈。"

邦德俯下身亲吻她的嘴角,然后是嘴唇。他说:"来吧,我们去游泳吧。然后我还有话对你说。"邦德说完,便站起来伸出双臂。女孩不情愿地拉住邦德的手。邦德将女孩从床上拉起来,然后抱起她。女孩用身体挑逗邦德,她知道此时是安全的。邦德强压住自己的冲动,不让她乱动,因为他知道他们快乐的时光所剩无几了。他说:"别闹了,多米塔。来吧,我们不需要穿衣服了。沙子不会弄伤你的脚,刚才我是骗你的。"

女孩说:"我也是装的。海胆刺并没有伤我那么痛。要是我想的话,我能自己把它们拔出来。你知道渔夫是怎么对付海胆刺吗?"

邦德笑着说:"我知道。现在我去海里吧。"他再一次亲吻了女孩,然后深情地看了她一眼,仿佛要将她美丽的胴体永远记住一样。接着,他突然转过身,向海里走去。

当他游到岸边的时候,多米塔已经站起来在穿衣服了。邦德一边擦干身体,一边心不在焉地回答多米塔的问题。终于,多米塔察觉到了,她说:"你怎么了?詹姆斯?发生什么事情吗?"

"是的,亲爱的。"邦德正在穿裤子,那枚金属印章就在他的口袋里,"到外面来,我有话要对你说。"

邦德来到刚刚他们临时躺下的沙地上。多米塔走出来,站在邦德前面。她认真地看着邦德的脸,试图读懂他脸上的表情。邦德避开了她的眼神。他坐下来,双手抱着膝盖,望着海面。多米塔说:"你要伤害我了吗?你打算离开我了吗?快点说吧,干脆一点,不然我会哭的。"

邦德说:"我要说的恐怕比这还要糟糕。多米塔,不是关于我,是关于你的哥哥。"

邦德感到多米塔的身体忽地变得紧张起来。她用低沉的语气说:"说吧,告诉我。"

邦德从口袋里掏出那枚印章,默默地递给她。

多米塔接过来,几乎不敢正视这枚印章。她转过来对邦德说:"所以,他是死了吗?发生什么事了?"

"说来话长。这涉及你的朋友拉尔戈。这绝对是一个天大的阴谋。我来这里就是为了调查此事。我其实是一名警察。我还会告诉你其他故事,因为千万条生命正受到了威胁,除非你能帮助阻止他们的阴谋。所以我不得不把这个印章给你,哪怕要伤了你的心。不管发生什么事情,不管你做什么决定,我相信你都不会将我接下来的话告诉其他人。"

"那么,这就是你和我做爱的原因吧?让我遵循你的意愿。现在你又以哥哥的死来威胁我。"多米塔咬牙切齿,近乎绝望地说,"我恨你,我恨你,我恨你!"

邦德冷静地试图澄清事实:"你的哥哥是被拉尔戈杀死的,或者死于拉尔戈的命令。我来这里也是想告诉你,但是……"邦德犹豫了,"你就在这里,而且我爱你。刚才我应该有力气阻止一切发生的,但你看起来是如此的美丽、快乐。我不想这么快把真相告诉你。但这是最后的机会了。"邦德停顿了一下,继续说,"现在,你先冷静听我说。你先忘掉你对我的仇恨。我们之间没有什么值得怨恨的。"邦德不等多米塔说话,便开始慢慢地将事情原原本本地陈述出来。他并没有说潜艇曼塔即将要到来的消息,要是拉尔戈知道了,他或许会改变计划。最后,邦德说:"现在,你知道了,除非武器被真正搬到了迪斯科上,否则我们根本无能为力。在此之前,拉尔戈都能用他的寻宝故事做托词。没有证据证明他和沉没的飞机或者魔鬼党有任何联系。如果我们现在惊动他,以某个借口逮捕船上的人,阻止迪斯科进一步航行,那只不过是拖延他们计划实施的时间罢了。只有拉尔戈和他的手下知道原子弹藏在哪里。如果迪斯科出了什么问题,那么原子弹就会遗留在原地或者另外藏起来。比如将它们沉在浅水的地方。等风头过了再把原子弹找回来。迪斯科本身就能存放和取回原子弹。要不然,换一条船或飞机也能完成预定的工作。不管魔鬼党的总部在哪里,他们都可以通知首相,他们改变主意了,或者他们根本不必说。那么,可能几个星期后,他们会再次发出威胁。到了那个时候,我们可能就只有二十四个小时准备了。他们的条件会更苛刻,而我们只能接受。只要我们没有找到这些失踪的原子弹,威胁就会一直存在。你明白吗?"

"是的,可是,我又能做些什么呢?"多米塔的声音很沉重,她的眼神透出愤怒的光,直接穿过邦德,朝远方望去。邦德知道,她犀利的眼光是投向远方的拉尔戈,不是因为他是最大的密谋者,而是因为他杀死了她的哥哥。

"我们必须知道原子弹什么时候会被送上迪斯科。这是关键。然后我们才能有所行动。我相信拉尔戈还没有警惕,他仍然相信他的完美计划。这是我们唯一的优势。"

"可是你们怎么知道原子弹被送上船了呢?"

"你必须告诉我们。"

"可以,"她用平淡而冷漠的语气说,"但是我怎么知道呢?我又怎么告诉你呢?拉尔戈可不是傻瓜。他只有在等着情妇的时候才傻……"她顿了顿,"那些人选他当领导真是愚蠢。拉尔戈离开了女人简直不能活了。他们应该知道。"

"拉尔戈让你什么时候回到船上?"

"5点。船会在巴尔米亚港湾接我。"

邦德看看手表。"现在是4点。我有一个盖格计数器,它使用起来很简单。如果原子弹在船上,它会告诉你。我希望你能带上这个。如果它显示原子弹在船上,那么我希望你将房间的灯打开再关掉,让它闪动几下,或者做出类似的闪光讯号。我们有人在监视'迪斯科号'。他们会向我汇报。你发出信号后,马上将计数器扔进大海里。"

多米塔轻蔑地说:"多么愚蠢的计划。只有低级的作家在写侦探小说的时候才能想出来吧。谁会白天在船舱开灯?这样吧,如果原子弹在船上的话,我就走到甲板上,让你的人看见。这样比较自然。如果船上没有原子弹,我就一直待在船舱里。"

"好的,依你说的去做。但是你真的愿意帮我吗?"

"当然。如果我能阻止自己不把他杀了的话。但是不管你什么时候抓到他,请一定要让我亲眼看见他被处死。现在,教我使用这个机器吧。"她说这话的时候,神情严肃。她平静地看着邦德,好像在她眼中,邦德只是一个代理,而她正在向邦德预定一个火车位子。

"你最好不要动手。我敢说,船上的每一个人都会被关进大牢。"

多米塔想了一会儿说:"是的,他们不会。把他们关起来比杀死他们更糟糕。那么,现在你教我使用这个机器吧。"她站起来,向海滩走了几步。她看起来在想一些事情。她低头看着手中的印章,转身走到海里,在海面上站了一会儿后,她似乎说了些什么,但是邦德没有听清楚。接着,她向后一仰,然后使出浑身力气将手里的印章朝深蓝色的海水扔去。金属印章在烈日下发出耀眼的光,然后"咚"一声在海面上溅起一朵小浪花,最后消失在海里。多米塔看着大海再次恢复了安静,然后转过身来,回到沙滩上,她的脚步有点蹒跚,在沙子上留下了深浅不一的足印。

邦德向她展示了盖格计数器的使用方法。他打开手表上面的显示器,告诉她可以完全依赖上面的指数显示。"不管在船上哪里,都能很好地探测目标。"他解释,"但是如果可以的话,最好能够靠近一点。你能以拍照为理由,这个设备和真的禄莱相机没有什么区别。它前面有禄莱相机的镜头和装置。你可以说你想在快艇上拍一些拿骚的照片,这样可以吗?"

"可以。"女孩仔细地听着,然后回答。她试探性地碰了一下邦德的手臂,抬头看了他一眼,又迅速避开了,她内疚地说:"我刚刚说恨你,那不是真的。我不理解,怎么会发生如此糟糕的事情。我不敢相信,不敢相信拉尔戈所做的一切。我们在卡普里岛有过一段情。他是一个有魅力的男士。几乎每一个女孩子都想和他在一起。要将他从所有聪明的女孩子手中抢过来,可是一个不小的挑战。他解释说,快艇是要进行寻宝旅行的。听起来就像童话故事。当然,我同意和他一起去。谁不会呢?"女孩急忙瞥了邦德一眼,说,"我很抱歉。但这就是事实。当我们来到拿骚时,他一直让我待在海滩上。我很惊讶但也无可奈何。这是一个美丽的岛屿,能让我玩的地方很多。但是当你告诉我所有的事情,我就想明白许多奇怪的地方了。我从来不被允许接近雷达室。船员总是一声不吭,对我毫无友善可言,甚至根本不希望我出现在快艇上。他们和拉尔戈的关系也很奇怪,看起来不像是简单的金钱交易关系。他们性格粗暴,但又接受过一般水手没有的教育。现在,所有的事情都明了了。我还记得,上个星期二后的一整周,拉尔戈表现得十分紧张和易怒。我们之间早就彼此厌倦了。我甚至还准备自己搭飞机回去。但是后来几天,他又变好许多。他让我收拾行李,准备今天晚上和他一起去寻宝。我觉得我应该去,当然,我很好奇这趟寻宝之旅。我想看看到底是什么令人惊奇的旅程。但是后来……"她望向海面,"我遇见了你。还有今天下午发生的事情。我决定告诉拉尔戈我不回去了。我想留在这里,和你一起走。"第一次,女孩直勾勾地盯着邦德的脸和眼睛,"你会让我这样做吗?"

邦德伸出双手,捧着她的脸颊说:"我当然愿意。"

"但是现在怎么办,如果我上了船,什么时候才能见到你呢?"

这正是邦德担心的问题。让她带着盖格计数器回到船上就等于将她置于最危险的境地。她可能会被拉尔戈发现,那时她将必死无疑。如果曼塔追逐迪斯科的话,那曼塔肯定会用火枪或鱼雷击沉对方,并可能不做任何警告。邦德考虑到了所有的危险,他强迫自己不去往下想。他对多米塔说:"等所有的事情一结束,我就会来找你,不管你在哪里。但是现在,你就要面临危险了,相信你也知道的。你愿意冒这个险吗?"

多米塔看看手表,说:"现在是4点半,我必须走了。不要送我。

再吻我一次,然后留在这里吧。别担心,我一定好好完成你交代的事情。拉尔戈要么受到法律的制裁,要么被我一刀刺死。"她伸出双臂,抱了一下邦德,说:"再见。"

几分钟后,邦德听见汽车发动的声音。他一直等到汽车的声音沿着西部海岸的公路渐渐消失,才回到自己的路虎车上,开车离去。

沿海1英里处的地方,有一个巴尔米亚的入口标志,多米塔汽车驶过的灰尘还在空中飞扬。邦德克制住自己跟上去,不让多米塔回到快艇上的冲动。该死的,他到底在想什么?他把车子开得飞快,朝着古堡点的方向驶去。那里有一间废弃的小屋,侦探员就在里面。他们一个坐在帆布椅子上读报纸,另一个正在用望远镜监视着海上"迪斯科号"的情况。卡其色的无线电通话机就在地板上放着。邦德简单地将最新的情况告诉他们。然后用无线电通话机和警察局局长通话。局长向邦德转告了两则来自莱特的信息。一是今天下午,巴尔米亚的访客已经不在里面了,用人说那个女孩的行李已经在下午被送到了船上。二是美国的核潜艇"曼塔号"将在二十分钟后抵达。莱特希望在曼塔抵达的港口碰面。

从隐秘航道缓缓驶进港口的"曼塔号"样子既笨拙又丑陋,金属壳上没有什么装饰。尽管如此,几乎任何陆地上的侦察设备都无法在短时间内侦察到它的位置。拿骚地区的侦查员没有收到任何关于它的消息。莱特说,它的速度可以达到40节。"但是他们不会告诉你这些,这都是机密。恐怕等我们上船的时候,就连船上的一张纸都是机密。小心那些海军,现在他们就连打嗝都很小心,好像打嗝也会泄露秘密一样。"

"你还知道'曼塔号'什么？"

"嗯，千万别问船长这个问题。当然，我是从 CIA 那里了解到的，因为它对我们的侦察工作有帮助。'曼塔号'是乔治·华盛顿等级的舰艇，重 4000 吨，有一百多名船员，造价达一亿美元。如果有充足的粮食和稳定的原子反应器，它的航积能力至少 10 万海里以上。如果它和其他乔治·华盛顿级别的潜艇设备相同的话，那么它就有 16 门垂直式导弹发射管，两边各八门，用于发射北极星固体燃料导弹。射程直径 1200 英里。船员都将发射管称为'绿色的森林'，因为它们都涂了绿色的油漆，看起来就像一排排粗大的树干。从舰艇上发射的导弹具有无与伦比的杀伤力。只要一按按钮，导弹就会借助空气的压缩作用从水里喷射而出，它刚刚钻出水面的一刻，固体燃料火箭就会立即点燃，推动导弹极速射向目标。这武器真是太了不起了。你只要一想到这样尖端的武器就会感到兴奋。想象它正在世界上的某个地方从海上发射的情况，或许此时它的炮口正对着某座城市。现在，像这样的舰艇已经有 6 艘了，并且还会有更多的这样的舰艇会诞生。一提到它，你可能已经心里打战。你不知道它们在哪里，也不知道它们会在什么时候发射。它们不像原子弹基地或者火箭基地那样，能够根据设备的反应情况进行跟踪或者做出回应。"

邦德回答说："他们会找到办法发现它们的。假设导弹在深海爆炸，那么它掀起的惊涛骇浪足以将几百英里范围的任何东西都淹没。但是，'曼塔号'上还有比这些导弹更小的武器吗？难道我们要用如此出色的武器来对付'迪斯科号'吗?"

"它前面有6个鱼雷,我敢肯定,还会有其他更小的武器,就像机枪之类的。问题是怎么能让司令官下达开火的命令,他可不愿意向没有武器的公民舰艇发射飞弹。尤其不能接受两个非军方的家伙来对他下命令。更何况我们两个人,还有一个是英国人呢。希望海军的命令能和我们的一样坚定吧。"

巨型舰艇缓缓地停靠在码头上。绳子和梯子放了下来。一群穿着破烂的人挤到码头前观看,却被封锁线的警卫拦了回去。莱特说:"好了,我们上去吧。真是个糟糕的开始啊,我们连一顶礼帽都没有,怎么向高级官员敬礼呢?"

第二十章　决定时刻

舰艇的内部不可思议地大，通向里面都是楼梯，不是梯子。里面没有杂乱的东西，所有工作人员的制服都是统一的绿色。电路线用生动的颜色涂过，形成欢乐的气氛，与大部分医院一致的白色摆设形成了鲜明的对比。一位大约 28 岁的侦察员带着邦德和莱特走下两层甲板。里面空气特别凉爽（温度是 70 华氏度，湿度 46%）。走到楼梯底部，侦察员向左转，来到一扇舱门面前，门上写着"USN，海军司令官皮德森"。

船长看起来 40 多岁。他长着一张与斯堪的纳维亚人非常相似的方形脸，黑色的平头。他的眼神敏锐，透出幽默的气息，但下巴和嘴唇却显得有点凶狠。他坐在整洁的金属桌子后面抽着烟。桌子上放着空的咖啡杯，还有一本便签本。看见他们进来，船长站起来和他们握手，招呼他们坐在桌子前的两张椅子上，同时对旁边的侦察员说:"咖啡,斯坦通,请端两杯咖啡进来,好吗?"接着,他从便签本上撕下一页,递给侦察员,说:"紧急情况。"

船长坐下来,说:"绅士们,欢迎登船。邦德先生,我很荣幸有你这样一位英国皇家海军军官来到我们的船上。以前来过这样的舰艇吗?"

"有,"邦德回答,"但只是作为一名押运人。当时我在情报部门工作——英国皇家海军特别行动组。"

船长笑起来:"那太好了!你呢,莱特先生?"

"我没有,船长。但是我以前自己拥有一艘。你要用橡胶吸球和管子来操纵它。问题是他们从来不让我潜到浴缸里看它是怎么运作的。"

"哈哈,这很像海军的作风啊。他们也从不让我把这艘舰艇潜到很深的地方,除非在试验中。每一次我想要潜到稍微深一点的地方,该死的指针就会指向红线处,仪表旁边的警告事项又不时地提醒我。啊,两位绅士……"船长看着莱特说,"到底是怎么回事?这是自朝鲜事件以来最高级的紧急秘密。我不介意告诉你们,刚才我收到了海军首领的私人命令。他说,直到海军总部的人在今晚7点到来之前,我要听从你的指挥。如果莱特先生不幸遇难或者丧失指挥能力,我就要听从邦德先生的指令。到底是怎么回事?真不知道他们在搞什么!我唯一知道的是所有的密令前都加上了'霹雳弹行动'几个字。这是什么行动?"

邦德久仰船长的大名。他欣赏船长的幽默和直率,一切用来形容老海员的词语都适用于他。现在,莱特简要地将迪斯科的出发和邦德给多米塔的指示告诉船长,而邦德就一直默默地注视着船长可爱又幽默的长相。

莱特说话的时候,周围传来一些杂乱而柔和的声音。发动机持续发出的嘈杂声音被唱片的墨水点乐队的歌声淹没:"我爱咖啡,我也爱茶。"偶尔,船长桌子上的广播系统发出咔嚓咔嚓的声音,其间夹杂着接线员重复的声音:"总工程师呼叫奥本海默——总工程师呼叫奥本海默……""蓝色团队请到 F 部门。"此外,还有不知道从哪儿传来像泵水设备似的声音,每隔两分钟就响起一次。邦德感觉自己置身于一个头脑简单的机器人体中,真切感受到主人下达命令后,机器人体内的反应。

十分钟后,皮德森船长重新躺在椅子上。他掏出烟斗,漫不经心地抽起来。他说:"啊,真是荒谬的故事啊。"他笑笑,"够离谱了。要不是我收到海军部门的信号,我不会相信。以前,我一直想着总有一天会发生这样的事情。天啊!我必须带着这些导弹到处转,我还控制着一艘核潜艇!但是这不意味我不会被执行这样的任务吓倒。我有妻子和两个孩子,我顾不上他们。原子弹太恐怖了。举个例子说吧,我这船上的任何一枚导弹对准了迈阿密的话,就能威胁美国的安全。要是有人心血来潮,将船上的 36 枚导弹全发射出去,那已经足够将英国从地图上抹去。不过,"他将双手放在桌面上,"我只是举个例子。现在,我们的问题似乎不是很严重,但足以影响整个世界。我们应该怎么办?按我看来,拉尔戈随时都可能坐飞机回来,而飞机上就可能有他们不知道藏在哪儿的原子弹。如果他带了原子弹,而且按你所说的,船上的女孩会给我们报信,那么我们就追上去，占领迪斯科，然后逮捕他们，对吗？不过，要是他没有带原子弹到船上，或者出于什么原因，我们没有收到女孩的信号，那这时候又该怎么办？"

邦德冷静地说："我们紧跟着那艘船，直到最后期限来临。现在，我们大约还有二十四小时。我们现在能做的事情，就是不要做违法的事情。到最后期限的时候，一切就交给当局决定吧。他们可以决定如何处理迪斯科，还有那艘失事的飞机。当然，过了最后的期限，可能船上某个不知名的家伙就会偷偷地往美国海岸投放一颗原子弹，迈阿密可能瞬间灰飞烟灭。或者世界上某个城市轰然消失。他们有很多时间将原子弹从飞机上搬下来，然后运到遥远的地方。这是最糟糕的情况。但是此时我们只能暗中侦察一个有可能干坏事的人，不确定他身上是否有枪。侦察员这时候除了跟踪，也不能不做其他事情了。只有等他真的从口袋里掏出枪，并将枪口指向我们，我们才能朝他开枪，或者逮捕他。"邦德转向莱特说："是这样吗，菲利克斯？"

"确实如此。船长先生，邦德和我现在可以完全确认，拉尔戈就是我们要找的人，而他现在正要朝他的目标地奔去。这就是为什么我们感到恐慌并向你求助。我敢和你打赌 100 美元，他会在晚上将原子弹放置好，而今天晚上，是他最后的机会了。顺便问一句，船长，你的潜艇已经做好准备了吗？"

"是的，我们可以在五分钟后出发。"船长摇摇头，"但是有一个坏消息，先生们。我不明白，我们要怎么跟上'迪斯科号'。"

"这是什么意思？这艘潜艇的速度不是很惊人吗？"莱特急躁

地看着船长,威胁地将手中的小钢钩指向他,但又马上将手放回到膝盖上面。

船长笑笑说:"或许吧。我们或许可以走直线追上'迪斯科号',但是两位先生似乎不知道在这片海域航行的危险。"他指向墙上的一张英国海军的海域图表,"看看这张图。你们有看过哪一张图像它这样布满了数字吗?看起来就像从蚁巢里蜂拥而出的蚂蚁!这些都是水深点,先生们。我可以告诉你们,除非迪斯科一直坚持在深水航道航行,例如'海之舌',西北的普罗维登斯航道,或者东北的航道,我们才有把握追上它。其他领域,"船长挥挥手,"也许在地图上看起来没有什么特别,都是蓝色,但你真正去到了格鲁曼海域,你就知道它该死的根本和地图上的蓝色不一样。那一块大洋底下全是浅滩和沙洲,水深只有3到10英寻(测量水深单位,合6英尺或1.8米)。除非我疯了,或者在海上待腻了想到岸上找份工作,否则我绝对不会将舰艇开到水深不到10英寻的地方。当然,这样做我还得说服那些领航员,同时将船上的声呐系统关闭,不让船上的人听见海底的回响才行。即使我们根据图表在这些水深不足的地方航行,但你也要知道这是一张非常旧的图表,可以追溯到航海刚开始的时候,这些海岸五十多年来一直被海水冲刷,已经发生了改变,加上海水对浅滩的掩蔽作用,声呐对于柔软的珊瑚礁头部是没有回声的,等你们听见船壳磨着或者螺旋桨打到什么东西的时候,你才会发现,该死的,船搁浅了,到那时候为时已晚了。"船长回到他的桌子旁,"绅士们,意大利人的快艇经过了精心挑选和打造。快艇有水翼设备,它可以在水深不足1英寻的地方航行。如果它选择在浅滩上航行,我们就没有机会了。情况就是这样。"船长轮流看着他们两个,说:"你们想让我呼叫海军总部,请佛罗里达州劳德代尔堡的空军轰炸机来完成这项任务吗?"

邦德和莱特彼此看了看对方,最后,邦德说:"快艇不会选在白天动手,轰炸机在晚上也无法很好地完成任务。你有什么意见,菲利克斯?也许我们最好请他们帮忙,让飞机在海岸边监视。然后,如果船长愿意的话,我们会走西北航道,迪斯科肯定会朝 1 号目标地巴哈马火箭基地驶去。"

莱特用左手挠挠乱糟糟的头发。"该死的!"他生气地说,"见鬼,也只能这样了。我们把'曼塔号'调过来已经都蠢了,现在还要把空军中队的飞机调来?来吧、来吧!谁让我们面对的是拉尔戈和他的快艇呢?来吧,就这么办。我们就和船长待在一起吧。我还有个想法,我想请船长帮忙发个电报通知空军当局,同时抄录一份报告中央情报局和你的上司,你觉得如何?"

"电报可以直接发送给 M,写上霹雳弹。"邦德擦了擦脸,"上帝啊,这封电报就好像把猫放进鸽子群里。"他抬头看看墙上的大钟,"6 点。伦敦现在应该是半夜。正是电报最多的时候。"

天花板上的广播系统传来一阵清晰的声音:"侦察员报告船长。警察总局有一封紧急信件给邦德先生。"船长摁住开关,对着桌子上的话筒说:"让他进来。还有,准备起航,所有人做好准备。"等到对方确认信息后,船长松开了按钮。他笑着对两人说:"那个女孩叫什么名字?多米塔?啊,对,是多米塔。真是个好名字。"

这时,门开了。一个警目走进来,脱掉帽子,敬礼之后双手递过

一个黄色的皇家信封。邦德接过来,拆开。里面是警察局长用铅笔写的一则消息。邦德冷静地念出来:

"17点30分,飞机返回到船上。17点55分,'迪斯科号'起航,全速,朝西北方向。女孩登船后没有在甲板上出现过。"

邦德从船长那里借来一张空白信号纸,写道:

"'曼塔号'将通过西北航道在浅水上航行,佛罗里达州劳德代尔堡的空军轰炸机会协助海军部门。'曼塔号'将继续与海军控制基地保持联系。请通知海军部门'曼塔号'抵达的消息。"

接着,邦德在信上签名后把它交给船长,船长签了字,最后莱特也签了字。邦德将信件交给警目。警目向大家敬礼后带着信件离开了。

当门关上的时候,船长按下桌子上的对讲机。他发出了起航、在水面上航行、径直向北、航速10节的命令。接着,他将对讲机关闭。船舱里陷入了短暂的沉默。接着,外面传来一阵嘈杂的基底噪声,水手的口哨声,机械运作的声音,还有匆忙的跑步声。舰艇微微颤动了一下。船长冷静地说:"先生们,不用担心,没有问题。我很乐意帮助你们追上'迪斯科号',然后,等待女孩的信号。"

邦德听见这句话,心里咯噔了一下。他一边推敲着警察局的电报,一边担心多米塔的安危。情况似乎不妙。飞机似乎没有携带两枚或者一枚原子弹回来,如果是这样的话,出动"曼塔号"和轰炸机就没有意义了。因为没有证据,他们很容易就能将失踪的飞机和原子弹推诿到其他组织上。而真实的情况到底是什么样子,他们谁也不知道。拉尔戈的整个计划可以说无懈可击,但就是过于完美的表象,引起了邦德的怀疑。许多惊天动地的阴谋诡计都是看似在天衣无缝的掩盖下进行。拉尔戈以出海寻宝为理由,去探测飞机,安放原子弹,甚至在最后时刻逍遥地逃离海域,同时免于原子弹爆炸的危险。但是原子弹在哪里？它已经被运送上船了吗？多米塔是因为某些原因不能到甲板上传递信号吗？还是说,迪斯科改变航向,去其他目标区域了呢？失事的飞机还在西边沉着,迈阿密和美国其他海岸可能就是攻击的目标。或者,他们会突然转舵向北航行,那里密布暗礁,会使所有的跟踪毁于一旦。

邦德的大脑里冒出许多可怕的假设。他和莱特、还有"曼塔号"似乎在进行一场疯狂的赌博。如果原子弹在船上,如果"迪斯科号"向北转舵去大巴哈马群岛和飞弹目的地,然后再向西北航行的话,那么,"曼塔号"就能及时追赶上它。但如果所有的猜测都是正确的话,为什么多米塔还没有传递信号呢？难道,她出什么意外了吗？

Thunderball

第二十一章 "轻轻地、慢慢地"

"迪斯科号",犹如一个黑色的鱼雷,飞速地驶过靛蓝色的如镜子般的海面,泛起无数白色的水花。船上宽敞的会议室里一片沉默,只有发动机的轰鸣声和水流撞击船体的声音。虽然,他们为了不让外面的人看见船上的灯光,已经将船舱里的百叶窗关上,但屋里唯一发出光亮的,是屋顶上一盏简单的航海灯。暗红色的灯光刚好照亮了长桌子旁二十个男人的嘴脸。他们的影子随灯光的摆动在微微摇晃,给人一种置身于地狱中密谋的恐怖感觉。

在桌子的正位上坐着拉尔戈。虽然船上开了冷气,但汗珠还是不断地从他的脸上冒出来。他的声音略带紧张和嘶哑。"我必须要说,现在的情况很紧急。一个半小时前,17号发现多米塔小姐在甲板上。她站在那里,手里拿着一台照相机。当17号走过来时,她正举起相机,要拍巴尔米亚的景色,但可笑的是,她连镜头盖都没有打开。17号不禁怀疑了。他向我报告了这件事。我将她带到她的房间里。她拼命挣扎。她当时的态度令我起了疑心。我不得不强制把她带下去。我拿过她的相机,开始检查。"拉尔戈停顿了一下,接着,他一字一顿地说,"相机是假的。它其实是一台盖格计数器,里面安装了顶级的感应器,能记录大范围内的情况。随后,我弄醒了她,并开始审问她。她不肯说话。在适当的时间,我应该强迫她说出理由,然后把她杀死。这时候,船开始航行了。我再次让她昏了过去,然后用绳子将她绑在床上。现在,我和你们开会就是为了说这件事。我早已经告诉了2号。"

接着,拉尔戈沉默了。桌子上传来一个威胁性、夸张的低吼声。那是14号,一个德国人。他咬牙切齿地说:"1号,那么2号是怎么说的?"

"他说我们继续执行计划。他说满世界都有盖格计数器在找我们。全世界的秘密机构都行动起来与我们对抗。拿骚也有多管闲事的人,也许是警察命令搜查海港里所有的船。也许是多米塔小姐被收买了,才将计数器带到船上。但是2号说,一旦我们将武器投放到目标区域,就没有什么好害怕的了。我已经让无线电员监听拿骚和美国海岸间所有值得怀疑的信号。但目前为止都没有出现不正常的情况。如果我们被盯上了的话,拿骚肯定会频繁与伦敦和华盛顿通讯。但现在一切都很安静。所以行动会继续按计划进行。当我们安全离开这片海域时,我们将释放原子弹的铅筒,让多米塔那个女人在这里安息吧。"

14号坚持:"但是你应该先从这个女人口中挖出真相。否则我们可能处于被动状态,一想到我们可能被怀疑了,就特别郁闷。"

"审讯会在会议结束后马上开始。如果你想要我的意见,那么我认为,昨天来到船上的两个男人,邦德和拉尔金先生,就很可疑。他们也许是特工。那位叫拉尔金先生的也有一台照相机。我并没有仔细看,但是它和多米塔小姐的那台非常相像。我很自责,没有更留意这两个男人。但是他们的故事很令人信服。明天早上我们回拿骚的时候,我们一定要小心谨慎。多米塔小姐到时候会被扔进海里。我会编造一个完整的故事。当然,司法当局会审问我们。虽然令人生气,但也没有什么大不了。我们的证词无懈可击。用钱币来作为我们今晚不在场的证据十分聪明。5号,那些钱币的腐蚀情况是否还令人满意?"

5号就是那个物理学家科特兹。他审慎地说:"再令人满意不过了。但是它们会被送去检查,一次粗略的检查。它们确实是17世纪的古钱币。海水对金子和白银并没有太多的影响。我已经在上面洒了少量的酸。它们肯定会被送去法医那里检查,然后宣布归寻觅者所有。即使是专家也无法说出这些宝藏的来历。我们也许可以透露水的深度,假设是10英寻。我们的故事不可能有漏洞。礁石外面往往是深水。多米塔小姐的水肺也许出了些问题,然后跌入了深达100英寻的海底,当然,这个数字是我们后来用声呐探测的。我们已经尽了最大努力劝她不要参与寻宝,但她坚持自己是一个游泳能手。冒险的浪漫对她来说,太具吸引力了。"5号摊摊双手,继续说,"出现这样的事故也很自然,毕竟每年在海中遇难的人不在少数。我们展开了营救,但是海里出现了鲨鱼。寻宝工作也中断了,于是我们立刻返回拿骚,报告这场悲剧。"5号坚定地摇摇头,说,"我似乎没有理由为这个悲剧感到悲伤。但是我支持你对多米塔进行审讯。"他转向拉尔戈,"据我所知,电击非常有用。人的身体无法抵制。如果有需要我的地方……"

拉尔戈同样用礼貌的声音回答。两个人的谈话就好像两位医生在讨论如何治疗晕船的乘客。"谢谢,我有办法让结果令人满意。但是如果我审不出什么结果,我肯定会请你帮忙。"拉尔戈低头看了灯光下的各张脸。"现在,我们快速讲一下最终的计划。"他看了一眼手表,"现在是午夜。3点前还有两个小时的月光。天会在5点的时候开始亮。所以,我们有两个小时完成计划。我们的航线是从南向西进入海岛。我们即使离目标地再靠近一点,也会被认为是稍微偏离航道的快艇而已。我们会在3点整抛锚,然后游泳队会游半个小时到达指定地点,你们当中十五个人会参与到其中,并按队伍保持前行,以免走散。我背上的蓝色手电筒就是指示,万一有人掉队,请迅速返回船上。清楚了吗?护卫队的第一职责就是要小心鲨鱼和梭鱼。我再一次提醒你们,你们的枪支射程只有20英尺。你们打鱼的时候,一定要对准它们的头部。最好让身边的人一起做辅助射击。不过,如果枪上有毒的话,那么一枪就能打死一条鱼。"拉尔戈坚定地将双手放在桌子上,"请你们原谅我一直在重复这些话。我们已经进行了多次训练,我有信心,一切都会进展顺利。但是水下还是我们不熟悉的地方。会议后,你们都会拿到'右旋安非他命'药片,它能缓解神经系统的紧张,让你们异常兴奋和刺激。总之,我们一定要为无法预料的事情做好万全的准备。还有其他问题吗?"

在计划最初的筹备阶段,也就是几个月前在巴黎,布罗菲尔德提醒过拉尔戈,如果团队中有人引起麻烦的话,肯定是那两个俄国人,魔鬼党的前成员,10号和11号。"满腹阴谋诡计,"布罗菲尔德曾说,"他们和你联手心怀不轨。这两人行动时总会不信任你的计划。他们经常怀疑自己是计划中的牺牲品,比如,让他们做最危险的工作,或者把他们推向警察,或者将他们杀死,然后卷走他们的全部财产。会议上,他们无一例外都会提出异议,即使是大家都一致赞同的计划。在他们看来,所有人都有意加害他们,或者对他们有所隐瞒。我们不得不再三保证,我们没有隐瞒的地方。但是,他们一旦接受了任务,就会全力以赴执行,甚至牺牲也在所不惜。我们非常需要这样的人,他们都是有特殊本领的人。但你一定要记住我说的话,要是有任何麻烦,或者他们试图扰乱队伍人心,那么你一定要当机立断采取行动,团队中绝对不允许有不忠之人。他们是潜在的敌人,甚至可以摧毁整个固若金汤的计划。"

现在,10号,名噪一时的恐怖主义者开始说话了。他正坐在拉尔戈左边的第三个位置。他并没有和拉尔戈示意,而是向全体致意。他说:"伙伴们,我在想1号刚刚所说的事情。依我看,这个计划会非常顺利,也没有必要暴露第二枚原子弹。我有一些关于这些岛屿的文件,我还从巴哈马的《游艇》杂志了解到,我们的目标地几英里之外有一家新旅馆,当然,附近也散落着一些城镇。所以,我猜原子弹的爆炸会造成两千人死亡。在我们国家,两千人不算什么,他们的死亡,和导弹基地的发展相比,更不值一提。在西方国家,这可是惊天动地的大事。这些人的死和抢救幸存者对他们来说是一件极为难过的事情。所以,他们一定会被迫接受我们的条件。这样我们还能保存第二枚原子弹。事情肯定会是这样,同志们,"他的声音激动起来,"我的意思是,在短短二十四小时里,我们就会完成这个伟大的任务,将大笔财富收入囊中。"他被灯光照到昏暗的脸露出一丝诡异,"有这么多钱快到手了,我有一个很可怕的想法。"拉尔戈此时把手伸进口袋里,打开了柯尔特25号手枪的保险扣。"我不会和我的俄国同伴11号一起执行任务,也不会和组织里其他成员一起执行任务。我不能容忍有任何值得怀疑的地方没有得到澄清。"

会议室里是死一般的沉默,有种不祥的预兆。在座都是特务或者阴谋家出身,他们已经嗅到了空气中叛变的味道,不忠诚的影子在步步紧逼。10号知道了些什么?他要揭发什么阴谋?所有人迅速做好了戒备,警惕那只随时从牢笼里一跃而出的老虎。拉尔戈将口袋中的枪迅速取出来,紧贴着放在大腿上。

"用不了多久,"10号观察大家的神情,继续说,"我们中的十五个人,就会离开这艘船,游向那……"他指着船舱的墙壁,"黑暗的深海。至少要游半个小时。到那个时候,"他的声音沉下来,"万一留在船上的人把船开走,把我们留在海里,会怎么样呢?"桌子上传来一阵细语。10号举起手,继续说,"虽然我的想法很荒唐,但也不是没有理由,伙伴们。我们都是同样的人,毫无疑问,你们也有相同的想法。我们都是魔鬼党的人,现在情况紧急,但就算是最好的朋友和伙伴,也会出现利害关系。如果我们当中有十五个人离开快艇去到海里，那么留在船上的伙伴们可以随便编造一个缘由，说我们到水中和鲨鱼搏斗，最后英勇牺牲了，那他们会多享受多少财富呢？结果又会怎么样呢？"

拉尔戈平静地说："你有什么提议，10号？"

10号第一次看向他。他无法看出拉尔戈眼神的含义。他继续说："我建议，每个国籍留一个人在船上。下海的游泳队人数就减到10个。不过，这样一来，那些冒着生命危险的到海里完成任务的人，才不会有顾虑。"

拉尔戈用礼貌但没有感情色彩的语调说："针对你的想法我的意见非常简单，10号。"说话间，拉尔戈大手的拇指在昏暗的灯光中一闪，扣动了手枪的扳机。三颗子弹疾速地射向那个俄国人的脸。子弹速度之快，让人觉得只有一颗子弹。10号举起两只虚弱无力的手，手掌朝前，似乎要抓住任何一颗子弹。但他的腹部却猛地撞向桌子的边缘，然后重重地向后倒去，最后躺在地板上一动不动。

拉尔戈将刚发射过的手枪枪口放在鼻子下面，若无其事地嗅一嗅，仿佛那是芬芳的香水瓶。会议室一片死寂，拉尔戈慢慢地观察在座的每一张面孔。终于，他缓缓地说："会议现在结束。请所有人回到船舱，利用最后的时间检查设备。厨房已经准备好了食物。想要的话，每人还能喝一点酒。我会派两个人来处理10号的尸体。谢谢。"

大家都离开会议室后，拉尔戈站起来，活动活动身子，打了一个大大的哈欠。接着，他走到餐柜前，打开一个抽屉，找到一盒皇冠牌雪茄烟。他抽出一支，点燃。接着，他从冰箱里取出一个储藏着冰块的红色橡皮袋。他拿着雪茄和冰袋,从会议室里出去,来到了关着多米塔的船舱里。

他进入船舱,锁上门。这个船舱也像会议室一样,只在天花板处点了一盏红色的航海灯。灯下,多米塔静静地躺着,就像一只海星,她的双手双脚都被皮带紧紧地绑在铁床的四个角上。拉尔戈把冰袋放在桌子上,然后小心翼翼将雪茄靠在桌子边缘,以免点燃着的雪茄烧到了桌子。

女孩看着他,黑色的眼睛露出红色的愤怒的光。拉尔戈说:"亲爱的,曾经,你的身体给我多大的快乐。除非你告诉我,是谁给了你那个计数器,不然,作为回报,恐怕我就要给你带来巨大的痛苦了。带给你痛苦的将会是这两样东西。"他拿起雪茄,将烟头吹得通红。

"它会让你感受到热,而这些冰袋会让你感受到冷。放心,我会科学地使用它们,你保证会开口说话。等你哭够喊够了,自然会告诉我真相。现在,你要怎么选择呢?"

女孩如死一般的声音充满了愤怒。她说:"你杀死了我哥哥,你现在又要杀死我。来吧,享受杀人的快乐吧!死神已经向你靠近了,等他来到的时候,用不了多久,我会祈求上帝让你承受比我们兄妹俩还要多千万倍的痛苦!"

拉尔戈尖声地笑起来。他走到床边,说:"非常好,亲爱的,我知道要怎么惩罚你了,我会轻轻地、慢慢地……"

他弯下腰,钩住多米特胸前的衣服,慢慢而用力地将衣领连同内衣一起,从上面一直撕裂到了下襟。接着,他又将衣服拉开撕成两半,这下,多米塔整个身体都暴露出来。他小心而颇具意味地检查了她的裸体一番,然后走向桌子,拿来雪茄和冰块,回到床边坐下来。接着,他猛地吸了一大口雪茄,将烟灰敲落在地板上,然后慢慢地俯下身来……

霹雳弹

第二十二章　影子

曼塔作战中心里异常地安静。皮德森船长坐在操作声响测探机工作人员的后面,不时地回过头来对身边的邦德和莱特做一些解释。邦德和莱特坐在帆布靠背椅子上,这种椅子是海军舰队特制的,能很好地避免因为船体晃动和加速而翻倒。他们的位置和潜航深度表和航速表挨得很近,但它们都被掩蔽在罩子下面,除了负责航行的人员外,其他人都看不见。负责航行的有三个人,他们三人并排坐在红皮革椅子上,娴熟地操作方向盘以及前后水平翼,就像驾驶员驾驶飞机一样。现在,船长离开座位,来到邦德和莱特身边。他高兴地说:"这里水深30英寻,最近的暗礁在西边1公里处。现在,我们弄清楚了去大巴哈马群岛的航线。船航行的速度也很理想。如果我们继续保持,四个小时后,也就是天亮前一个小时,我们就会到达大巴哈马群岛。现在,吃点东西休息一会儿吧。目前一个小时内，雷达上不会有什么发现，现在屏幕上显示的全是贝利群岛的岛屿。我们驶过这些群岛后就能看见宽阔的海面。然后问题就来了。我们届时会看见一个礁石般的东西，正在以与我们平行的航速快速地向北航行。如果我们在屏幕上看到了，那它肯定是"迪斯科号"。如果它在那里，我们就会潜下水。你会听到警报。不过你可以翻个身继续睡。如果不确定原子弹是否还在船上，那什么事情都不会发生。不过一旦确定，我们就得好好计划了。"船长走到楼梯口，说："不介意我先带路吧？小心脑袋别撞到头顶的管子。这艘船唯一的不足就是空间太狭窄了。"

他们跟着船长，沿着通道来到一间嘈杂的大厅，里面灯火通明，墙上是粉色和绿色相间的壁板。他们找了一张远离其他军官和水手的桌子坐下。餐厅里其他人好奇地看着他们。船长指着房间的墙壁说："和旧式的舰艇不一样，这里稍微改装了一下。你会很惊讶，有多少专家参与到舰艇的设计中。如果你想让你的船员快快乐乐地在舰艇里待半个月，那么这种设计很有必要。专家说，我们不能只运用一种颜色。如果船员长期面对一种颜色，看不到对比的色调，那么他们的视力会受到影响。这个大厅用来放电影和观看闭路电视、玩纸牌、骑士比武，还能赌上几把，任何能让船员从乏味而紧张的工作中解脱出来的活动，这里都有。你注意到了吗？这里没有厨房或者引擎的味道。船上安置的静电沉淀器已经将那些讨厌的气味过滤掉。"

一个服务员带着菜单走过来。"现在，让我们开始享用美食吧。我要弗吉尼亚烤火腿加番茄肉汁、苹果派和冰淇淋，还有一杯冰咖啡。服务员，番茄汁要热乎的。"说完，他转向对邦德说，"一出海港，我的胃口就特别好。你知道的，船长讨厌的不是海洋，而是陆地。"

邦德点了一份水煮蛋和黑麦面包，外加一杯咖啡。他为船长一番鼓舞人心的话感到高兴，尽管他本身没有什么胃口。总有一种折磨人的紧张感流遍全身，这种紧张感大概也只有在"迪斯科"出现在雷达上才能消除吧。除了担心整个行动计划，他还担心多米塔。他向多米塔透露了如此多的真相，是不是说明他很信任她了呢？她会背叛自己吗？她被发现了吗？她还活着吗？邦德喝了一大口冰水，心不在焉地听船长解释如何在海上通过蒸馏的方式得到冰块和水。

终于，邦德对谈话的内容感到不耐烦了。他说："请原谅我，船长，但是我能打断一下吗？我想弄清楚，如果我们在大巴哈马发现了迪斯科，那下一步要做什么？我不清楚我们的下一步行动，虽然我有自己的看法，但是你们是怎么想的？是直接靠拢登船搜查，还是干脆把它击沉在海里？"

船长用疑惑的眼神看着他，说："我很乐意能将所有的事情都留给你处理。海军总部说，我要听从你的命令。我只是负责开船而已。如果你告诉我你的想法，我很愿意按照你们的要求去执行，只要不有损我的船……"他笑着说，"不损伤得太厉害就行。如果在最后关头，海军也下达命令，需要这艘船牺牲的话，那我也只有执行命令了。作战中心告诉我，要绝对服从上级的命令。我完全赞同此次的行动方案，这些就是我要说的话。那么，现在请你告诉我下一步该怎么办?"

食物来了。邦德吃了几小口水煮蛋便将它们推开了。他点燃一支香烟,看着莱特说:"我不知道你现在有什么想法,菲力克斯,但我的想法是,凌晨4点的时候,我们会看见"迪斯科号"在贝利群岛的掩护下向北航行,到达大巴哈马火箭基地外的某个地方。假如没错,我已经根据地图观察了海上的情况,如果"迪斯科"打算尽可能靠近目标地投放原子弹的话,它应该会在距离海岸1英里,水深大约10英寻的地方停泊抛锚,或者在靠近海岸半英里甚至更近的地方,将原子弹放在水深12英寻的地方,然后开启定时引信,让目标地化为灰烬。这就是我的想法。"迪斯科号"可能在天刚亮的时候离开,这时候西部海岸的海上交通最为繁忙,迪斯科一定会出现在雷达屏幕上,但也会混在其他快艇中,所以无法识别。假设原子弹的爆炸时间限定在十二小时,那么拉尔戈就能在爆炸前离开,回到拿骚或者更远的地方,如果他想的话。为了钱,他肯定会带着他的寻宝故事回到拿骚,然后等待魔鬼的下一个任务。"邦德停顿了一下。他不去看莱特的眼,"所以,除非他成功地从多米塔那里获取了我们的信息。"

莱特满怀信心地说:"天啊,我不相信多米塔会说出去。她可是一个嘴硬的美人啊。要是她说了出来,拉尔戈只会在她脖子上吊一块铅,然后沉到海里喂鱼!然后编个故事,说她的水肺坏了,在中途遇难了。拉尔戈肯定会回到拿骚,伪装得像摩根公司一样无懈可击……"

船长打断了他们的对话,说:"先不说这些吧,邦德先生,暂且相信那天使般的女孩不会透露我们的信息,你认为拉尔戈会以什么样的方式把原子弹运出快艇,送达目标地呢?我同意,根据地图看,他不太可能让快艇过于靠近目标地,如果他这样做了,水上护卫队会找他们的麻烦,我从内部得到消息,火箭发射基地设有护卫船只,它们会在进行发射试验的时候,赶走附近的渔船。"

邦德恍然大悟地说:"我知道迪斯科水下工作室的真正目的了!他们有水下的拖拉装置,很可能是电力装置。他们会将原子弹放在这种装置上,然后靠一支水下队伍潜水将它拉到目标地,把它安置好后再重新会回到船上。不然的话,为什么他们有这些水下装备呢?"

船长缓慢地说:"你也许是对的,邦德先生。很有道理,但是你希望我怎么做?"

邦德看着船长的眼睛,说:"只有一个关键时候能够将他们一网打尽。如果我们太快下手,'迪斯科号'可以逃走,也许是几百码,然后把原子弹往100英寻的深海一扔。要抓住他们,还有原子弹,至少是第一颗原子弹,就要在他们离开船,护送原子弹到目的地的途中。我们可以派出水下队伍,抓住他们的水下护送队。第二枚原子弹,如果还在船上的话,也没有关系。我们可以把船连同第一枚原子弹一同击沉在海里。"

船长低头看着他的盘子,他把刀叉整齐地放在一边,顺手拿起勺子,搅动咖啡里面的冰块。细碎的冰块在咖啡杯里叮当响。他把杯子放回在桌子上,抬起头,目光先投向莱特,然后是邦德。他若有所思地说:"你说得非常有道理,邦德先生。我们的船上有大量的水肺和水下设备。我们还有十个在核武器基地受过严格训练的精英潜水健将。但是他们只用刀子和敌人对抗。我待会会征募一些志愿者。"他停顿了一下，随后又问，"谁会带领他们去？"

邦德说："我来。潜水恰好是我的爱好之一。我知道应该加倍小心什么鱼，也知道哪些鱼对人没有危害。到时我会简单地向你的人说明……"

莱特打断说："你们别想留我在这里吃弗吉尼亚火腿。算上我一个。"他举起装着闪亮亮的钩子的手，说，"不管我是跛脚还是四肢健全，总有一天游泳比赛我会超过你半英里。当有东西咬掉你的一只胳膊时，你就会明白。医生说这是一种补偿作用，当人失去某部分器官时，其他器官的功能就会得到增强。"

"好吧，好吧，"船长笑着站起来，"我会让你们两个英雄去战斗，我现在要通过广播招募志愿者了。然后我们再研究一下地图，检查水下设备。你们肯定没办法安心睡觉了，我给你们准备一些安眠药，你们会用得上的。"船长摆摆手，打着哈欠离开了嘈杂的大厅。

莱特对邦德说："讨厌的坏家伙。你是想把你的老搭档抛在一边，是吗？上帝啊，你这个不仗义的英国佬！"

邦德笑着说："我怎么会知道你也有兴趣呢？我还以为你那个肉钩子没有什么用呢。"

莱特冷冷地回答："你会大吃一惊的。这只胳膊抓住的女孩子，从来就没有谁能逃得过。现在，言归正传，我们游泳的时候应该注意什么？我们能把刀子做成长矛吗？在黑暗的水下，我们怎么分清谁是队友谁是敌人？我们必须让整个计划滴水不漏。那个皮德森是一个好人。我们不希望他的手下在海里被愚蠢的队友杀死。"

这时,船长的声音从头顶的广播系统中传出来:"请注意!我是你们的船长。在这次行动中,我们很有可能遇到危险。我会告诉你们危险从何而来。这艘船是被美国海军总部选中参与到行动中的。这次行动的重要性与战争的重要性等同。我会告诉你们发生了什么事情,这些在进一步命令下达前,还是高级机密。事情是这样的……"

睡在值班室里床铺的邦德,突然被一阵警报铃声吵醒。铁制的广播系统传来一阵声音:"潜水站台,潜水站台!"几乎是与广播同时响起的,还有床铺震动、远处发动机的声响。邦德立刻清醒过来。他笑笑,然后从床铺上爬起来,沿着船舱来到作战中心。莱特已经在那了。船长从船员那边转过身来。他神情严肃,说:"看来你是对的。我们发现了'迪斯科号'。它大概在距离我们5英里的地方,也就是2点钟的方向,以每小时30节的速度前进。没有其他船能达到这个速度,或者以这样的状态航行。船上没有灯光。你可以通过望远镜观察一下。看来,他们提高了警惕,船上安装了许多用于探测的高级设备。现在月亮还没有出来,但是当你的眼睛适应黑暗的时候,你会看见那团朦胧的白色。"

邦德俯下身凑到橡皮制的瞭望孔前。一分钟后,他看见了"迪斯科号",一艘线条流畅的白色潜水艇。邦德站起来,问:"它的航线是什么?"

"和我们一样,大巴哈马的最西端。我们现在会继续往下沉,然后加快速度。我们的声呐会继续捕抓它的动态,绝对不会让它消失在视线外。我们会和它保持平行，最后慢慢靠近。天气预报说下半夜会起风，风向偏西，这有利于我们的航行。但愿我们出动潜水队的时候风不要太平静了。我们把人放出去的时候，水面上一定会冒出很多泡泡。"接着，他转向一位穿着白色军装的魁梧军官，向他们介绍说："这是佩蒂军官。他负责管理潜水队，当然，他也会听从你和莱特先生的命令。所有顶尖的潜水队员都自愿加入到行动中。佩蒂从中挑了九个人。我会让他们随时准备待命。也许你需要和他们沟通一下，交代在水下的注意事项。我认为纪律是最重要的，是吗？我们的军械师现在正在为队员们准备武器。"他笑着说。"他找到了 12 把锋利的刀。让船员们奉献出自己的刀可不是一件容易的事情，但他做到了，并且把刀子磨得如针尖般锋利，还加上了牢固的手柄，没准他会让你报销那些，不然等事情一结束，供给官可就不放过他了。好吧，待会见。还需要什么尽管提。"说完，他继续回去观察海上的情况。

邦德和莱特跟随佩蒂军官沿着船舱来到下层甲板的发动机控制室。路上，他们经过了一个反应堆房间。反应器相当于一个被控制的原子弹，能够在人工的控制下慢慢释放出不可思议的能量。它被及膝盖高的厚重铅制墙严密地围着。他们经过这个房间的时候，莱特小声对邦德说："这是液态钠 B 型中能中子反应堆。"说完，他在胸口画了个十字。

邦德伸出脚踢了踢旁边的反应堆："蒸汽时代的产物，我们海军用的是 C 型。"

他们经过了一个狭长而低矮的房间，里面配备了各种形式的精密武器,令人叹为观止。在房间的一端,整齐地站着9个穿泳裤的潜水志愿者。可以看出来,他们都是训练有素、体格强壮的水手。一旁有两个身穿灰色制服的人在昏暗的环境下工作,只能看见些许白光从刀刃上反射。旁边的车床在呼呼地紧张运作,黑暗中能看见车床上蓝色和橘黄色的手柄。有的潜水员已经拿到了特制的鱼叉。一番介绍后,邦德拿起其中一把鱼叉仔细观察起来。这确实是一种能致命的武器,刀刃已经被磨砺得十分锋利,靠近刀尖的地方有许多倒刺钩,刀尖像针尖一般细。手柄牢固且便于抓握。邦德用拇指试了试刀刃,看来,就算是鲨鱼,也无法抵挡这样锋利的武器。但是,敌人会使用什么武器呢?肯定有 CO_2 气枪。邦德微笑着看着几位身强体健的年轻人。一会儿肯定会有人员伤亡,也许伤亡惨重。所有事情都必须做到完美。但是眼前九个人,还有他和莱特白皙的皮肤,在月光下肯定会暴露无遗。在距离地方 20 英尺的地方就能被发现,然后被射击,那刚好在射程范围内。邦德对佩蒂军官说:"我想知道船上有没有橡胶制的潜水服?"

"当然有,长官。潜水服在冷水中逃生是必需的。"他笑着说,"我们并不总是在热带海域中航行。"

"好,那么所有人都穿上潜水服。你能在他们的后背上,用白色或者黄色的颜料涂上大个的数字吗?这样我们都能知道谁是谁了。"

"当然没问题。"他对自己的手下说,"嘿,方达和约翰森,去把黑色的潜水服取来。布莱恩,把油漆拿来,在潜水服后面涂上号码,1 英寸大小,数字从 1 号到 12 号。现在就去。快!"

没一会儿，所有的黑色潜水服都像蝙蝠一样挂在了墙面上。邦德集合所有队员："先生们，我们就要在水下经历一场地狱般的恶战了。可能会有人员伤亡。有人想改变主意吗？"所有人都微笑着看着他。"好，那么我们将会在水深 10 英尺的地方游上半英里。对于你们来说应该不吃力。月亮很快就会出来，能看见水底的白沙和海草。大家放松，跟住我，1 号后面，组成三角形的队伍前进。后面的 2 号是莱特先生，3 号是佩蒂军官。潜水的时候一定要时刻保持这样的队形，紧跟在前面号码的后面，这样大家都不会迷路。现在，请你们检查一下身上的设备。从海图上看，这一带没有大型的珊瑚礁，只有一个散乱的小珊瑚丛。但你们要注意这些珊瑚丛，千万不要让自己受伤，这个时候，大鱼可是非常饥饿的，小心别当成它们的早餐了。所以你们必须时刻警惕从身边游过的大鱼，避免成为它们的阻碍物。如果真的躲不开，你们就三个人一同用鱼叉刺向它。要记住，鱼不会轻易攻击人类。你们要靠近一点游，让大鱼误以为我们是一条黑色的鱼，这样我们在水下的行动就会更方便。还有，要小心珊瑚礁上的海胆，别被它们刺中了。握刀的时候，手尽可能握住刀刃附近的位置。最重要的是，一定要保持安静。我们不能让对手有所察觉。敌人有 CO_2 气枪，射程大约 20 英尺。但是他们需要重新上膛。如果有人瞄准了你，尽量缩小目标范围。在水中保持平衡，不要向下用力踢脚，那将会扩大你们成为对方攻击目标的概率。一旦对方开枪了，你就要以最快的速度，在对方重新上膛前，用鱼叉将他们置于死地。不管是身体的哪个部位，全力向敌人刺去。如果受伤了，退出战斗，游到珊瑚丛或者浅水的地方休息。如果鱼叉刺中了你,千万不要试着把它拔出来,你只要捂住伤口,等待救援。佩蒂军官会带着信号灯,一旦战斗开始,他就会朝水面打开信号灯,你们的船长会派救生艇,士兵和医生来支援你们。你们还有问题吗?"

"从潜水艇出来后,我们要做些什么,先生?"

"尽量使水面保持平静,迅速沉到10英尺的地方,按照刚才的安排,各就各位。海风或许会对我们有利,但我们一定不能扰乱了海面,尽量安静地行动。"

"水下的交流怎么进行呢?假设面具有问题或者发生特殊情况?"

"拇指向下,表明有紧急情况。手臂竖直表明有大鱼,拇指向上表明'我明白了'或者'来帮助我',你们记住这些就够了。"邦德笑着说,"如果双脚向上,那就说明你已经完蛋了。"

大家都哄笑起来。

突然,广播系统传来通知:"潜水队立刻到逃生舱口集合!重复一遍,潜水队立刻到逃生舱口集合!做好准备!做好准备!邦德先生请到作战中心!"

发动机里传来垂死般的呻吟声,那是"曼塔号"受到轻微撞击发出的声音。

Thunderball

第二十三章　赤身搏斗

在压缩空气的强作用下,邦德冲出了应急舱口,被射到海水中。邦德很高兴看到,由于他俯冲的速度特别快,海面上仅仅泛起了寥寥几个气泡。水肺已经开始工作,气泡像一个小炸弹一样,升到水光闪闪的海面。邦德的耳朵隐隐作痛。为了减轻压力,他一边用力地踢脚蹼,一边慢慢地向下潜,直到沉到了水下 10 英尺的地方。在他的下方,"曼塔号"狭长的黑影看起来十分邪恶和凶险。想到里面灯火通明,上百号人在工作,邦德就感到毛骨悚然。现在,曼塔的应急舱口又进行了第二次发射,莱特也冲了出来,射到了离邦德不远的地方。在等待其他队员出来的时候,邦德离开水下的地方,升到水面上。他小心翼翼地看着海面上的黑色的庞然大物。这个黑色的大家伙停泊在距离他们左边不到 1 英里的地方,好像随时要朝邦德他们射击一样。船上没有任何活动的迹象。向北 1 英里的地方就是大巴哈马海岛的狭长海岸线。白色的沙滩和细微的波浪仿佛是镶嵌在海盗周围的花边。小块的珊瑚礁和沙洲零散分布。在海岛上,高大的火箭起重器隐约露出黑色的轮廓,红色的警示灯不停地在闪烁。邦德克服水中的压力,紧紧地握住鱼叉,重新回到水下。他在水下10英尺的地方停下来,保持身体像一个指南针一样,沿着既定的航线游动。其他人也按照预先规定的位置,跟在邦德后面游动。

十分钟以前,皮德森船长极力地压抑心中的兴奋,表现出一副冷静的样子。"确实,一切如你预料的进行!"他用惊奇的口吻对邦德说,"他们在十分钟以前停下来,然后,声呐就一直探测到一些奇怪的声音。正如我们所预料的,那声音来自水底,他们在启用水下设备。此外,没有其他情况了。我猜你们可以开始行动了。一旦你们出去,我就会将天线浮出水面,然后向海军总部发送报告,让导弹站做好准备,以防事情发生变化。接着,我会将潜艇上升到大约20英尺的地方,并安放两枚鱼雷,用潜望镜随时观察水下的动态。我命令佩蒂军官携带了另一枚信号弹,并告诉他如果真的发生了对我们不利的情况,要马上发射信号,我们立刻赶去支援。不过,我不能像他们那么冒险。如果第二枚信号弹发出,我会尽量靠近,把"迪斯科号"撞出一个或两个4英寸的口子,然后登船。接着,我会像地狱的魔鬼一样粗鲁,直到原子弹被发现或者确认处于安全状态。"船长怀疑地摇摇头,他用手摸摸自己的平头,说,"现在的情况简直比地狱还糟,长官。我们好像被蒙住了眼睛,只能靠耳朵去听。"他舒展舒展手臂,"好吧,你们最好现在出发吧。祝你们好运。希望我的船员都能平安无事地回到船上。"

这时,邦德感觉有人在背后拍了拍他的肩膀,回头一看,原来是莱特。他透过面具微微一笑,然后朝上竖起了大拇指。后面的队员都按照预定的队形游动,他们的脚蹼和手臂在水中缓慢地摆动,一切依计划进行。邦德点点头,然后继续缓慢地朝前游动。他一只手在有节奏地拨动海水,另一只手牢牢地握住胸前的鱼叉。在他身后,身穿黑色潜水服的队员们就像一条气势凶猛的大黑鱼,在有规律地游动。

密封的潜水服里是又热又黏糊,从水肺输到肺里的氧气也有一股橡胶的味道,但是邦德忘记了潜水服的不适,他一心保持平稳的速度向前游动,在如死亡一般的航线上任凭海浪冲击头部。

远处,如舞者般跳跃的月影照在队员身上,水底是白色的沙粒,偶尔会遇到黑色的斜坡。周围除了海藻,什么也没有,就像夜晚苍白而空旷的海洋大厅。巨大的寂静感足以磨炼邦德的意志力。他甚至希望有如黑色鱼雷般的大鱼出现,好用自己的眼睛和感官去探索黑色入侵者的来意和力量。但是什么也没有,没有任何东西出现。只有大片的海藻和越来越陡的斜坡。

为了安慰自己一切顺利,邦德迅速地查看了一下后面的队伍。是的,所有人都在,十一个戴着面具的人形在身后晃动着,脚蹼和双手仍旧有规律地摆动。他们手中的鱼叉在冰冷的月光下发出冷冷的寒光。"上帝啊,如果我们能够成功完成任务就好了!"一想到这些,邦德的心就快速地跳动起来,但很快又被内心深处对多米塔的担忧所抑制住了。如果她是敌人队伍中的一分子怎么办!如果在战斗中他必须与她面对面怎么办？难道用刀子对着她？但一切只是假设，邦德为自己的荒谬想法感到可笑。多米塔肯定安全地待在船上，等任务圆满完成的时候，他很快就能再见到她了。

这时，眼前出现了小型的珊瑚礁，邦德的思绪重新回到现实。现在，他警觉地向前方望去。越来越多的斜坡出现了，珊瑚礁上时不时游过大大小小的鱼群，有如海底生物组成的森林。一丛丛海扇形成如潮汐般的景象，在水中的样子就好像女子浮动的秀发。邦德放慢了速度，感到莱特还是佩蒂撞到了他的脚蹼。他用没有拿鱼叉的那只手做了一个放慢速度的手势。现在，他小心翼翼朝着先前看好的一块礁石游去。他们渐渐游向那块礁石，邦德刚才就是以这块礁石作为航向的参照物。现在比原来大概向左偏了20米。他游到那里，命令队伍停止前进，就地待命。他谨慎地把头探出波浪浮动的海面。"迪斯科号"的身影就在眼前。是的，它还停泊在那里。明亮月光下的迪斯科越发地沉寂，仿佛船上没有任何生命的迹象。邦德极其缓慢地在水中游动，上下打量着船艇。一个人也没有。海面在月光下泛起波澜。邦德悄悄爬到礁石的另一边。他仔细观察水面，看是否有活动的黑影或异常情况。500码之外的地方，除了水面上的沙洲，没有任何东西。100码的位置。那是什么？就在那块大型的沙洲边缘，几乎是全由暗礁构成的水域，清澈的海水流过珊瑚丛。一个苍白、戴着面具的人形时隐时现，不时从水下浮到水面，迅速查看了水上的情况后就立刻潜入水底。

邦德屏住呼吸。他感到自己的心在潜水服里剧烈地跳动，仿佛要窒息。他握住水肺的吸管，好让呼吸顺畅一些。他浮到水面上，摘下护齿套,移动到适当的位置。

邦德身后,一副副面具后面的眼睛注视着他,等待着他的信号。邦德几次竖起大拇指。现在是紧张时期,危险很可能即将降临。现在需要做的是提高警惕,保持游动的速度。海中的鱼群悠闲地从身边游过,珊瑚丛仿佛也感受到了危险的气息。在大约50码的地方,邦德做出放慢的信号,队伍呈扇形散开。邦德再次小心翼翼地前进,他的眼睛有些疼痛,里面的血管好像要爆炸一样。每一个人都提高了警惕,按照队形谨慎前进。是的!他们很快就发现了闪着白光的肉体,在很多地方游动。邦德的胳膊蜷缩起来,那是发动进攻的信号。他紧握手中的鱼叉,箭似的向前冲去。

所有的队员从两侧向前冲去。邦德很快发现,这是一个错误。魔鬼党的人正在以惊人的速度向前进。他们背后都有小型螺旋桨。拉尔戈的队员都穿着压缩空气型的急速潜水服。他们的水肺的体积也只是邦德队员的二分之一。他们的速度在开阔的水域里是普通速度的两倍。但这里是一片珊瑚礁水域,由于受到前面队员加速器的影响,他们都放慢了速度。尽管如此,他们的速度还是比邦德队员的速度快上1海里。队员们避开了检查站的检查,顺着风浪快速前进。他们个个都是地狱般凶狠的敌人。邦德停下来,数了数他们的人数,刚好是12个。他们当中大部分人都携带 CO_2 气枪,腿上还绑了刀子,闪着阴森森的白光。情况对邦德他们很不妙。他们必须在对方警醒前,进入到鱼叉可攻击的范围。

他们的距离越来越近了,30码,20码。邦德向后瞥了一眼,有六个人和他挨得十分近,其余的人在他后面随时待命。拉尔戈的人依旧在向前游动，完全没有发现有一群人正在游过珊瑚礁。然而，当邦德率领队伍游到与敌人平行的位置时，苍白的月光将他的身影投射在明晃晃的白沙上。警惕的敌人迅速向周围查看。邦德赶紧在珊瑚礁的斜坡上用力一蹬，径直向前冲去。那人还没有来得及反应，就被邦德的鱼叉刺中。邦德一把将他拽到一边，用力地把鱼叉刺进他的身体，并扭动刀柄。那人手里的枪很快跌落下来，整个人缩成一团，紧紧捂住受伤的地方。拉尔戈的人分散在不同的地方，他们有小型加速器，这让邦德非常伤脑筋。另一个人冲到邦德面前，邦德一把抓住对方的面具，一锤抢向他的面部。对方立刻挣扎着向后退去。突然，一只鱼叉刺进了邦德腹部的橡皮衣里，邦德感到一阵疼痛和潮湿，应该是血液的黏糊。那人使劲地用枪托撞击邦德的头部，但由于在水下，大部分的力量都被海水分散了。邦德并没有受到重击，他马上抓住那个家伙的头，给了他两下子。海面泛起黑色的波浪，双方队员都陷入了战斗之中。水下时不时涌起一团团雪雾。现在，战场已经扩张到珊瑚礁所在的水域。在他们的不远的地方，邦德看见有一个拖驳装置，上面有一个狭长的，体积很大的东西，被装在橡皮套里。在拖驳装置前面，有一艘小型的潜水艇，附近有几个人在看守。其中一个正是大个头的拉尔戈。邦德赶紧躲到珊瑚礁形成的斜坡后面，然后在距离沙地很近的地方开始谨慎地绕行。但几乎是马上，他又停下来了。那个方形的身影已经举起了手枪，但枪口不是对着邦德，而是莱特。拉尔戈的另一个成员已经紧紧地扼住了莱特的喉咙。莱特挣扎着用手上的钩子钩住了那家伙的后背。邦德用力踢了两下脚蹼，在离手持气枪的拉尔戈还有6

英尺的时候，他猛地将鱼叉投了过去。鱼叉的柄不重，尽管由于海水的压力，它还不足以击中目标，但它恰好抢在气枪发射子弹前，刺中了持枪人的手臂。这一枪射偏了。持枪人立刻转过身，扑向邦德，并用空枪刺他。邦德斜眼看见他的鱼叉慢慢地向海面浮去。他抓住那人的腿，滑稽地将那人的腿抬起来。当枪再次射空的时候，邦德腾出一只手伸向那人的面具，用力将它拽了下来。这下够他受了的。邦德游向一边，看着他被海水蒙蔽了双眼，拼命地向上游去。邦德感觉有人在抓他的手臂，原来是莱特。莱特在面具里的脸几乎是扭曲的，他的手向上做了一个虚弱的手势。邦德马上意识到，他需要帮助。他抓住莱特的手腕，从 15 英尺深的海水将莱特送上水面。一到达水面，莱特便立刻拽下面具，拼命地大口呼吸。邦德抓住他，指导他到珊瑚礁上的斜坡。但是莱特生气地将邦德推开，告诉他应该立刻回到水下，让自己一个留在这里就可以了。邦德竖起大拇指，再次往水下俯冲。

现在，邦德又回到了森林般的珊瑚丛中，再一次与拉尔戈的手下展开搏斗。他偶尔看见其他人的搏斗情况。有一次，他游动的时候，一具尸体从他面前浮过，那是来自"曼塔号"的水手，他的脸朝下，眼睛死死地盯着邦德。他既没有戴面具，也没有带氧气瓶，嘴巴夸张地长大。他已经死了。在这片珊瑚礁海域中，有很多双方激烈搏斗后留下的痕迹——氧气瓶，破碎的潜水服，气枪和鱼叉。邦德捡起两个鱼叉。现在，他正在一处沙洲的边缘。拖驳设备装载的东西还停留在原地。由两个端着枪的人守卫。但现在已经没有了拉尔戈的踪影。邦德在水中迷雾中张望，此时的月色惨白，他的影子清晰地投射在海底的沙地上。珊瑚礁上原本是贝类的栖息地，偶尔还会有成群的鱼经过，但由于这场战斗，许多海底生物纷纷离开了这片栖息地。邦德什么也没有发现，也无法知道其他人的战斗情况。水面上发生什么事情了吗？当邦德将莱特送上水面时，海上一片红光。"曼塔号"的救援船什么时候才会到？他应该继续待在原地监视原子弹的情况吗？

虽然邦德内心恐惧，但他还是迅速做出了决定。邦德右边的水域中，一道光芒闪耀，鱼雷形状的电动潜水船正向这边开来。拉尔戈就像骑马一样两腿跨坐在潜水船上。他弯下腰，左手握住两支来自"曼塔号"的鱼叉，右手在控制潜水船的驾驶杆。随着拉尔戈的出现，两名守卫将气枪扔到沙地上，拉住拖驳的接钩，准备把它接到潜水船上。拉尔戈减慢了速度，来到了拖驳旁边。其中一个守卫抓住了潜水船的尾舵，用力地把它拖向拖驳的接钩。他们要逃跑了！拉尔戈打算将原子弹通过珊瑚礁带回去，然后扔到深水里！同样的事情也可能发生在第二枚原子弹上。没有了证据，拉尔戈可以说他遭到了寻宝同行的袭击。拉尔戈可以说自己完全不知道他们是来自美国潜艇的。他的人才不得不用手上的武器回击，因为是他们首先受到攻击的。如此一来，寻宝的借口再一次掩盖了所有的真相！

这些人在有条不紊地连接拖驳。拉尔戈焦急地向后查看。邦德算了一下他们之间的距离。他借助踢珊瑚礁的蹬力，再次获得了前进的动力。

拉尔戈及时抬起右手臂，挡住了邦德的鱼叉攻击。鱼叉并没有碰到拉尔戈身后的水肺。邦德向前俯冲，抓住拉尔戈嘴上的护齿

Thunderball

套。拉尔戈迅速扔掉手中的两只鱼叉,松开控制驾驶杆的右手,抬起手来保护自己。潜水船失去控制,猛地向前冲,后面的两个守卫猝不及防,很快就成了两具苦苦挣扎的躯体。邦德伸手就抓住了拉尔戈背后的圆柱体,继续向水面上升。两人在潜水船上继续搏斗。

按照常规的方法战斗是不可能的。双方都不能轻易将对方置于死地。事实上,他们牙齿紧咬的橡皮管是水下呼吸的生命线,一旦被打落,就只能等死了。拉尔戈紧紧地抓住船身,邦德不得不用一只手抓住拉尔戈的身体,防止自己被扔下去。拉尔戈将胳膊压到邦德的脸上,邦德迅速躲开,不让自己嘴里的橡皮管被打掉。与此同时,邦德用右手朝拉尔戈的肋下重重地击去,那是邦德唯一够得着的地方。

潜水船终于冲出了海面,船头翘出海面45度,因为邦德的重量都压在了船尾。现在,邦德的身体一半出了海面,一半还受到海水的冲刷。在拉尔戈成功控制潜水船转弯前,邦德只有瞬间的时间双手干掉拉尔戈。邦德做好了决定。他松开了拉尔戈背后的水肺,空出一只手伸到拉尔戈的两腿之间,紧紧地握住操纵杆,用力往后一拉。这时,邦德的脸距离尾部飞旋的螺旋桨只有几英寸,被不停搅起的水花冲撞着。邦德又使劲把尾舵的翼板往右一拉,试图使其与舵根成垂直状。这一使劲儿,邦德的手差点脱臼,知道放弃了。潜水船开始向右急转,由于突然,骑在上面的拉尔戈顿时失去了平衡,身体一晃,砰地撞进了水里。拉尔戈迅速翻了个身,向邦德扑来。

邦德现在已经筋疲力尽了。现在他能做的就是赶紧离开,保护自己的生命。原子弹已经留在了原地不动,拖驳顺水漂走了,形成了一个螺旋状的漩涡。拉尔戈的计划落空了。邦德用尽最后的力量,带着最后的希望向珊瑚礁冲去,但愿珊瑚礁上能为他带来转机。

对比之下,拉尔戈的体力几乎没有怎么消耗,他拍动着巨大的脚蹼,轻快地朝邦德追来。邦德钻进由珊瑚礁构成的森林里,他很快发现了一个分岔的路口。有潜水服的保护,邦德放心地钻进陡峭的珊瑚礁中寻找狭窄的小道。但是,一个黑影在他的上方出现了。拉尔戈阴魂不散也追来了。他游在邦德上面,时刻观察着等待进攻的时机。邦德向上一看。上面的面具里,牙齿发出森然的白光。拉尔戈知道邦德逃不掉。邦德活动活动自己的手指,集结全身的力量。拉尔戈的手掌就像机械一样有力,邦德如何能够击败这么强大的双手呢?

现在,狭窄的通道渐渐变宽了。前面就是白沙形成的空地。邦德没有回旋的空间了。他只能游到开阔的陷阱里头。邦德停下来,这也是他唯一能做的事情。在空地里,拉尔戈要抓他简直就像猫抓老鼠。邦德抬头看,没错,那具庞大的发着白光的身体周围泛起银色的气泡。拉尔戈就像一只身手敏捷的海豹,迅速地向坚固的沙地俯冲而来,正好站到了邦德的对面。他慢慢地沿着珊瑚礁挪动,走了大概10码便停下来。他的眼睛不断地扫视珊瑚礁。一群章鱼从他面前浮过,拉尔戈伸手一抓,手里就多了一条小章鱼,就像一朵摇曳生姿的花朵。透过面具,邦德看见拉尔戈的脸上露出了冷酷的微笑。他抬起一只手,拍了拍面具,示意邦德看他手里的东西,得意至极。邦德弯下腰,捡起一块布满海藻的岩石。拉尔戈顿时警惕起来。用岩石击打面具应该会比章鱼在面具上爬来爬去更有用。邦德并不担心章鱼。一天前,他才在失事的飞机里和无数的章鱼碰过面。他担心的是拉尔戈那双如钳子般的大手。

拉尔戈向前走了一步,接着又走了一步。邦德蹲下来,小心地向后退,尽量保护潜水服不被划破。拉尔戈缓慢地跟上来,迫不及待要展开攻击。再多走两步他就要发动攻击了。

就在这时,邦德斜眼看见了拉尔戈身后的开阔地闪过一道白光。有人来救他了?但是那个身躯并没有穿黑色的潜水服。那时拉尔戈的人!

拉尔戈向前一跃。

邦德一蹬脚下的珊瑚礁,扔出了手中的岩石。但是拉尔戈早已做好准备,成功地躲开了。他用膝盖努力向上去撞击邦德的头部,与此同时迅速将手上的章鱼扔到邦德的面具上,然后用双手卡住邦德脖子,向举起一个小孩子似的将邦德举到一只手臂的高度,扔了出去。

邦德什么也看不见了。模糊中,他感到有黏糊的东西在脸上爬动,鲜红的血从他的头部涌出来,邦德知道,他要完蛋了。

他慢慢地往下沉,朦朦胧胧,他看见拉尔戈也在往下沉。为什么?发生了什么事情?邦德被一道亮光刺痛了眼睛。章鱼正在他的胸前蠕动,没一会儿又重新回到了珊瑚丛中。躺在他面前的正是拉尔戈。他倒在沙地上,无力扭动着身躯——鱼叉刺穿了他的喉咙。有人正在向下看着拉尔戈抽动的身体。那是一个小巧、苍白的身躯,鱼叉和她手里的手枪很相配。长发在她周围漂动,在明亮的海域,她的脸就像戴上了面纱一样。

邦德慢慢地站起来。他向前走了一步。但马上他感到膝盖一软,脑袋一阵眩晕,他倒向了珊瑚礁,嘴里的氧气管松掉了,海水立刻涌进他的嘴里。不!不能死!

一只手抓住他。但是多米塔面具后的眼睛黯然无神,是那么空洞,迷惘。她病了!她究竟怎么了?邦德再次清醒过来。在多米塔的潜水服上,邦德看见了令人恐惧的血迹。继续这样下去,两个人都会命丧海底,除非他能做点什么。邦德拖着沉重的双腿,缓慢地拍动脚蹼,两人慢慢地向上移动。毕竟这不是很困难的事情。现在,多米塔也拍动着脚蹼,帮助他向上升。

两个人的身体一同冒出了海面。他们的脸朝下,趴在波浪形成的浅洼里。

现在已经是黎明时分,天边的鱼肚白渐渐变成了粉红色,美丽的一天开始了。

第二十四章 "放轻松些,邦德。"

莱特走进布置整洁的抗菌房,轻轻地关上门。他来到邦德的床边,邦德刚刚从麻醉剂中苏醒过来。"怎么样了,伙计?"

"还好,只是麻醉剂的作用。"

"医生不让我来见你。但是我想你可能希望听见结果,是吗?"

"当然。"邦德尽力集中注意力。实际上他不在乎结果,他只关心多米塔。

"好的,我长话短说。医生正在巡查,要是被他发现我在这里就完蛋了。他们已经找到了那两枚原子弹,还有科特兹,那个物理学家,现在还在狡辩。看起来,魔鬼党就是一群不折不扣的流氓。黑手党盖世太保,都是臭名远昭的坏蛋。组织的最高领导人是布罗菲尔德,但这个家伙逃走了。不管怎么样,也没能把他抓住。也许是拉尔戈的电台没有人回应,警醒了他。这家伙真是精明。科特兹告诉我们，魔鬼党自从五六年前成立以来，已经赚了好几百万美元。这一次是他们的终极行动。我们猜对了，他们的 2 号目标就是迈阿密。据说，他们还要计划以同样的方式在快艇舱里存储第二枚原子弹。"

邦德无力地挤出一个微笑，说："现在所有人都开心了。"

"啊，当然，除了我。现在我还得时刻守着电台，开关几乎都是开着的。M 那里已经有了很多资料，他希望你能做出一份详细的报告。感谢上帝，今晚就有中情局和你们组织的人来接手。到时我们就要不停地向两个政府组织说明发生的情况。还要做公开报告，讨论如何处置魔鬼党成员啦，是否授予你男爵或者公爵称号，或者让我去竞选总统啦。琐碎的事情多了去。然后他们就会安排我们离开，到哪里和漂亮的小姐跳舞放松一下。可能你现在还在担心那个女孩，是吗？嘿，她可真有胆量！他们发现了盖格计数器。天知道那个混蛋拉尔戈对她做了什么，但是她一句求饶的话也没有说，一个字也没有！接着，当船上的人都离开时，她不知怎么逃掉了，带着枪和水肺，去追拉尔戈。她杀掉了拉尔戈，救了你一命！我发誓，我再也不会叫她'弱者'了，她不是一个简单的意大利女孩。"莱特突然将耳朵贴到门上，说："噢！该死的，走廊里有医生的脚步声！詹姆斯，待会见吧！"说完，他迅速打开门，一下子溜出了房间。

邦德虚弱而焦急地喊道："等等！莱特！莱特！"但是门已经关上了。邦德绝望地躺在床上看着天花板。他感到极其焦虑和恐慌。天啊，为什么没有人来告诉他多米塔怎么样了？莱特为什么只关心其他事情。她还好吗？她在哪里？她……

门开了。邦德一下子坐起来。他冲医生喊道:"那个女孩,她怎么样了?快!告诉我!"

斯坦杰医生是拿骚最有名的医生,他不仅医术高明,为人也很友善。他是一名犹太医生,在希特勒眼里,这样的医生只能一辈子待在小城镇里默默无闻。但是拿骚里的有钱人已经为他盖了一座现代化的诊所。他不仅为身无分文的当地人治病,也为百万富翁治病。他们的医药费是几先令和几尼的区别。医生最擅长的就是开安眠药,那是富人和老人依赖的东西。这一次,他是奉了政府的命令治疗,所以他不能多问。此外,他还要为16具尸体做验尸报告,其中六具尸体是来自美国舰艇"曼塔号",另外十具来自"迪斯科号"。同样,医生也不能对这些尸体过问。

现在,医生谨慎地说:"多米塔小姐会好起来的。现在她还没有从惊吓中恢复过来,她需要休息。"

"还有呢?她到底怎么了?"

"她游了太长一段路,其实她并没有那么大力气完成这样的事情,但她还是做到了。"

"为什么?"

医生向房门走去。"现在你也需要休息。你经历太多事情了。你应该每隔六个小时就吃一片安眠药,知道吗?你需要大量的睡眠。你会很快站起来的,但是需要时间。放轻松些,邦德。"

放轻松些,你不要着急。他此前在哪里还听过这样的鬼话?邦德突然变得十分愤怒,他猛地从床上起来,尽管脑袋一片眩晕,但他还是跟跄朝医生走去,在他的脸前挥动拳头。"放轻松?去你的!

你知道什么是着急吗?告诉我那个女孩到底怎么样了!她在哪里?她的房间号是多少?"邦德的手软弱无力地垂下来,他哀求着说,"看在上帝的分上,告诉我吧,医生。我要知道。"

医生耐心地说:"有人虐待她了。她承受了巨大的痛苦,灼伤,许多灼伤。她还在悲痛当中。但是,"医生停顿了一下,"她在这里很好,就在隔壁的4号房间。你可以去看她,但只能给你一分钟。她需要睡眠。你也是。知道了吗?"他打开了门。

"谢谢,谢谢你医生。"邦德迈着颤抖的脚步走出了房间。他受伤的双腿几乎无法支撑他的身体。医生看着邦德来到4号房间,打开了门,然后小心翼翼地走进去,就好像担心吵醒熟睡的人一样关上门。医生沿着走廊离开了,他想,这对邦德不会有害处,反而对他们两个人都好。多米塔需要的,正是他的关怀。

小小的病房里,阳光从百叶窗的缝隙中潜进来,邦德的影子正好落在床上。他颤抖着走到床前,弯下腰蹲在床边。枕头上小小的身子转向邦德,然后伸出一只手,正好碰到了邦德的头发。她哽咽着说:"你要留在这里,你知道吗?你哪儿也不要去。"

邦德没有回答。多米塔虚弱地摇晃着他的脑袋,说:"你听见我的话了吗?你明白吗?"她感觉邦德正在向地板滑去。多米塔松开手,邦德倒在了床边的毯子上。她小心翼翼地转动身体,看着下面的邦德。邦德枕着一只手臂,已经睡着了。

女孩注视着邦德虚弱的脸。接着,她轻轻地叹了一口气,用手将枕头拽到床边,让邦德的头刚好躺在枕头上。这样,她就能时刻看见他了。多米塔心满意足地闭上了眼睛。